沧江文库编委会

顾　　　问：林文生　游文昌

主　　　编：曹　放

副　主　编：欧阳丽娟　连维兴　乐智强

执 行 主 编：张绍华

执行副主编：庄坤明　林升政　黄达绥　黄清海

统　　　筹：郑智扬　陶新庆　刘丽萍　廖艺聪　岳　阳

铭记海沧

海沧楹联碑刻精选汇编

（上册·宫庙篇）

◎ 沧江文库编委会 编

图书在版编目（CIP）数据

铭记海沧：海沧楹联碑刻精选汇编.上册，宫庙篇 / 沧江文库编委会编.-- 北京：知识产权出版社，2021.2

ISBN 978-7-5130-7414-8

Ⅰ.①铭… Ⅱ.①沧… Ⅲ.①对联—作品集—中国②碑刻—汇编—厦门 Ⅳ.① I269 ② K877.42

中国版本图书馆 CIP 数据核字（2021）第 019164 号

内容提要

楹联、匾额在海沧的分布极广，存量也较多，主要分布在各主要宫庙、宗祠及民居。本书是沧江文库的首批重点书目之一，围绕海沧地区的楹联和匾额，多角度、有趣味地挖掘其背后的历史、文化、人物、故事，以及其所在的整体建筑特色、建筑细节等，使楹联和匾额生动立体，焕发出其应有的文化价值和现实意义。

本书为上册宫庙篇，内容不拘泥于刻板的文献内容考证，更强调故事性和可读性。本书图文并茂、史实准确、文辞优美，可为读者带来良好的阅读体验和收藏体验。

责任编辑：刘晓庆　　　　　　　责任印制：孙婷婷

铭记海沧——海沧楹联碑刻精选汇编（上册·宫庙篇）
MINGJI HAICANG——HAICANG YINGLIAN BEIKE JINGXUAN HUIBIAN
（SHANGCE·GONGMIAO PIAN）
沧江文库编委会　编

出版发行：知识产权出版社 有限责任公司		网　　址：http：//www.ipph.cn	
电　　话：010-82004826		http：//www.laichushu.com	
社　　址：北京市海淀区气象路 50 号院		邮　　编：100081	
责编电话：010-82000860 转 8073		责编邮箱：laichushu@cnipr.com	
发行电话：010-82000860 转 8101		发行传真：010-82000893	
印　　刷：三河市国英印务有限公司		经　　销：各大网上书店、新华书店及相关专业书店	
开　　本：787mm×1092mm　1/16		印　　张：14.75	
版　　次：2021 年 2 月第 1 版		印　　次：2021 年 2 月第 1 次印刷	
字　　数：315 千字		定　　价：198.00 元（上下册）	

ISBN 978-7-5130-7414-8

本书编委会

（排名不分先后）

顾　问：彭一万　何丙仲　杨　渡（中国台湾）

主　编：曹　放

副主编：廖　凡　乐智强

执行主编：张绍华

执行副主编：黄达绥　林合安　李佩珍（中国台湾）　符坤龙（中国台湾）
　　　　　姜朝伟

撰　稿：杨炜峰　刘丽萍　胡育宁（中国台湾）　陈慧中（中国台湾）

田野调查团队

统　筹：廖艺聪　　　　　刘丽萍　　　　　王嘉麟（中国台湾）
　　　　宋思纬（中国台湾）　郑智扬　　　　　岳　阳

成　员：陈慧中（中国台湾）　陈静怡（中国台湾）　陈家崴（中国台湾）
　　　　陈延鑫　　　　　刁威淇（中国台湾）　符坤龙（中国台湾）
　　　　管心瑜（中国台湾）　黄淙毅（中国台湾）　黄佳惠（中国台湾）
　　　　何佳伟（中国台湾）　洪巧娟（中国台湾）　胡育宁（中国台湾）
　　　　黄育青（中国台湾）　林芳槿（中国台湾）　赖护鑫（中国台湾）
　　　　赖嘉利（中国台湾）　林家祥（中国台湾）　林倩如（中国台湾）
　　　　林　意　　　　　李翊豪（中国台湾）　吴佩蓉（中国台湾）

苏子睿（中国台湾）　　苏少观　　　　　宋思纬（中国台湾）

谭皓旻（中国台湾）　　童韦谕（中国台湾）　　陶新庆

王嘉麟（中国台湾）　　杨式珩（中国台湾）　　杨于萱（中国台湾）

杨玪茂（中国台湾）　　张德晭（中国台湾）　　庄　莉（中国台湾）

朱天奇（中国台湾）　　周威辰（中国台湾）　　曾雅琦（中国台湾）

曾宜绍（中国台湾）　　周姿绮（中国台湾）　　杨智为（中国台湾）

李柏澔（中国台湾）　　余佳伦（中国台湾）

摄影团队

张德晭（中国台湾）　　曾宜绍（中国台湾）　　吕绍园（中国台湾）

何佳伟（中国台湾）　　郭德尧　　　　　雷雨亭

孙焕伟　　　　　陈淑华

铭记海沧 贺联

曹放（厦门）

一场好风过海甸
九番喜雨润沧江

杨启宇（成都）

海峡风清龙报岁
沧浪水暖燕争春

张文胜（安徽）

春水年华证桑沧
天风骀荡来瀛海

贾雪梅（重庆）

海宇清宁春色满
沧溟浩渺物华新

总　序

　　海沧，被专家学者誉为"闽南文化的基因库，对外开放的桥头堡"，我以为这是很有道理的。将其喻为"闽南文化的基因库"，是因为海沧融汇了今之闽南厦、漳、泉的文化精华。海沧的南部地区，历史上属于漳州府海澄县，即该县一都、二都、三都；海沧的北部地区，历史上属于泉州府同安县，即该县积善里十七、十八两都；2003 年设立海沧区，隶属厦门市管辖。可以说，闽南的方言、戏曲、习俗、民间信仰、建筑形制及其他非物质文化遗产，在海沧都有比较集中、比较经典、比较全面的呈现。将其喻为"对外开放的桥头堡"，主要是因为海沧从明代中期以来，在三个历史节点上成为中国对外开放的桥头堡。一是在明代中后期，以海沧为重镇的闽南月港，于 1567 年"隆庆开海"后，成为全中国唯一合法的对外贸易口岸，外贸总量占当时全国的百分之八十以上，证明了大航海时代中国没有缺席。二是在 1905 年，我国东南第一条铁路——漳厦铁路就在海沧动工，并于 1910 年建成运行。孙中山先生在 1919 年出版的《建国方略》中为海沧描绘过"东方大港"的蓝图。三是在 20 世纪 80 年代，厦门设立为经济特区之后，根据邓小平同志的决策指导，国务院于 1989 年 5 月批准设立海沧台商投资区。由此可见，海沧一直是中华民族走向世界的一个重要平台。

　　海沧历史上虽然只是闽南的海陬一隅，未曾设立过县治以上的府衙，但其人文积淀却是丰厚的。北宋年间，名医吴本在这里悬壶济世，其仁心妙术得到了历代百姓的尊崇，明代永乐皇帝敕封他为保生大帝，后世誉为"闽台医神"。大宋王朝，海沧文风过化，书香迄今千年：一代书法家蔡襄邀请其文友颜恺担任漳州教谕，定居海沧并设立书院；嗜书如命的苏竦，以言传身教成就了漳泉子弟十数人进士及第，其后裔分居漳泉两地，如今竟奇迹般地同属海沧区；理学大家朱熹曾多次到访海沧，并在今海沧东孚后柯村，为其好友柯翰之"一经堂"题名。明代，海沧更是人文蔚起。明嘉靖二十七年（1548年），闽浙巡海道副使柯乔、龙溪知县林松、闽南大儒林希元及海沧当地学者周一阳，将欧洲葡萄牙商人修建的金沙公馆改建成金沙书院，是中国书院之林中独具海洋文化的一座。明嘉靖三十四年（1555年），金沙书院制刻了《古今形胜之图》，后被西班牙国王珍藏，成为世界海洋文献的珍宝。"石敢当御史"柯挺，在海沧云塔院前修建了公益性质的书院，教授海沧子弟知书、达礼、上进。如今，书院的废墟旁还留着"师弟解元"的碑刻，以纪念他和他的学生周起元，而柯挺也因创造了师徒三人"三元及第"的神话而名扬四海。周起元，海沧后井村人，官至应天巡抚，名列东林后七君子，廉政为民，不畏珰祸，而且极力推动海洋贸易，是中国海洋文化的伟大先驱。颜思齐，海沧青礁村人，从闽南月港辗转日本，率领郑成功父亲郑芝龙等闽南海商纵横东亚海域，于天启元年（1621年）开始驻守、开发、经营台湾地区，连接了祖国大陆与台湾地区的血脉亲情，被誉为"开台王"。海沧历史上曾经涌现过51名进士、127位举人，可谓文采风流，弦歌不绝。"爱拼才会赢"的闽南人精神激励着海沧民众一波波地走出去，过我国台湾，下南洋，清朝中后期至民国初年达到鼎盛。祖籍海沧鳌冠村的康熙年间巡守南海的水师提督吴升；祖籍海沧锦里村的嘉庆年间台湾文化大家林朝英；祖籍海沧霞阳村的华侨民主革命家杨衢云；祖籍海沧新垵村的南侨诗宗邱菽园；祖籍海沧鳌冠村的厦门大学第二任校长林文庆，和他的儿子、抗战时期中国红十字救护总队总队长林可胜；祖籍海沧山边村的台湾抗日义勇总队总队长李友邦将军；祖籍海沧后柯村的新加坡开国总理李光耀夫人柯玉芝；祖籍海沧霞阳村的中国人民解放军新疆军区文化部部长马寒冰;祖籍海沧的一代名医钟南山，都是海沧儿女的杰出代表。

"旧学商量加邃密，新知培养转深沉"，挖掘整理本土文化资源，编撰出版本土文化丛书，对于存史、资政、育人，对于增强文化自信、弘扬优秀传统文化、强化爱国爱乡精神，都具有重要意义。经过改革开放以来的开发建设，海沧迅速崛起，已经成为厦门跨岛发展的一座亮丽新城，正在构建高素质、高颜值、现代化、国际化的一流海湾城区。2019 年，在海沧台商投资区创立 30 周年之际，中共海沧台商投资区工委和中共海沧区委、海沧台商投资区管委会和海沧区人民政府决定编撰出版"沧江文库"丛书，并组建编委会，命我担任主编。我们将组织文史专家、乡贤耆老和台胞侨胞，对海沧地区自古以来的历史人物、先贤著述、风物民俗、金石古迹、海外侨社及非物质文化遗产等加以收集整理，编辑成书，集结为系列。沧江发源于海沧文圃山，流入九龙江口，汇入台湾海峡。以沧江命名，集海沧历史文献之大成的文库，其含义是海沧人文博大精深，源远流长，与时俱进。

庚子开年，新冠肺炎疫情肆虐全球，居家禁足日久。春分时节，我邀请著名诗人舒婷女士及诸位文友踏青海沧，放怀遣兴。我与舒婷女士谈及海沧人文鼎盛及编撰"沧江文库"之事，蒙其赞赏鼓励有加，余诗兴勃发，即兴一首七绝相赠。在"沧江文库"开山之卷何丙仲先生编校的《周起元传疏辑补》定稿之际，我谨以此诗向"沧江文库"致敬："愁云横断北东南，环宇悲惶困不堪。春水一溪奔海去，樱花万点落青山。"湖湘文化泰斗唐浩明先生评曰："好诗！春色又回，万物复苏，人间依然是美好的。"台北书院院长林谷芳先生评曰："诚然，海沧风貌，何只外观之经贸繁华，更有厚实之文史积淀。兄之'春水一溪奔海去，樱花万点落青山'，正可为海沧文集乃至海沧文化作一极到位之开卷拈提。"

是为序。

定稿于 2020 年 5 月 31 日，时为庚子小满时节。

曹 放

厦门市海沧区政协主席

前　言

在中华文明史数千年的灿烂篇章中，楹联、碑刻、匾额是一个特殊的"存在"。历经岁月变迁，它们顽强地镌刻着跨越时空的传续，草蛇灰线，伏脉千里，却总能让人追古溯今，品读历史和文化留给我们的无限启迪。

海沧，古称"三都"，作为闽南重镇，自古以来，古越文化、中原文化与闽南独特民情风俗在这里交融，耕读文化氛围浓厚，民间信仰多元而丰富；随着"海上丝绸之路"的勃兴，从明朝中叶起，它又成为大航海时代与"海上丝绸之路"交汇的重要节点，更早地感受东西方文明的碰撞与融合。

近代以降，海沧历经福建省第一条铁路的兴建、孙中山先生的"东方大港"蓝图、嵩屿开埠的尝试，与世界和中国的时代潮音同频共振。改革开放以来，海沧更是领风气之先，从全国设立最早、面积最大、功能最强的国家级台商投资区，崛起成为一座现代化、国际化、高素质、高颜值的国际一流海湾城区，成为中国改革开放的一个奇迹见证，一个生动缩影。

地如其名，海沧，生动地见证了"沧海桑田"的独特含义。而《铭记海沧——海沧楹联碑刻精选汇编》（上下册）的编撰，是一次历史纵深的追溯，是一次文化寻根的探索，也是一次乡土记忆的全面发掘。

本书上册，以海沧宫庙的楹联碑刻为主轴，联结起自古而今的文化、信仰与风情的美丽篇章；下册，则以海沧的宗祠、家宅与坊间为主线，详细搜集及解读楹联、碑刻、匾额中蕴含的生动故事。而它们共同指向的，都是这里独特与迷人的人文记忆。

保生慈济文化的沃土

在海沧，从慈济祖宫，到遍布城乡的大小宫庙，处处可以感受到"保生慈济文化"在这片土地上深深的浸润。

保生大帝信仰，源起于北宋闽南神医吴本，因其医术精湛、医德高尚，于其身后被奉为"吴真人""保生大帝"，民间称为"神医大道公"。自南宋年间起，保生大帝信仰得到了极大的发展，同时也随着颜思齐开台和闽南华侨的出洋拼搏一路延展至我国台湾地区、东南亚地区。如今的"海峡两岸（厦门海沧）保生慈济文化旅游节"，每年都盛况空前，蔚为大观。

如果说青礁慈济祖宫是慈济文化的集大成之所在，在海沧数百个宫庙、中医药博物馆的楹联中，更充满了来自民间对于慈济文化的丰富解读。细细品味这些楹联的内容，以"真人""保生""慈济""大道"入联的标识占了多数，但又各有各的风韵，各有各的阐扬，将它们汇集起来，便是慈济文化独特的文本。

慈济文化的核心，"慈"为魂，"济"为本。它一方面充分展示了中医药文化的博大精深；另一方面，又展开了中医济世救人的动人故事，更将"慈济"发展成一种对于家国、对于历史和时代的一种责任感和践行力。如现代，抗战时期中国红十字救护总队的总队长、中国医学会会长林可胜；如当代，防抗非典和新冠肺炎病毒的一代名医钟南山，他们的祖籍地都在海沧。

自古以来，至近代和当下，海沧子弟涌现了无数优秀人物，他们在"慈济文化"的沃土中成长，走向更广袤的庙堂与江湖，成就影响历史和世界的功业。而通过他们在宫庙中题刻下的楹联、碑刻等，我们也得以在今天，从文字之中，从笔力之间，从典故之源，仍然能"近距离"地感受那种独特的魅力、人格与印记。

这是海沧独一无二的人文背景。如今，它们再次从一个个宫庙中被发掘和整理，"慈济文化"的独特篇章也将更加条理清晰，传习致远。

多元文化交融的回响

筚路蓝缕，以启山林；沿海而居，放眼大洋。山岳文明与海洋文明的交织，在海沧，也形成了自己"风味十足"的交响乐。

"三都"之古称，彰显海沧的历史文脉。自古以来，中原文化的一路迁徙，给海沧带来了根植于陆地、源于中原的文化根基，"耕读文化"在这里繁衍出一派勃勃生机。与此同时，来自海洋的季候风与大潮声，更时时激荡着海沧人的心海。他们将大陆文明的厚重化作为人处世的性格与根本，又面向潮头，勇敢地升起风帆，驶向神秘未知却充满无限可能的大洋疆域。

所以，在海沧的宫庙、宗祠、家宅乃于坊间，只要你细细寻觅，那些多元文化交融的回音，会活泼泼地从楹联碑刻和匾额中呈现出来，在眼前跳跃，在耳边诉说。

海沧的宫庙，除了作为主体与"主题"的保生大帝信仰，闽南渔人世代供奉的妈祖，以及由中原信仰传袭而来观音信仰、关公信仰和其他民间神祇，总会"综合呈现"——在一个小小的宫庙里。你甚至都能发现，不同的楹联、匾额分属不同的神祇，它们以一种和谐的生态，共同为祈求国泰民安、岁月静好的乡人以慰藉和启示。宫庙的文字记录，同样串联起非物质文化遗产"蜈蚣阁""送王船"等沿袭于两岸的古老民俗，历经岁月洗礼仍然有着浑厚悠远的旋律。

而随着大航海时代与"海上丝绸之路"的深度融合，海沧也更早地营建和保存了世界文明、西方文明，由立石镌文而来的鲜活的文明交融史。除了纯粹的"中国式信仰"之外，在海沧，大到基督教堂、天主教堂的碑记，小到一块"亚细亚油库"的界碑、一方由西方人埋下的"猫碑"，都能够展现一个个前所未知的故事，让我们在平面的历史教科书之外，得以窥见历史的横截面、时代的活化石。

当它们日常散落于香火、祈祷与坊间传说中，或为经文，或为福音，或为说书，或为茶余饭后的闲谈，而当我们用心去采撷和编织，这一个个音符，便神奇而通畅地汇聚成动人心魄的澎湃交响曲，绕梁而不绝。

海沧精神的鲜活见证

独特的地理位置和人文积淀，让海沧形成了自己的独特基因和精神的"关键词"——敢闯敢创、崇文尚武、文明自强、开放包容。而当我们从楹联碑刻的字里行间，串联起一个个大时代下的人文作为时，便更能理解"海沧精神"的深邃和与时俱进。

海沧姓氏与宗族众多，各村、社区的祠堂和家庙，有着具体而丰富的家族史展现：青礁颜氏、钟山蔡氏、后井周氏、新垵邱氏、石塘谢氏、鳌冠吴氏、祥露庄氏、锦里林氏、鼎美胡氏、贞庵江氏、霞阳杨氏、后柯柯氏、芸美陈氏、山边李氏、东浦张氏……

家族的绵延与传承，同样铭记下一个个在中国乃至世界文明史中响亮的名字：海洋文化先驱周起元、开台王颜思齐、最早巡视三沙的清代水师提督吴升、南侨诗宗邱菽园、华人侨领林推迁，新加坡开国总理李光耀夫人柯玉芝……

而随着两岸文化交流，海沧率先在全国聘用台湾青年参与社会营造，台胞青年以台湾的社区营造经验，在海沧进行在地化实践，进一步推动了海沧各村居历史文化传承，各社区书院的完善与繁盛，以及村居社区文化的深度挖掘与展现。本书就是这些台湾青年参与挖掘、整理、编著而成，他们付出的辛劳与智慧，将辉映着海沧历史文化的弘扬与光大。

走近一座座宗祠、家庙和书院，海沧精神的"关键词"，就如同一个个启动的密码、一把把打开的钥匙，"藏"在楹联碑刻和匾额中，无声胜有声，在海沧人世代传承的血脉里，在新一代"海民"的诵读中，更加神采奕奕，风华无边。

它们，是一个个家族历经磨难奋起抗争的断代史。

它们，是一位位海沧子民济世扶危改变时代的开创史。

它们，更是海沧精神具体而微、精细而宏大的情感集成。

虽然，随着新城建设的号角不断吹响，由于新的发展规划与蓝图，许多宫庙、宗祠不可避免地被搬迁、移址或重建，其中的楹联、碑刻、匾额也面临着重新的安置与"调整"，但有赖于海沧决策者和管理者坚定的决心与情怀，有赖于各方专家、文史工作者、两岸青年的共同努力，我们仍能够以这样的鲜活的记录，通过繁重却细致的工作，让它们被"抢救"和留存、记录下来，这是历史之幸，人文之幸，也是时代之幸。

岁月以沧海桑田轮回着悲欢离合，将文字炼为永恒，让旋律交织吟唱，也使精神迭代升华。夕阳余晖是旭日初升的前奏，当我们拥抱过去，我们也必将拥有热爱当下、面向未来的人文力量。它们在血脉里流淌，在新的征途中生生不息，催人前行。

铸铜铭刻，勒石永记，是为中国古代留存最重要的文化典籍的主要方式。本书题名——铭记海沧，其意不言自明，当可传之久远。

目　录

吴本，北宋年间闽南神医，生前采药行医，救人无数，后被奉为吴真人、大道公、保生大帝。自南宋年间起，随着纪念庵庙的兴建，香火绵延，保生大帝信仰逐渐发展为闽南地区、我国台湾地区以及东南亚侨居地一带极其具有影响力的民间信仰。

在海沧，青礁慈济祖宫远近闻名，香火鼎盛。一年一度在青礁慈济祖宫开幕的"海峡两岸（厦门海沧）保生慈济文化旅游节"，成为保生大帝信众倾力参与的文化盛事。

吧国缘主碑记

碑存海沧青礁慈济东宫内，嵌砌墙上，辉绿岩质。刻于康熙三十六年（1697 年）。

该碑刻记载慈济宫自南宋高宗赵构绍兴辛未年（1151 年）筹建吴真人纪念庵庙的缘起及过程。1151 年，青礁乡人曾合力在吴真人制药行医的龙湫坑修建了"龙湫庵"，雕塑神像，香火日盛。宋乾道二年（1166 年），朝廷赐庙额"慈济"。

至 1697 年，由青礁颜氏裔孙颜仲、颜英等劝缘重建宫庙，勒石为记。

昔宋绍兴辛未，尚书定肃颜公之始建祖东宫也，捐俸奏请，德云懋矣。至淳熙己巳间，承事郎唐臣公复为恢廓其制，基址壮丽，费以巨万。

盖未尝不叹其善述定肃公之志，而隆神庥于无穷也。辛丑播迁，庙成荒墟，公之子姓复捐募重建，营立殿阁，架构粗备，未获壮观。

赖，吧国甲必丹郭讳天榜、林讳应章、诸君子捐资助之，一旦乐睹其成，焕然聿新，虽默鉴有神，启佑无疆，然颂功德而扬盛举者，当不在二公之下矣。

是，宜勒石志之，以垂不朽。

赐进士第吴钟撰书。

吧国缘主碑记

慈济东宫主山门

甲必丹：郭讳天榜舍银陆拾玖两；林讳应章舍银叁拾两；王讳应瑞舍银拾捌两；郭讳居鼎舍银叁拾陆两；黄讳廷琛舍银叁拾两；马讳国章舍银陆拾两，林讳元芳舍银拾贰两，蔡讳宗龄舍银陆拾两，林讳万应舍银拾贰两，陈讳炯赏舍银拾贰两，林讳祖晏舍银陆两，蔡讳凤翔舍银陆两，王讳绍睿舍银贰拾肆两，林讳儒廷舍银陆两。

信士：陈烨壮、傅宗旺、何日章、郭彬孝、王士转、叶梦魁、陈国良（以上一栏），俱各舍银壹拾式两；郭邦灿、鲁卯宫、陈三官、郭昱秀、王士苓、王昆余、赵勋华、郭壮奇、黄增肇、黄辉祖、许帝官、黄魁官、王联登、郭奕载、柯朝振、王裕官、黄妙官、陈君冲、钟莘炳、林逢春、叶启忠、陈尔舜、郑文官、韩骥官、郭开耀、何长裕、李逢麟、卢怀宏、张员官、黄光官，上俱各喜舍银陆两。洪漳官、林聘官、王琳官、蔡宗官、王安官（以上一栏），俱各舍银叁两陆钱。锤标官、余国官、黄越官、柯科官、连思官、吴仁官、李妙官、林澜官、陈雄官，杨饲官、王科官、戴珍官、连品官、王凝官、黄应魁、吕盛官，俱各舍银贰两肆钱；郑汉宫、郭解官、黄腾官、许千官，俱各舍银壹两捌钱；卢伯官、欧官官、黄宋仁、潘卿官、王潜官、吴果官、徐荫官、车添官、施好官、赵补官、李成官、林三官、康强
官、许勤官、王笑官、刘日官、郑福官、黄向官、黄凯
官、陈开官、林明官、王补官、张辰官、周卯官、朱宋
官、郑政官、毛周官；陈睿官、徐三官、洪换官、郑箴
官、施平官、林前官、周鹏官、欧阳官、蔡进宫、江智
官、王协官、黄尾官、吴起官、罗月官、颜伯奋、陈章官、
颜五官、蔡庆官，俱各舍银壹两贰钱。

　　甲必丹林讳应章、美锡甜马讳国章同议，将吧国三都
大道公缘银丑、寅二年共交银肆佰贰拾两。劝缘颜铭益、
颜忠鹏、吴维琛、林自谟、陈玉官。

吴真人像

康熙三十六年岁在丁丑孟冬吉旦

首事颜仲、英仝立石

甲必丹

　　华人甲必丹，即马来语"Kapitan Cina"，是最早葡萄牙及荷兰在印度尼
西亚和马来西亚的殖民地所推行的侨领制度，即任命前来经商、谋生或定居
的华侨领袖为侨民的首领，以协助殖民政府处理侨民事务。

　　颜氏后人沿"海上丝绸之路"出洋打拼，其佼佼者众。重建慈济东宫的
众多发起人、捐赠者等人，都是颜氏一脉的东南亚华侨。该碑刻除了研究吴
真人信仰的历史价值，也无意中存留了以青礁颜氏为代表的闽南人海外拼搏
"断代史"。

　　慈济东宫，现仍存有嘉庆、咸丰、光绪年间关于颜氏宗亲及各界人士倡议、
募款重修慈济祖宫的碑记。正是一代代华侨、信众的共同努力，才使绵延数
百年的保生大帝信俗，以宫庙为枢纽，串联起东南亚及海峡两岸共同的文化
福祉。

重修东宫碑记（嘉庆十九年，1814 年）

重修慈济祖宫碑记

嘉庆十九年（1814 年）　孚美龙聚堂董事颜仲英立石

重修东宫碑记

嘉庆十九年（1814 年）　颜仲英立石

重修慈济祖宫碑记

咸丰甲寅年（1854 年）　颜可□、杨开天立石

重修慈济祖宫碑记

光绪二十二年（1896 年）　颜矜耆立石

杨志慈济宫碑记

山川清淑之气，扶舆磅礴。钟而为人，其生也，挺然异于丑夷；则其死也，必不与草木而同腐，此理之常，无足怪矣。盖其精爽不二，凛然如生，千载之下，使人敬畏。虽体魄蝉脱而魂气则无所不之也。

介漳、泉之间有沃壤焉，名曰青礁。地势低平，襟层峦而带溟渤，储精毓秀，笃生异人，功巨德崇，世世庙食，是为慈济忠显英惠侯。侯弱不好弄，不茹荤，长不娶，而以医活人。枕中肘后之方，未始不数数然也。所治之疾不旋踵而去，远近以为神医。常与闲黄驭山过今庙基，指其地曰："据此当兴，先至者为主。"乃用瓦缶有三，纳誓辞埋之。既没之后，灵异益着。民有疮痬疾疢不谒诸医，唯侯是求。撮盐盂水，横剑其前，焚香默祷而沉疴已脱矣。乡之父老私谥为医灵真人，偶其像于龙湫庵。方工之始，解衣磅礴，莫知所为，缩首凡数日。一夕，梦侯谂之曰："吾貌类东村王汝华，而审厥像更加广颡，则为肖。"工愕然，由是运斤施垩，若有相之也。绍兴间，虞寇猖獗，乡人奉头鼠窜，束手无策，委命于侯。未几，官军与贼战，毙其酋李三大将者，残党皆就擒。今之庙基，即贼酋死地也。阖境德侯赐，益以竭虔妥灵。岁在辛未，乡尚书颜定肃公奏请立庙，相与诛茅于云峤院之侧。奋□毕，其役者高宁若醉若狂，大声疾呼曰："此非吾所居。龙湫之阳，昔有盟焉。"奔而就之，掘地数尺，三瓦缶固无恙，青蛇郁屈于其中，观者莫不神悚，遂定立今庙，其基则颜公发所施也。庙既成，四方之香火来者不绝，士祈功名，农祈蕃熟，有欲为非义者则所祷更不酬。盖古所谓聪明正直而一者也。淳熙乙巳，承事郎颜公唐臣率乡大夫与其耆老彻旧而新之。高门有伉，宫寝奕奕，轮焉奂焉，翠飞鸟革。既又立屠苏其房，居学佛者以供洒扫之役，然后祠宇粗备。数十年来，支分派别，不可□纪。其在积善里曰西庙，相去仅一二里。同安、晋江对峙角立，闽莆岭海，随寓随创，而兹庙食实为之始。自经始至于今，登载弗具，议者以为缺典。同安旧有纪，故治中许衍作温陵之庙，今侍郎戴公倅泉日，网罗所闻，壁记其言。始于漳之青礁而颠末则未详，欲罗网放失，采故老之所闻，贻诸后人信以传信。唯吾乡之为近，先是献豫合抱之木者。碑材既具，莫适为辞，枚卜其人必待乡之新进士。会两举，

重修慈济祖宫碑记（嘉庆十九年，1814年）

重修慈济祖宫碑
记（光绪丙申年，
1896年）

杨志慈济宫碑碑刻

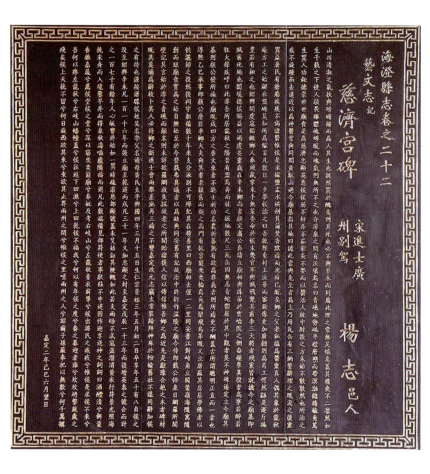

差池再三,祷之不变。嘉定改元,志窃太常第,归拜神麻于汾榆旧社,不谋同辞,知侯之有待也。

　　谨按谱牒,侯姓吴名本,父名通,母黄氏。太平兴国四年三月十五日生,仁宗景佑三年五月初二日卒,享年五十有八。自侯之没,至绍兴辛未凡一百一十六年,而后立庙。至干道丙戌凡三十一年,又加忠显之封。至嘉定戊辰一十三年,而后增英惠之号。合而计之,一百七十有余年,人心飯向,终始如一。异时疏湛恩,都显号,盖未艾,姑叙其梗概如此。若夫雨旸不忒,寇盗潜消,黄衣行符,景光照海。挽米舟而入境,凿旱井而得泉,秋涛啮庐,随祷而退。凡此数端,备见部符使者事状,兹不申述。因作迎享送神之词,词曰:酒醴清兮饵粢香,杂嘉蔬兮荐侯堂。侯之堂兮深以窈,奕奕寝庙兮奉妣及考。右岐山兮左龙湫,青衣前导兮侯出游。民之疾疹兮唯侯是求,侯不来兮吾何以瘳?左龙湫兮右岐山,幡幢盖兮侯往还。下田湿兮上田干,侯不福我兮何以有年?侯之度兮春之暮,迎者谁兮坎坎击鼓。岁之残矣侯上天,挽不留兮何日旋?西欲其来兮东欲其止,界两州之间兮唯侯之里。嗟两州之人兮□尔子孙,严奉祀以无□兮何千万祀。

　　　　　　嘉定二年己巳六月望日,进士、广州别驾、邑人杨志撰

　　　　　　　　　录自乾隆《海澄县志》卷二十二《艺文志记》

　　杨志,字存诚,今海沧古楼村上瑶人,青礁颜唐臣外孙,南宋宁宗嘉定元年(1208 年)进士,历知长溪县,通判广州。

　　此碑文撰于其中进士第二年,详细记述了吴本生平事迹及后世庙堂、江湖尊其为神的来历,是研究保生大信俗的重要史料;同时,对于青礁村的风土人情,也留下了珍贵的历史记录。

　　进士出身的杨志,文采斐然,是南宋年间闽南文人的杰出代表人物。除《慈济宫碑》外,他还有多首诗文流传后世。

保生慈济文化节

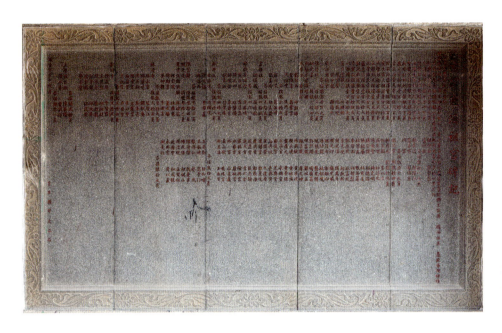

鼓楼怀古

（宋）杨志

兴废何年事，无由问老成。

代为兜率地，留得古楼名。

石塔添潮影，铜壶断漏声。

我来空吊古，恨不赋芜城。

经由一代代人的维系与阐扬，保生大帝的信俗
不断发扬光大。

在如今的青礁慈济祖宫，人们可以欣赏到历代
文人、信众留下的大量楹联，既记述了吴真人悬壶
济世的普世精神，又有独特的时代印记。漫步东宫,
仿佛进入一座药香、墨香萦绕的文化殿堂。

在慈济宫内，还有一座"心"字石，字迹笔力
遒劲，正应"医者仁心"，观之令人深思。

心字石

百草园

主山门

右岐山左龙湫慈惠生民千年开福地
尊祖庙崇圣迹医灵济世万古颂真人

医灵妙道千秋俎豆同敬仰
慈济精神两岸馨香共弘扬

医药解病疼慈怀济世
雨阳祈蓄熟英惠安民

大道保生是至德至公共星辰而永耀
真人济世仍仁医仁术同日月以长明

岐黄独步赞神医扬名遐迩

贫富同仁崇美德载誉古今

古迹与园林兼而有之

参香复览胜不亦乐乎

次山门

颂大道圣德万民敬祀

仰真人慈怀百姓承麻

万千气象揽胜访先踪

百十台阶登山参圣哲

丹井药泉溯灵源

青礁慈济传圣景

东宫大殿

中医药文化源远流长，是自然科学和人类文化的重要宝库。

在慈济东宫的海峡两岸中医药文化馆、中医药文化长廊和百草园，人们不仅可以流连于楹联文字的诗意，更能徜徉在中医药文化的海洋中，感受中医文化的博大精深，体会"医之大者，为国为民"的无边情怀。

前殿

丹井于今留圣迹
霞漳自古颂真人

千秋缮嗣绍兴枭乡永保
九转功成景祐橘圃长生

道通橘井春林外
人在礁山化雨中

保生传妙诀薄海承麻
大道济群形参天化育

龟梦徵祥紫微星早堪驰王骤帝
龙湫修道丹砂药真可寿世庇民

灵镇东鸣山凿井煮丹留圣迹
道学西王母击魔祛病耀神方

中医药博物馆

前殿内

量本帝王曰容保曰怀保保民用康钦圣德
道参天地为大生为广生生机不息仰神灵

主殿

大道无私累次褒封承北阙
生生不息万方慈济仰东宫

后殿

自有宋而元而明而清千载长留药石
由真人为候为王为帝累朝频赐褒封

青礁慈济东宫药签

青礁慈济宫还珍藏了一份特殊的文化遗产，那就是保生大帝的药签。这部药签是根据民俗通过掷筊由保生大帝指示来选择处方的。

这份药签中的分门别类十分科学，有内科、外科、小儿科等，在处方的配置上也力求少而精。平时，这些药签的全部内容珍藏在"深宫"中，只有信众虔诚祈求之后才能获得一两首。

东宫药签版

慈濟東宮
肆壹首
川貝射干米通
連喬各一水桔
梗木半甘草四分
水碗二真六分
信士顏宗元敬刊

慈濟東宮
肆式首
川連大黃膽草
柳枝黃田鐵釘
看病人勇弱加減
不拘才真服
信士顏宗元敬刊

慈濟東宮
肆叁首
公石松英皂壳各分
半細辛赤茯各一水
胆草半夏馬尾損各
七分水碗二真七分
信士顏宗元敬刊

慈濟東宮
肆肆首
白术連喬水賊各
精各木半川貝半
夏各一水胆草四分
水碗半真七分
信士顏宗元敬刊

慈濟東宮
肆拾伍首
馬蹄香五分
祜凡心生菊
每件各四分
水不拘連服
信士顏宗元敬刊

温厝村

慈济北宫

　　慈济北宫位于海沧温厝村，沧桑变化，三落四起，见证了自南宋以来的一个个朝代的兴衰更替。

　　相传，1661年郑成功为收复台湾，在厦门一带练兵造船。因当时运输困难，木材紧缺，郑成功便前往慈济北宫朝拜，"得许"拆了南宫、北宫的木料，并许愿复台之后必定"重建庙宇，再塑金身"。奈何收复台湾后，国情剧变，由明易清。顺治年间，为断绝沿海乡民与郑氏往来，实行靖边播迁政策，强迫福建沿海乡民内迁并烧毁宫庙、民房。因此，郑成功虽已收复台湾，却难以完成复建慈济北宫的心愿。

　　康熙年间，施琅收复台湾，内迁的乡民得以返回故乡，重振家园。1686年，附近乡民自动筹资重修北宫，现北宫还保存清代重修时留下的碑记。

慈济北宫部分石碑石柱

龙山宫

龙山宫建于宁店社西北角，坐西南朝东北，与温厝村树德堂成六十度夹角。前后两进，中间天井两廊，面阔三间。

进宫门左侧墙边立着一块古石碑"重修龙山宫碑记"，是清朝光绪十年（1884年）重修庙宇后立的碑。碑文由修庙主要捐款人、本社杰出人士、前印度尼西亚总理李妈赛撰写。砌在进门右墙上的"重修龙潜宗祠及龙山宫碑记题后"碑，则是本村人李君子的好友、奉直大夫刑部直隶司主事李清琦于光绪二十四年（1898年）撰写。

龙山宫还有一块大石碑，碑名称"奉宪立牌"，是清朝同治十年（1871年）由海澄县正堂朱为奉宪而立的，原来立在村边，后来村民们将其移到宫中妥善保管。碑文内容主要是禁止当地"乞丐营"勒索百姓、禁止当地恶霸、丐首歧视华侨，在当年起到了威慑的作用。

光绪二十四年（1898年）龙山宫重修碑记

光绪十年龙山宫重修碑记（局部）

奉宪立牌碑（局部）

水美宫

代天宣化五湖乐太平
巡狩爱民四海庆繁荣

代天巡狩　风调雨顺——钟山"送王船"

"送王船"习俗，最早要追溯到盛世唐朝。

相传唐太宗时期（也有一说为唐玄宗时期），某年有三十六位进士，进京赶考状元。因为来得早，他们便寻了一个地洞，在那里读书、弹琴、唱曲。由于惊扰了朝中某些大臣，这些大臣们便上告朝廷。

皇帝认为好歹都是来赶考的士子，不便随意治罪，就找来当朝张天师施法术制止。结果在张天师祭坛做法时，银朱笔不小心一丢，进士们竟全部成了屈死鬼。这些冤魂天天托梦向皇帝喊冤。皇帝便下旨封他们为"代天巡狩"，替皇帝巡查四方。他们的福利待遇当然也不差，"游府吃府，游县吃县"。

钟山水美宫

重建水美宫碑记

水美宫（又称埔尾庵）它座落在钟山村东南端小溪入海处，庵里供奉着代天巡狩、由于他们生前善恶分明，妒恶如仇，倍受后人所敬仰，络绎不绝前来朝拜。

明代时期贤人受害，后皇旨追谥加封为代天巡狩，在闽厦、漳、泉地区影响甚大，故每日来自各方的善男信女络绎不绝

特设此庙供人朝拜。

了纪念，

火甚旺。

尤其足三年一次仙舟游境的盛大庙会，群英会集，庄骤藏日，锣鼓喧天，龙腾狮舞，高跷蒜街，蜈蚣阁

各种民间乐队，应有尽有，游行队伍有数万人之多，长达几公里，真是盛况空前，实属罕见，随时都有倒塌之危，在辛巳

因庙宇经几佰年沧桑岁月的侵蚀，虽经几次的修补，但已经不住风雨的考验，

任水美宫理事会的会长，陈福元，副会长：蔡全财、蔡友生、蔡志岗、蔡友山、蔡顺安、邦元成、蔡双福、潘两财，会计：

进福、朱俊忠、蔡亚川、蔡宝财、蔡才情、林典胜、温志明、蔡亚顺、蔡文锋、彩莲头蔡世财，

纳：蔡建智及广大的善男信女大力支持，得以重建，今将诚心捐款者芳名特立此碑为记。

本村

玉坤肆仟陆佰元
小建壹仟元
志明壹仟元
休勇捌佰元

蔡跃明贰仟元
明守壹仟贰佰元
蔡金发壹仟元
蔡宝财壹仟元
蔡国忠陆佰元

蔡朝挽贰仟元
陈福元壹仟元
蔡亚顺壹仟元
毅诂堂捌佰元
钟文安陆佰元

蔡宗敬壹仟元
蔡亚川壹仟元

以下各贰佰元

蔡福源
蔡水祥
陈建忠
蔡达祥
林木水
蔡朝生

蔡白叶
蔡义山
蔡国客
蔡进忠
蔡宝才
蔡朝枝
蔡友生

蔡合海
蔡跃民
蔡双福
邦元成
蔡双福
潘两财
会计

蔡志波
蔡福来
蔡碧玲
陈忠福
林木水
蔡朝生
蔡朝枝

林宝山
陈玉明
游丽琴
戴生福
戴生敏
戴生伟
梁丽福
蔡友生

蔡加福
蔡坤寿
蔡全福
蔡合荣
谢锡宏
屠跃红
蔡福顺

　　于是，这三十六位进士的名字被写在纸上，分成十二组，连同皇帝的圣旨牌一道，被装入十二个竹筒。封好封口后，竹筒被投入江中，任它们各自漂流，若有人捡到开启，便是进士们成仙之时。

盛大的王船巡境
活动

其中的一个竹筒，一路由北到南，漂到了浦尾（今海沧钟山社区）的海滩上，被一个觅食的乞丐捡到了。乞丐打开竹筒，竟然看到圣旨和写着朱、池、李三位进士名字的字条，这符咒一开，三位"王爷"也一溜烟儿地飘了出来，开始"代天巡狩"了。

有了王爷指引，乞丐一夜之间也变成了善人，在附近村民的帮助下募资捐款，在钟山村南端的小溪入海处建起了"浦尾庵"，后来改名为"水美宫"，里面供奉的便是这三位代天巡狩的王爷。

在口口相传中，这个故事便是"王爷"的由来，也是"送王船"民俗的关键词"代天巡狩"的来源。事实上，"送王船"最早起源于明朝，黎

王船化吉

王船巡境中的民俗
表演

民百姓以烧王船之礼来祈求王爷的保佑，逐渐形成了规模盛大的一种民俗活动。一场精心准备的"送王船"活动，寄托着劳动人民祛邪、避灾和祈福的美好愿望。

"送王船"于 2005 年被列入福建省非物质文化遗产；2011 年，"闽台送王船"入选国家级非物质文化遗产名录。

王船游境是整个"送王船"习俗文化的重头戏。历届的"送王船"，到钟山参加活动的人数都多达上万人。"王船化吉"则是人们点燃王船"送王船"习俗的高潮。而传说中，船正中的主桅杆倒在哪个方向，王爷对那个片区的民众就会更加眷顾，他们的生活会更平安、事业会更发达。

"送王船"寄托着人们对美好生活的全部期望。虽然它程序繁复、事无巨细，却在人们的齐心协力之下，精密运转、环环相扣。这项凝聚了愿望、祈祷、辛劳和欢愉的古老民俗，借助每一个细节，传递着人们对国泰民安、风调雨顺的真挚祈愿，也把对未来的精彩憧憬带给每一个热爱它的人。

石峰岩寺

石峰岩寺位于钟山村北蔡尖尾山上，依山筑于巨岩奇石的嶙峋叠嶂之中，始建于明代末年。石峰岩寺于清乾隆年间、光绪二十五年（1899 年）、1993 年、2010 年四次重修，奉祀以佛教三宝为主。

寺庙占地面积 134.8 平方米，坐北朝南（偏东），抬梁穿斗混合式石木结构。面阔三间计 9.3 米，进深四间计 14.5 米，高 6 米，悬山顶。寺外建有沁心亭、放生池。寺庙前后石上有"净居""月岫""龙潭""隐圣""心石"五方清代石刻。

寺西隐圣洞中的"隐圣"二字题刻为楷书，字幅高 1.2 米，宽 1 米，两侧直题，"隐妙慧光照法界，圣英教化度众生"。每字 40 厘米，石下有洞穴，宽约 6 平方米。传说，一书生进山砍柴，往山上洞穴观两老者（观音与山神化身）弈棋，不觉天晚，出洞时扁担已腐朽，回时找不到家，方知父母早已过世。原来仙界一日，人间已过百年。书生再度返洞，两老者早已离去，只

石峰岩寺"净居"石刻

石峰岩寺"隐圣"石刻

石峰岩寺"月岫"石刻

石峰岩寺"心石"
石刻

在洞内石缝处留了一把米，煮完吃后，下顿又流出米来。书生等到白头仍不见神仙，伤感流泪，泪水滴在牛背上。书生化成神仙乘风而去，老牛化为巨石。据说，后来某僧人贪心，将洞挖大，米即不流。后人在石上刻"隐圣"留迹。

隐圣洞岩壁上有清人蔡钟的题诗石刻，为五言绝句，字幅高约 2 米，宽 0.8 米，诗曰："四壁悬崖处，无从动斧斤。天然古洞里，栖月与栖云。"寺中另保存有"开元蒙堂"碑刻。

钟山圣公庙

圣德无量护建廷经济昌盛
公灵显赫佑素娥生意兴旺

钟山圣公庙，原供奉吴真人弟子张圣者（另称"飞天大圣"），曾年久失修，后由钟山社区当地民众牵线，台南信众林建廷及夫人王素娥于 2002 年捐资在原址重修。

庙前楹联嵌入夫妻二人名字，寄托了两岸人民共祈国泰民安、经贸兴旺的美好愿望。

钟山圣公宫

钟山社区水陆北宫碑记

　　该碑刻位于海沧钟山社区水陆北宫、土地公庙旁，由当时的钟山族人刻于清乾隆二十九年（1764 年）。

　　水陆北宫目前为私人宫庙，原址在海沧马青路。与温厝村的慈济北宫一样，传说在明末郑成功收复台湾期间，庙宇梁柱被征用造船，但郑氏军队后来驻屯台湾，梁柱未返，该庙宇也自此不堪使用。此后，原庙宇陆续被拆除迁移，后有人以私资重建宫庙，而碑文幸得以留存至今。

    水陆北宫碑文虽简，但既留存了钟山的文化脉络，又与郑成功收复台湾的历史互为映照，供后人追溯与评说。

水陆北宫既毁复兴不予其救毁者止
兴矣宜洁禅不禅则慢不许有或慢□
去慢存敬就敬见孝何也水陆吾□□
祖之所建者也

乾隆二十九年岁次甲申仲冬□月吉
　　　　　　钟山弟子公立

水陆北宫外景

水陆北宫碑记
（局部）

水陆北宫内景

玉真法院

　　玉真法院位于海沧困瑶村，在慈济东宫的东面。庙内祀"飞天大圣"和吴真人神像。据殿中石廊上的石碑记载，玉真法院建于宋代，清同治、道光年间两次重建。

　　"飞天大圣"又称"张圣者"，原为同安县主簿，后弃官跟随吴本行医，据传学会三五飞步之术，授得斩妖伏魔之法。宋明道二年（1033 年），漳泉一带发生疟疾，尸魔王乘机煽祸，瘟疫四起，百姓饥馑，饿殍载道。吴本与张圣者舟米济民，施法除魔，百姓活者不计其数。百姓为感其功德，由解元李森舍地，进士林淑庵创建"玉真法院"。

玉真法院外景

玉真法院近景

传说，当时要塑造张圣者神像，时窘于没有真像可鉴。一日，忽然井里（殿前水井）浮出一段香木，圣者法像显于云头。匠人便据云中肖像雕塑一尊体现飞天大圣智慧正直、健步如飞的神像。这尊神像供奉在玉真法院内背靠镇殿龙浮雕图，两手互迭腹部，面部黝黑，目光炯炯有神。

现在玉真法院前有一口井，这是当年香木浮于井里，法像见于云头的浮木之井。

天地有形外
圣凡含识中

真人钦大圣保佑黎民显愿宫
玉旨敕飞天行化慈祥称法界

云头凝神像灵影归真护稷平仓
井里浮香木返驾旋里肇兴法壤

玉恩院

囊中乾坤顺康泰
袖下日月辉升平

恩赐封二圣显院
玉旨敕飞天施正

飞天驱邪降恶魔
二圣佑民显神威

穴深植善根资寿惠命
广恩种福田保定尔禄

真人医道慈众济世
圣剂妙药功施普佑

露玉降临飞天逐邪施公正
泉恩净土二圣佑民显廉旺

圣旨勒飞天行化慈祥福正恩
恩赐钦二圣保佑黎民显院灵

玉恩院匾额

石困玉石宫

玉盏常明无尽灯

石炉不断千年火

行化慈祥持善植福

缮祀顾土乐境安民

巡游人间察若明

按布周天享清年

重修玉真法院碑记

玉石宫

纠察无私称至德
资生有求垂则应

纲维千秋众怀其德
纯净四土摄化有情

文轩宫

汤岸社文轩宫，主要供奉保生大帝。始建于明万历十三年（1585 年），清道光十八年（1838 年）迁址，1919 年维修，1961 年因年久失修拆除，后于1996 年重建。

正大门

风和日丽文轩宫
地灵人杰官塘庄

文轩宫外景

文轩宫正大门

文轩宫左侧门

神佑黎民永安康　　威镇山川驱雾瘴

文轩宫右侧门

鼓音迴转佛神韵　　锺声唤醒世人梦

左侧门

威震山川驱雾瘴
神佑世民永安康

右侧门

钟声唤醒世人梦
鼓音回转佛神韵

前殿

保生灵丹炼咸九转好
大帝化露沾光万家福

中殿

生忠于国帝勋博厚配乾坤
保生斯民大德昭明同日月

后殿

济众护国救世号真人
慈心保佑生民称大帝

仙护宫

懿矣千年宝像永护群生

翕然一片婆心同参慧业

天潢浩上泛禅波而万派咸宵

命树苍上秀贝叶而千秋永茂

仙回大道度参天地

护显神光普照人间

仙护宫原大门古碑

钟山圣公宫碑记

仙护宫原大门古碑

该碑始刻于清光绪壬寅年（1902 年），所镌字迹今已模糊不可考。

重修仙护宫碑记（光绪年间）

该碑始刻于清光绪壬寅年（1902 年），主要记载当时捐资重建人士名册，大部分字迹已模糊。在"文化大革命"时期，该碑被劈成两半，严重破坏，后人在重建时将其恢复。

仙护宫重刻碑刻右正面

仙护宫重刻碑刻右背面

仙护宫重刻碑刻（1992 年）

　　仙护宫，修于光绪壬寅年桂月，民国壬戌十一年腊月重修。一九六六年"文化大革命"中遭到毁坏，仅存大门前石雕。为发扬我先人业绩，应广大民众意愿，于一九九二年彻底重建，构筑后占地面二百八十平方，系钢筋混凝土结构。为相继完整的保护此成果，让子孙后代世代相传，特立此碑，望共同保护之。以勉慰我广大爱护关心，为此做出贡献的各界人士。

仙护宫筹建委员会

公元一九九二年九月二十一日

凤安宫（莲花社区茂林社）

山岩清水圣道灵

慈尊老祖神重光

凤安宫匾额

凤安宫外景

凤安宫壁画

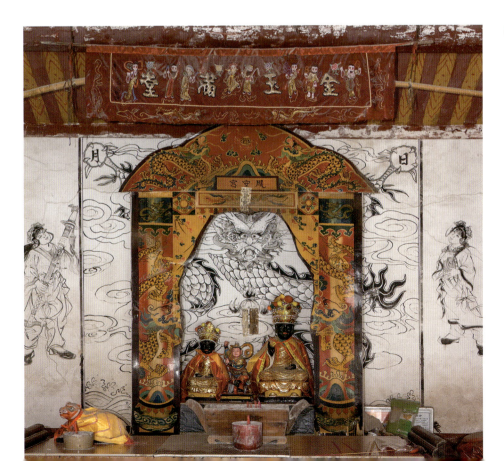

凤安宫内景

凤林宫（莲花社区茂林社）

凤舞龙腾祈安生瑞象

林晟谷山赐福呈昌祥

大道施恩千秋兴

神灵庇佑万代晟

神医深道兴凤林

帝德馨香振慈济

神麻泽溥保生佑民封大帝

圣德渊深护国救世号真人

凤林宫

神光披凤林普度众生

兴建中华壬辰年生辉

大帝佑民医德医术古今崇

保生济世神方神效遐迩传

凤山宫（莲花社区茂林社）

广德凤尊圣神灵

泽长山王迹重光

凤山宫

宝莲宫匾额

宝莲宫

宝莲宫（莲花社区南山社）

宝莲宫，曾于清乾隆丁酉年（1777年）腊月重建，2010年由于厦深铁路建设，由原址拆迁至南山社重建。其坐向由坐北朝南变为坐南朝北，原先大殿正门的楹联上联中的"云圃"也改为"天竺"，即以前面对的是云圃山，如今改面对天竺山。

宝莲宫中的其他对联也因迁址有了"换景"的表述，是为一趣。

值得一提的是，与当地众多供奉保生大帝为主的宫庙不同，宝莲宫同时供奉保生大帝和源自福建安溪的清水祖师，后者也是传说中的福建铁观音茶始祖。药、茶共济，小小宫庙，体现的正是民间信仰与自然的和谐交融。

天地道道人生道

保国保家保生灵

　　　（保生大帝）

立地成佛法无边

清心至善祖师缘

　　　（清水祖师）

宝莲宫右侧门

宝莲宫左侧门

天竺祥云萦殿宇

宝莲甘露满南山

南山社里拜菩萨

宝莲宫中现如来

宝殿辉煌天山北拱南山秀

神威赫濯佛法均参道法灵

宝莲殿宇辉煌普照如来日

佛恩广大庇佑莲山平安天

殿宇离明妙道时悬天竺月

神恩普济灵心日照宝莲乡

重修瑞青宫碑记（清道光二十三年，1843 年）

　　该碑为清道光二十三年（1843 年）重修三都瑞青宫时所立，清代著名书法家吕世宜手书。

　　青山绿水环绕的三都瑞青宫，坐落于海沧街道海沧社区东头山之西，始建于南宋乾道年间，距今已有近千年的历史。海沧旧称"三都"，由于瑞青宫地处海沧古码头边、月港北岸，面临辽阔的九龙江，明朝中后期，海沧一带大量民众从古码头出发，沿着"海上丝绸之路"到我国台湾与南洋地区谋生。

　　按照闽南习俗，许多民众在出行前都会到瑞青宫祭拜，祈求平安，并将保生大帝的香火与祖宗牌位一同挂在胸前，请到海外，建立保生大帝分庙与宗祠供奉。这些"海上丝绸之路"的弄潮儿虽身在海外，却心系家乡。在瑞青宫留存至今的两次重修碑记上，记载有 160 余个捐赠商号。它们中不少是

瑞青宫

重修三都瑞青宫碑记（道光二十三年，1843年）

海沧人赴海外打拼时创办的商号，或是与海外有贸易往来的海沧商家。这些商号通过碑刻记录留存至今，也是"海上丝绸之路"与华侨史的重要实物见证。

如今，瑞青宫作为厦门市涉台文物保护单位，每年都要迎接大批台湾同胞和海外侨胞前来谒祖。这里还供奉着目前海沧唯一一尊"黑脸"保生大帝。

每年农历四月，瑞青宫都会举办保生大帝绕境巡安活动，包括请神分灵、进香气火、绕境巡游，以及扣人心弦的"乩童穿腮"表演、夜间精彩的歌仔戏酬神等，充满浓郁的闽南风俗特色，也成为岸信徒和民众的一大盛事。

重修瑞青宫碑文

祀有典何古圣人，神道设教凡有功德于民，与夫为民御灾捍患者咸享春秋增爵秩，所以培风化而昭神庥典至钜为吾闽。

保生大帝发迹白礁，自宋咸平以丹药济人得道飞升历宋元明讫。国朝其保国佑民，诸显绩彪炳典册，以故徽号叠加尊崇备至沧江瑞青宫前明崇祀。

大帝尊神兴构初基，碑缺有间迨嘉庆庚申里人，周镇、林长华、林元良、周六倡议重修，更辟前宇左为四室，住持者居之，以司香火甚盛举也硕，规模少隘复多磨，年所飘摇雨风蠹蚀虫螳岁时，祈欵❶者大惧榫橡坍塌无以奠定。

---

❶　注：此字暂查无对应字，为"辛"与"欠"合字。

神居而勇于为义振衰起废者复苦无人，于是里人林以凤长子绍享航海贸迁与其同侪李妙卿等鸠金若干议兴。

神祠以赀不给群祷于。

神果降之福获悉紫倍遂相与筮日改造而以凤为之植费犹不供乃益倾私橐里中，诸同志得心居等亦雀跃共事，慕釀更新众义而应之，用廓其基址崇其檐栋，始于道光庚子四月，成于十一月，縻白金一千三百二十余两，由是庙貌巍峨。

神灵赫濯里沐休祥家膺多祜享。太平而跻仁寿于古圣人，神道设教适然，有合岂不懿哉。

同安吕世宜谨记并书

重修三都瑞青宫碑记（光绪十八年，1892 年）

吕世宜

吕世宜（1784—1855 年），字可合，晚年号不翁，祖籍清代马巷厅金门西村，出生于金门，后随父亲移居厦门。其人博学多闻，研究涉猎文字学、训诂学、音韵学、书法及金石，著有《爱吾庐笔记》《爱吾庐文钞》《古今文字通释》等。曾执教厦门玉屏书院，并参与主编《厦门志》《金门志》，被我国台湾淡水富豪林国华兄弟聘为家庭教师。林氏建板桥别墅时，其亭园聊额，多出自吕世宜之手。作为清代闽台两地著名的书法家，吕世宜素有"台湾金石学宗师""台湾图书馆之父"之称。其书法上追先秦的铜鼎文、石鼓文及秦汉篆书隶体，也可与清代的邓石如、伊秉绶、桂未谷等篆隶大师相媲美。曾有学者评价道："伊秉绶用他华丽堂皇、富贵大气的隶书打扮了清王朝乾隆、嘉庆两朝太平盛世，吕世宜则是用他高标孤独、离世脱俗的篆隶点缀着风雨飘摇、转盛为衰的道光朝的门面。"

瑞青宫的楹联，虽以保生大帝行医济世为主题，但其中一副楹联尤有意趣。

该楹联位于瑞青宫内殿，上联为"存真性炼真丹真哉真人灵昭海甸"，下联为"以大生资大化大矣大帝泽被沧江"。楹联分别以吴真人的"真"字，与保生大帝的"大"字入联，用五个"真"与四个"大"，将保生大帝信俗的精髓，通过文字的魅力展示得淋漓尽致，可谓海沧保生大帝楹联中的精品之作。

　　瑞霭焕新模圣灵永耀
　　青囊传眇药帝惠长存

　　存真性炼真丹真哉真人灵昭海甸
　　以大生资大化大矣大帝泽被沧江

九转成丹慈能济众心即佛
累朝褒显保及生灵医乃神

丹井泉清妙惠长留千古
红丝法祕医灵普济万民

古龙宫楹联

古远通今慈善神医保万民
龙脉传承济世药圣佑百姓

悬壶济世无私大道号真人
神灵保生有求必应封大帝

保济泽惠凡虔诚皆永安
生灵感戴膺祀典而常新

古龙宫正门

龙王庙重修碑记（清同治年间）

龙王庙重修碑记

（清嘉庆年间）

朝源宫

朝源宫又称"王爷间",是一座供率"代天巡狩"王爷的袖珍型小庙宇。这里是海沧社区一处幽静所在,当地话谓之"要清王爷间",意为"王爷间处最清净"。

海沧基督教礼拜堂

在海沧社区,有两座已有百年历史的基督教礼拜堂、天主堂。它们与在此的中式宫庙风格迥异,虽信仰不同,却共同诉说着中国近代以来中西融合的历史宏大叙事。

海沧基督教礼拜堂(旧称"基督教海沧堂")的建造与变迁历史,与中国近现代史的"节拍"息息相关。它始建于 1920 年,时值西方传教士来到中国传教的高峰期。经过早期的传教熏陶和"渠道"搭建,传教士的"事业版图"已从最早西风东渐的鼓浪屿,向着闽南各地拓展。第一次世界大战后所带来的短暂的世界"复兴红利",进一步推动了西方传教士进入中国的步伐。

1936 年,礼拜堂进一步翻修,由当时的"海沧中华基督教勉励会"立碑"基置于耶稣基督"。其时,世界局势再次风起云涌。1937 年的 7 月,"卢沟桥事变"标志着中国全面抗战的开始。中国被卷入战争,没有一寸土地能独善其身。而身在中国的许多传教士,以他们"世界公民"的博爱,与中国人一起抗击侵略。

1997 年 10 月,借由周朱基金会的捐建,礼拜堂再次"焕新"。这一年,香港回归祖国,中国人以全新的姿态出现在世界舞台上。

海沧天主堂

　　海沧天主堂，1919年由西班牙神父林栋梁主持创建，后于1999年重建。当时，厦门有五座教堂：厦门天主堂、鼓浪屿天主堂、海沧天主堂、高浦天主堂和同安天主堂。海沧天主堂建筑面积154平方米，为中西混合式教堂，可容纳100多人，该堂当时定名为"圣方济各沙勿略堂"。

　　厦门作为港口城市，拥有得天独厚的地理优势，早在明末时已有传教士前来厦门传教。在清代开放口岸通商后，更多的西方传教士纷纷进入中国传教。1576年，天主教最早在厦门传教；1842年，美国归正会最早在厦门传福基督教，天主教和基督教的氛围在厦门也越来越浓厚。

　　天主教于1885年开始传入海沧，当时不断有外来基督教徒在海沧定居，由于没有活动场所，只好定期到厦门岛内过教会生活。后来，车文彬医生代表海沧地区基督教徒倡议在海沧福阴楼成立"讲道所"，经过五年活动，积累了部分资金，于1890年年底正式把"讲道所"改名为"中华基督教海沧福音堂"。

基督教堂重建碑刻

　　福音堂成立以后，开办教会小学——海沧测源小学，它实行教徒子弟义务教学的六年制教育，免费为适龄儿童提供义务教育，为海沧培养了许多后来纵横商界、军界、文化界等各领域的优秀人才。

　　悠悠百年，沧海桑田。在早已步入全球化时代的今天，这两座教堂已经成为海沧多元而丰富的宗教文化的重要载体，也在新的时代继续推动这座新城与世界文化的独特融合。

海沧天主堂

福海宫

　　闽南民间信仰崇拜神祇，大多分"文""武"两类。如果保生大帝信仰是"文"，祥露社区福海宫供奉的"武神"马仁，就显得颇为独特。

　　作为大唐兴盛时期的将领，马仁随"开漳圣王"陈元光入闽，战功赫赫，也是开发闽南的重要推手。而在闽台民间，马氏武将神祇亦多有"辅顺将军"之称。福海宫的楹联，正是嵌入了"福""海""辅""顺"四个关键字。

　　在台湾地区，辅顺将军的信众，多为海沧、漳州后人。其专祀的庙宇有十余座，分布于台北、台中、宜兰、彰化和台南等地。每年农历九月的辅顺将军圣诞日，也有闽台两地同时祭祀的风俗。

　　福在天辅二将神
　　海平地顺三军营

福海宫外景

福海宫匾额

福海宫碑文

福海宫碑文

舍人公,名马仁,河南光州固始人,青年从戎,文武兼备。唐总章二年,任扬威将军,唐景云二年随开漳圣王陈元光入闽,屯兵开垦闽南四境,且战且耕,公注重融和关怀汉闽民众,传播中原文明,办学助耕,惠工通商,行善济世,使闽南繁荣发展,建功于国,造福于民。宋绍十三年,追封威武辅顺上将军,深受百姓尊崇爱戴,建庙入祀,黎民拜模,庇佑众生,保境安民。

公元二〇一三年立

惠德宫

惠仁化境怀黎庶
德昭济世播福音

西岭翠丝拥宝阙
东海碧波映莲台

广灵宫

广大含敷馨上路
明灵有赫奠祥江

精诚尚义开闽忠良将
仁王大行赐福圣王侯

广灵宫匾额

在天宫匾额

在天宫

在滋祈颂吉祥福
天下安泰如意春

宝殿巍然山水韵
瑞香荣华社稷兴

在天宫

广惠宫

大道济群彩参天化育
保生传妙诀薄法承麻

大道广敷惠泽长符祥露意
真人普佑慈衷久洽万民心

宫名广惠兮白礁一瓣灵香
帝曰保生契黄箓三经密旨

广惠宫匾额

济世慈衷心诚如保
活人神术德大曰生

广施大道神恩普
惠爱生民帝德深

祥增文圃昭神德
露渥庄江颂帝恩

广居殿上明裁判
惠爱阴间正罚刑
（阎罗天子）

广注人间生命数
惠存天下济危心
（注生娘娘）

广惠宫壁画

金沙宫

　　金沙宫位于后井村衙里社，主殿供奉保生大帝与玄天上帝，其楹联的意趣在于地名与神祇的巧妙结合。

　　例如，正门楹联"金丹寿世称慈济，沙坂承恩颂保生"。又如，左右门边楹联题了四句藏头诗："保世为怀自昔礁山留胜迹，生民有赖于今衙里报馨香。大道褒封历宋元明清叠锡，帝恩高厚合周陈谢魏均沾。"取第一个字连贯起来就是"保生大帝"。这几对楹联历史也最为悠久，系 1998 年重建金沙宫时自阳庙门柱拓印下来，按照原样雕刻于新庙门柱上。

　　此外，部分楹联的创作也显得有声有色，如"九龙江潮潮朝拜玄天，聪研山声声馨颂保生"一联，不仅取"潮"与"朝""声"与"馨"的字意互文，更可从字里行间听到声音的意境，观联有如身临其境，是为佳作。

金沙宫

金沙宫内匾额

金丹寿世称慈济
沙坂承恩颂保生

保世为怀自昔礁山留胜迹
生民有赖于今衙里报馨香

大道褒封历宋元明清叠锡
帝恩高厚合周陈谢魏均沾

九龙江潮潮朝拜玄天
聪研山声声馨颂保生

帝恩高厚赐沙坂厚福
神光赫显佑金沙显达

帝寿无疆如日月永恒
神恩浩荡似雨露长沐

医帝灵丹圣药济众生
玄天宝象神光镇邪魔

重建金沙宫碑记

　　据乡人记述，以前庙外曾经立着几块石碑，后来海边修路，遂将石碑移走，或填海，或当路石，年长月久，渐渐无人知晓。1998 年重建金沙宫时，修庙的师傅在庙门前两尊狮子的石座下，各发现一枚精致的"康熙通宝"钱币。重建新庙时，后井乡亲照样把这两枚康熙通宝分别埋在了两只狮子的石座下。

镶嵌在庙墙上的《重建金沙宫碑记》中第一句诗"大清盛世建金沙，康熙通宝亲石狮"清晰地记录着这段史实。

大清盛世建金沙
康熙通宝亲石狮

"金沙宫"沙坂周陈谢魏先人所建，俗称衙里大庵。迄今历三百余载。前辈也曾多次修复过。然年深月久，风雨侵蚀，灰掉墙裸，虫蛀梁柱，木圆木洞朽，雕梁斑驳，画栋黯淡，塑龙彩雕，剪贴脱落，面目已非昔。各社老辈聆听采纳少壮心声，以睦邻各乡里都有修复宫庙之善举，为村容社貌壮观见。各社遂涌热心叔伯兄弟于戊寅年三月组成金沙宫理事会，拟计划、筹资，监理重建事宜。

群策众力，汇涓成流，诃水凝晶。"金沙宫"择戊寅年三月十五日破土动工，于当年十月十二日竣工。诚请金沙淑女各乡里的姑婆姐妹举捧灯之盛典，重建的"金沙宫"瞻高 90 厘米，程鹏前进约 16.5 米。金碧辉煌、美轮美奂的金沙宫，为村民大众增一活动场所矣。

天后宫重建碑记

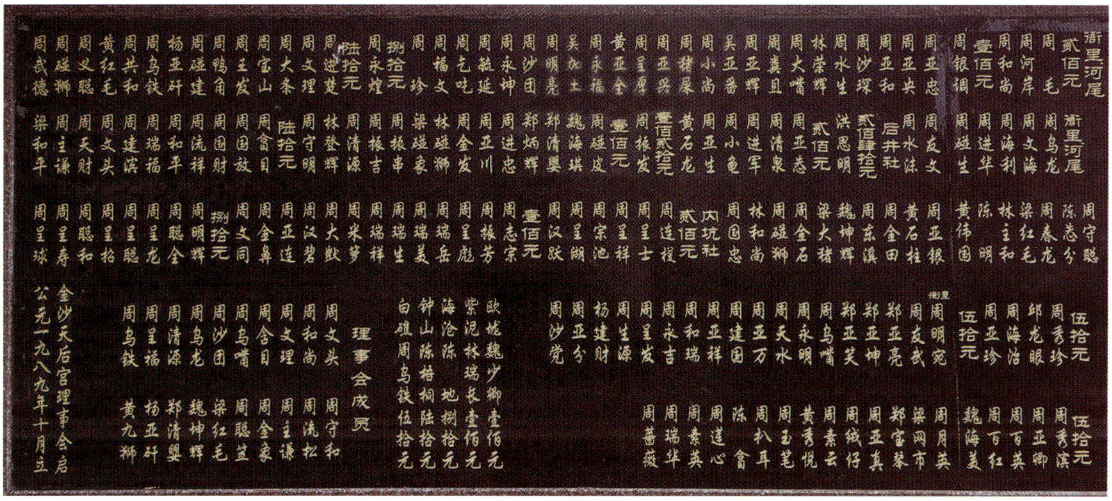

佛祖庵

慈善庙

佛祖庵

佛祖庵紧邻金沙宫正殿，为一座重建不久的佛教庙宇。该庙宇始建于清朝年间，由于年深月久失修，于民国初年倒塌。2005年，当地热心人士集资组建理事会，于2006年2月修建落成。

慈悲喜舍度受苦众生
云披彩霞通南海洛伽

聪研山翠衔里增锦彩
九龙江碧惠泽金沙民

翠柳拂开金世界
甘露法力用无尽

慈善庙

慈悲于人保佑万民兴
善事在心祈求五业旺

金沙天后宫

金波万顷九龙腾
沙浪千峯鲲鹏飞

天上福泽惠四周
圣母神威镇海疆

舟棋桨橹乃千里
樯桅篷帆靠顺风

圣迹金沙昭护庇
航程安稳报平安

天后宫大门

天后宫外景

天封圣母神光护海国

妈祖娘娘水德配乾坤

妙灵昭应海晏河清纳千祥

神光济运风调雨顺招百福

金沙天后宫重修碑记（局部）

天上赐福惠四周

圣母神威镇海疆

天后宫奉祀天上圣母，天妃娘娘，海上保护神也。金沙天后宫周家奉祀妈祖四百余年矣。大清乾隆海澄县志载，明万历年，文昌祠在圭屿周中丞起元募建，复有大士阁天妃宫，云构流丹，波光掩映。妈祖圣惠威灵佑黎民，年久月深，大清道光二十二年祖辈重修金沙天妃宫，至今也一百六十余年。妈祖天妃宫也经历一九五九年"八二三"大风，台墙倾瓦飞，于一九八九、一九九四年在渔民众弟子善男信女齐心协力，二次整修重建。（花费）十三万四千六百元的金沙天后宫金碧辉煌、美轮美奂，历史源远。现今的金沙天后宫，愿妈祖神威显赫、香火鼎盛，妈祖佑黎民，永祀。

永寿宫

永寿宫位于后井村石甲头社，相传明万历年间就已经建庙。1949 年 9 月，石甲头曾是解放厦门的一个重要战场。在炮火纷飞中，庙旁的一棵大榕树被炸毁，大枝干压塌了屋顶，后经村民集资修复了庙宇。

永寿宫供奉的保生大帝神像，相传是慈济东宫里保生大帝神像的"真身"，是石甲头社信众请到永寿宫来的。据传，当年，抬着大道公神像随进香大队伍前往东宫祭拜，回至石甲头村口遇到大雨，辇轿突然着火，烈焰熊熊，众人受到惊吓。后雨水停歇，大火也慢慢熄灭，大家围上观望，辇轿里的保生大帝神像却依然栩栩如生，毫发无损。从此，每年的进香活动这尊神像就再没随队出行，而是由村里另一座庙宇石英堂供奉的"公子爷"作为代表，前往东宫挂香。

永寿宫匾额

　　永年有奇方保生者帝
　　寿世无异术大道为民

永寿宫外景

永寿宫楹联

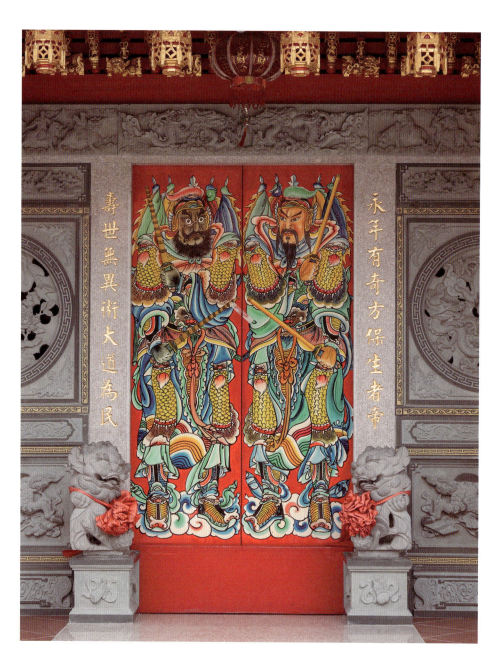

天灵宫

天灵宫始位于后井村内坑社，始建于嘉庆十七年（1812年）。

其大门的门楣横批与众不同，刻的不是宫庙的名称。挑起绣着"金玉满堂"字样的大红门楣丝帘，现出了青石门梁上的红底金字，自右至左五个大字异常醒目——"天上三公子"，门梁上右边小字是"嘉庆十七年"，左边小字"桂月敬立"。

两根门柱的楹联及左边门柱小字落款"飞天张二圣题"，笔迹遒劲有力，是周边庙宇楹联中的精品之作。

寸心由藏白日飞凤朝姬室
片言能算青天栖鸠唤金宫

天灵宫

正顺庙

正顺庙位于后井村后井社，主要供奉"王孙元帅"，已有数百年历史，历秋冬风霜，瓦烂屋颓。后井社众善男信女于 1996 年重建，使正顺庙重新金碧辉煌、绚丽多彩。

正道威灵播古庙水仙镇境
顺天应民踞圣地元帅佑民

后靠大岩山物华天宝
井朝九龙江财源长流

正顺宫

神威显赫圣迹千古在
恩德福泽神灵永长存

鸿颂神灵显达振后井
香炉紫烟布霞佑庶民

擎南白玉柱王孙元帅
使闽紫金梁福德威灵

金盘捧玉莲枝繁叶茂
厚福赐后井千舟竞发

风调雨顺万民尊河神
千秋功德黎庶敬水仙

迎仙宫前殿石碑（2007 年翻修重建碑记与乐捐石刻）

　　宋开熙三年（1207 年）岁次丁卯二月初二日，朝廷为表五州节度使李君怀（字贞孚），尽忠安邦，体民杰绩，为官清廉，施政有方，治下民生富足，夜不闭户，路不拾遗，宋王赞曰："贞孚奇才栋梁器也！"特下旨嘉封"南靖王"，敕令重修迎仙宫，并圣旨传谕："宫前过往臣民，马息鞍辇止驾步足礼前。"因此，民间盛传"唐开基宋再治"。时值闽南黎民盛赞治病救人，重修后的迎仙宫规模宏大，为远近之最，故又称"大庵"。

迎仙宫匾额

　　清嘉庆十五年（1810 年），李青銮、李桂树等乡贤又集资重修。是时风调雨顺，五天圣帝成为迎仙宫主神。

　　迎仙宫在漫长的历史进程中，既历经太平盛世，又历经坎坷动乱。在最近的 60 多年里，曾兼作乡政府、学校、供销社、信用社、兽医站等。在过去动荡的岁月中，神像金身焚化、史料遗失、圣旨碑、石刻、彩塑、木雕等文物被毁，宫庙被严

迎仙宫

重破坏。1985年，东孚乡政府为保护迎仙宫历史文化遗产，保留下六支龙柱将其改建为"东孚文化站"。2004年，东孚镇政府决定将迎仙宫回归民间。东坂、下土楼、山边、崎头、林后、寨后、诗山、庵头、后坑、长北、西山、浦头等社和热心公益之善信，共集资人民币66万元，于2005年4月动工重修，2006年竣工。

　　新修的迎仙宫栋宇巍然，保留并发展了原有特色。主体为砖木结构，六支龙柱复位，花草、山水、飞禽、走兽分别用石雕、彩塑、木雕构成。十八条半巨龙神态各异，以示原仙店住民十八社半。宫前古榕记载着千年水文气象数据，用花岗岩砌成八卦图形，既保护古榕又纪念五千年道德文化。台阶两旁一双经修复的千年石狮，记载着迎仙宫沧桑历史。

丹成汞熟医国救民咸颂保生
药石妙济躯瘟逐邪供仰大帝

庙门临国道
神格冠中华

国泰民安沐神麻
风调雨顺沾圣灵

重修迎仙宫碑记

迎仙宫牌匾

制陶器导耕织帝德史册永载
究息脉察穴位医经历代相传

南昺文圃两路畅通物华天宝
北筌天柱一山逶迤地灵人杰

神农古帝臻华夏
人伦圣祖创文明

雕龙镌凤循古风
画栋朱梁启新宇

九天日月拓新景
万里和风存古韵

圣范尊严仙店钦崇联气谊
帝思广运保内赫濯显声灵

德侔天地道冠古今
删述六经垂宪万世

慈济真人源礁宫
大道日生毓玄奥

万古斯人主宰振乾坤昌神州
千秋大道精神昭日月播海甸

忠义堂

"名世干城"牌匾

忠义堂于民国初年兴建，1997年重修。明天启年间，朝廷为海沧抗倭英雄李良钦加封"名世干城"。该匾至今留存于忠义堂中，诉说着一段可歌可泣的英雄史。

忠义堂大门

明朝倭寇为患，严重影响了中国东南沿海人民的生活。海沧一带的英雄儿女和朝廷的抗倭军队一起，奋起御寇，保家卫国。李良钦就是其中的杰出代表。

李良钦（1490—1580年），明代同安县积善里山边（今东孚街道山边社区）人氏，名三，讳天赐。相貌魁梧，文韬武略，习得齐眉棍法，后改良为丈二棍法，并成为一代棍法宗师。他以武会友，结识武会，设教四方，传习棍法。

面对倭寇猖獗，李良钦率地方百姓、族中子弟、组织武会（忠义堂），并率地方百姓，展开抗倭斗争，后官拜义勇将军。他在东孚诗山社寨后村建造的抗倭山寨"龙安寨"（今鑫龙谷），成为民间抗倭组织的根据地。

忠义堂内景

由于李良钦在抗倭斗争中功劳巨大，抗倭名将余大猷曾上其功于朝，但李良钦坚辞不就，归卧林下，寿九十余。天启二年（1622 年），朝廷加封"名世干城"，以彰其功绩。

李良钦与俞大猷

俞大猷，字志辅，号虚江，泉州北郊河市人，明代抗倭名将。

据民间记载，俞大猷少年学武时，曾拜李良钦为师，得其棍法真传。当时，李良钦的弟子因棍法的实战性，也将其称为"荆楚长剑"。后来，作为"丈二棍法"的一代宗师，李良钦带着他的弟子和族人，在抗倭斗争中，也凭借这套实战性强的棍法，让倭寇摸不清来路，吃了无数的闷棍。

出师之后，俞大猷参加全国武举会试，一鸣惊人，自此得朝廷重用。他与另一位抗倭名将戚继光辗转于浙、闽、粤剿倭，两人犹如当时的"双子星座"，互映生辉，史称"俞龙戚虎"。

当俞大猷率军来到福建，李良钦主动带领族人投奔他这位原来的"弟子"，将棍法教给更多的将士。至此，朝廷军队在民将和义勇军的支持下，所到之处，攻无不克，沉重地打击了倭寇的嚣张气焰。

李良钦的棍法传授，也促成了俞大猷整理创作《剑经》。这部作品被戚继光全文收录于著名的传世兵书《纪效新书》，得以流传至今，成为中国武学宝库的珍宝。刀光剑影黯淡，鼓角铮鸣远去，在武学价值之外，它所呈现的英雄风骨，不管多少年后，都如宝剑在匣，时时准备鸣响，给人们留下对波澜壮阔的恢宏历史和其伟大人格的追思。

忠孝两德传世代
义勇双全冠三军

善男信女樂捐

乐捐碑刻

忠于职守励精图治八闽歌升平
义锻英贤韬略用兵四海铸长城

辅顺将军庙

辅佐王师力开闽土
顺安民众威镇鼓堂

辅顺将军庙，兴建于清朝开国年间，后于 2008 年 2 月翻修。民间相传宋仁宗令杨文广任元帅，马殷为先锋、李柏苗为军师，平定闽南十八寨（洞）之山精野怪，战胜后镇

守福建漳、泉府。后世民众追奉祭祀，遂成为当地民间信仰。

　　正殿主位主辅顺将军（马殷）、辅胜军师（李伯苗），"文化大革命"时期遭毁坏丢弃，庵庙成为荒地，曾被居民拿来种植蘑菇。20世纪90年代后，由本地社里乡贤集资雕刻，重塑马公像。

辅顺将军庙匾额

辅顺将军庙

慈善宫

制耒耜务稼穑帝德史册永载
跨赤兔执青龙圣君义薄云天

瑞霭祥光存古韵
山川聚秀拓新景

帝德永恒振华夏
神恩广被佑家邦

慈善宫大门

庙宇维新钟灵毓秀联乡吉庆
殿堂如古神威显赫合境平安

国泰民安灵永在
风调雨顺物咸亨

慈善宫外景

关帝庙

帝泽永恒功昭日月

君德常临义薄云天

圣仁宫

辅天地赫赫思被六合

顺乾坤昭昭灵应九霄

桂馥兰芳山景绚丽

顺风疆边更赖三军

关帝庙

辅助江山生仗帅将
福星拱照黎民康乐

山灵水秀风调雨顺
边庄社稷合境平安

叩答天恩一点愿
祈求帝誉万年青

圣驾未临祥开至
仁光有赫福攸同

德云宫

德望长弘紫气昭新宇
云天焕彩霞光壮大观

教主锡鸿恩法力长维储室
真人降福泽灵光永沐霞楼

庙宇屏天柱帝座千秋赐福
宫门眺文圃神祇万代光昭

德云宫外景

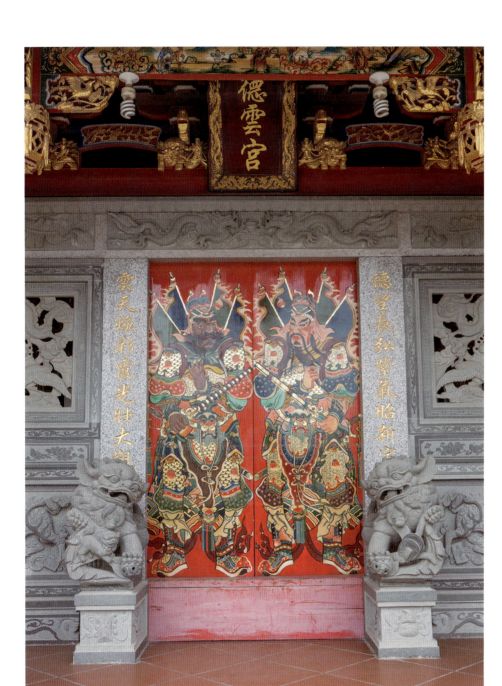

德云宫大门

德云宫内楹联

神尊道德昭彰参造化
帝驾神威显赫佑黎民

民众须行多积善
神明仍庇求蒙庥

道经有德护万民
佛法通天昭百代

禅心悟世播千秋
法力无疆安四境

圣德远扬延古庆
灵光永拂赐鸿昌

池府王爷间

东屿村顶社的"王爷间"已有一百多年的历史，供奉的是由翔安区马巷街上的元威殿分灵而来的池王爷。据民间相传，池王爷姓池名然，南京人。明万历年间中进士后，奉旨调任福建漳州府台，途经今翔安地界小盈岭时，遇二个黑衣人，获悉这二人乃"天使"，是奉玉皇旨意欲往漳郡撒播瘟疫。

池然遂设计骗取疫药吞服，行至马巷地面，毒性发作，池然脸色遽然变黑，立马歇于附近一巨榕之下，盘足升天。玉皇感念他爱民如子的精神，敕封作为"代天巡狩总制总巡王"，晋爵王爷，派往马巷为神。

每年农历六月初十，村民都会抬着池王爷的神像回到马巷元威殿祖宫进香。据说，这一习俗至今已经坚持了20多年。最早的时候，由于交通不便，村民到马巷进香都是坐船去，现在则改为乘车。自愿参加的村民准备好供品，以及金银纸等物品，将池王爷的神像抬上车，一路浩浩荡荡"开"到马巷。到了元威殿，村民们把池王爷神像抬到主殿，进行朝拜和添油香仪式后才返

池王爷府间

回。除了进香外，每年池王爷的诞辰——农历六月十八，庙里也要热闹好几天，村民会自发前来朝拜并答谢歌仔戏。

东屿池氏王爷保一家平安

屿望万民善德定添丁安康

妈祖宫

东屿村的妈祖崇拜最早可以追溯到明代后期，东屿村民自古打鱼为生，家家户户崇拜妈祖。最早的时候，村民自发在家里设立简单的妈祖神位，进行祭拜。后来，村民集资在海边船只靠岸的大码头处，建立了一座小型妈祖庙，后因台风被毁。

1994 年，村民集资再次在原址重建。除了供奉妈祖之外，庙里还供有土地公、"顺风耳"和"千里眼"三尊神明。由于东屿妈祖宫是湄洲妈祖庙的分灵庙，因此每年农历三月十二，村民都会把神像带到湄洲妈祖庙进香。

妈祖宫匾额

风调雨顺民安乐

圣母慈悲盛太平

镇风恩浪法力四海扬

护国庇民芳名万古传

千百年戴神灵遍布

亿万家户顶漫馨香

圣慈皎湄风清月明

母德洋州浪静波平

乐善堂

佛祖庵又称乐善堂，坐落于东屿村顶社的大榕树下。据介绍，该庙已有七百多年的历史，后由于"八二三台风"倒塌，于 20 世纪 80 年代重建，1997 年扩建。

庙里主供观音菩萨，兼供注生娘娘、福德正神等神明。这些神明还兼任镇宅之神，村民在乔迁新居或结婚时会将庙里神像请到家里坐镇一个月，早晚烧香燃纸朝拜，祈求诸事平安。除了每年三次观音诞辰庆典之外，乐善堂每三年举办一次"平安清醮"仪式，祈祷风调雨顺、国泰民安。

乐善堂匾额

乐行慈云护社稷
善施法雨沾群黎

座上莲台频结子
瓶中杨柳自生枝

白莲台上慈悲主
紫竹林中观世音

西方竹叶千年翠
南海荷花一品幽

中元宫（旧庙）

据传，中元宫始建于明代末期，距今已有四百多年的历史。据清光绪十九年（1893 年）《重修中元宫碑记》记载：光绪年间由于宫庙规模较小、年久失修，由热心村民李妈吕带头捐款，村民自发集资，历时一年扩建庙宇。宫庙受台风影响倒塌后于 20 世纪 80 年代再次重建。2010 年，由于重建的中元宫缺乏修缮，石雕、木雕构件损坏严重，村民自发捐款再次重建。

中元宫分左、中、右三殿。左殿供奉水仙尊王，中殿供奉三宝佛，右殿供奉保生大帝、三元帅。每年的重大庆典有农历正月二十保生大帝进香和农历三月十五保生大帝诞辰。

中元宫与海沧重要的非遗民俗"蜈蚣阁"渊源颇深。早年，蜈蚣阁主要是与"平安清醮"共同举办，三年一次。从 1985 年开始，宫庙定于每年正月二十将保生大帝的神像抬到青礁慈济宫进香，1987 年在进香的队伍之中开始出现蜈蚣阁。此后，蜈蚣阁赴青礁慈济宫进香逐渐成为东屿村特色的民俗之一。

中元宫旧庙外景

中心本慈悲济世救民

原愿乃坚毅降邪驱魔

水不兴灾万民安宁

仙有妙法造福千邦

保卫生灵护我黎庶

大挥帝力胜赛岐黄

中元宫（新庙）

东临鹭江碧海眺远峰

屿地佛光普照显神灵

中元宫旧庙大门

中元宫新庙外景

重修中元宫碑记　　　　　　　　　　　　　　　　　　　　中元宫新庙门口

国家级非物质文化遗产——蜈蚣阁

　　农历正月二十，当其他地方过年的气氛已经渐渐淡去的时候，海沧东屿村最热闹的日子却刚刚到来。

　　每年的这一天，整个东屿村都仿佛集体"穿越"进了一个庞大的神话故事中——这便是海沧东屿的非遗民俗"蜈蚣阁"。相传，当年保生大帝吴真人，一生行医救济百姓，大多以蜈蚣为药引，因此，后人为了表示对他的敬仰与纪念，就把"蜈蚣"衍生成了一种盛大的祭拜民俗。每年农历正月二十，东屿村民们在东屿中元宫保生大帝前往青礁慈济祖宫谒祖进香的这一天，大家齐心协力把一条长长的"蜈蚣阁"一直抬到青礁慈济宫去进香，为中元宫保生大帝开路。

　　闽台的"蜈蚣阁"民俗，最早大约能追溯到明朝年间。清代，海峡两岸尤其流行这项民俗，乾隆三十七年（1772年），朱景英的《海东札记》就曾记

青礁慈济祖宫

青礁慈济祖宫恭祝来宾香客们新春

2017 年蜈蚣阁到达 青礁慈济祖宫时的盛况

乩童过火

辇轿冲撃

1985 年，东屿村开始重新恢复   1990 年元宵，白鹭洲的"蜈
"蜈蚣阁"进香仪式   蚣阁"表演

载："俗喜迎神赛会，如天后诞辰、中元普度、醵金境内，备极铺排，导从列账，华侈异常。又出金佣人家垂髫女子，装扮故事，舁游市街，谓之抬阁，靡迷甚矣。"

据传，东屿村制作蜈蚣阁的历史已有五百多年。最早，东屿蜈蚣阁主要用于参加钟山村埔尾庵（水美宫）每三年一次的"送王船"庙会，"文化大革命"期间一度中断。到 1985 年，东屿村开始重新恢复"蜈蚣阁"进香，1986 年重新参与钟山水美宫送王船民俗活动，1987 年应邀进入厦门中山路参加艺阵表演，1989 年、1990 年应邀在厦门白鹭洲参加元宵节文艺表演……2011 年，海沧"蜈蚣阁"正式入选中国非物质文化遗产项目。

2012 年 5 月 5 日，共 120 节、全长 376 米的海沧"蜈蚣阁"，在海沧大摩阿罗海城市广场通过广州世界纪录认证协会的当场认证，成为世界最长的"蜈蚣阁"。

2012 年 5 月，共 120 节、全长 376 米的海沧"蜈蚣阁"通过广州世界纪录认证协会的当场认证，成为世界最长"蜈蚣阁"

新垵村

　　漫步海沧新垵村，随处可以邂逅的是规模大小不等的宫庙。民间信仰的多元与丰富，在这里以历史和时代交融的面貌呈现出来。

　　这些宫庙的楹联、匾额与碑刻，或大气磅礴，或小巧精致，字体各异，雕工不同，让人徜徉其中，沉醉于文字所带来的岁月追思与启迪中。

崇真宫

大道圣德千秋在

保生神明万世尊

崇真宫外景

普济民间尊大道
功昭社稷养真君

保安生民仰大帝
慈惠济世颂真人

济世保生颂大帝
慈怀医德仰尊神

崇真宫重修碑记

崇真宫大门

大觉堂

大德日生文圃钟灵开福地
觉民形道新江普泻佑熙朝

大显资质曲调袅娜韵
觉醒人生忠善频颂演

惠瞻文圃钟灵安社稷
佐望天竺胜景旺家邦

大觉堂外景

大觉堂碑刻

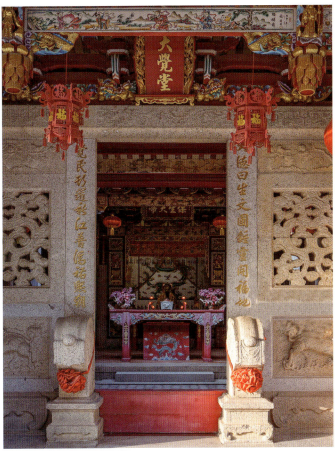

大觉堂大门

重修大觉堂捐款碑文

福安宫

道参古今玄妙禅
德载乾坤明慧师

佛光灵宝昭三界
法雨慈云济万方

惠通福裹安社稷
佐承金阙昌家邦

福灵宫

保我生民永藉神庥绥祉福
大战帝德重新庙貌仰声灵

福庇无疆大帡幪以显帝
灵昭有赫新庙宇而长安

福泽覃敷胜迹永留福地
灵枢不用名医别具灵方

咒符化水普天下赫厥声濯厥灵
祷雨行医为庶民立之极锡之福

福安宫匾额

福灵宫匾额

福灵宫牌匾

静明堂

静地接文山九转丹成称大道

明堂朝魁岭千金方立颂真人

静明堂匾额

静明堂

灵应宫

福而有德千秋在
正则为神万世尊

灵祖千秋万岁名
应诺弟子黎民心

能吸风云兴瀚海
偏敷霖雨惠苍生

青云殿

神灵有赫农功溥

大德无涯帝力深

青云殿

三神宫

东来紫气福瑞普降万象兴
社驻祥云正神庇佑千家旺

三神灵感威震四方万事成
庶民崇敬行善积德子孙荣

威灵显赫源溯大宗镇河山
代天颂佈赐万民无比倷福

巡狩除灾普众生有声庇佑
香火长传继往开来保民安

天师爷庵

源本三坪英灵万古
名标龙虎德泽千秋

王爷宫庙

日照乾坤五凤祥
天开美景三台瑞

王爷宫庙

威惠庙

忠心良民求吾必庇佑
牛鬼蛇神见吾心自寒

威武雄壮镇乡里安宁大吉
灵光普照众生得兴旺发达

自古顶庵神明灵显光常在
而今庙宇重建兴复合安泰

威惠庙

武侯宫

奇门遁甲精八卦

文韬武略冠三军

武侯宫

正顺宫

正气树人百代永昌盛
顺天行道八方来吉祥

佛法威灵保□众生福泰□
神光显赫击魔除恶民安康

东鹭西泉为繁华富饶之地
依山朝水渔物阜民康之乡
居东山起卧唯凭早怀召伯千秋望
战淝水指挥若定大破符坚百步师

甘露兆太平景象是呈廉驱之遗
棠棣为周公诗篇作燕弟兄止爱

正顺宫大殿群

古风渊源取其精于世有益
佛门弟子应从善以己及人

孔儒文学满播神州尊至灵
子教成才继承扬名称光师

儒雅能武文山欣永峙
神威定位新江庆咸安

光明无量智慧照十方
功德庄严妙音赞三宝

菩萨如是行究竟普贤道
出生智慧日普照于法界

泗水建功动咸钦圣德
鄱山崇享祀共荟神麻

正顺宫内楹联

正顺宫大门

正顺宫匾额

一语慑权奸克绥晋祚
三军多义勇雄扫祭氛

甘泉渊沛乃桑梓之幸
棠荫无恙系人寰得安

文圃山脉檀佳果成林
九龙江边聚物华天宝

新阳崛起万民奔小康
江山多娇宏图皆大展

事在人为休言万般皆是命
境由心造退后一步自然宽

龙山堂

正气为神世代留芳
顺天共福芳名文史

福德宫

福而有德千载奉
正可为神万世尊

真寂寺

真寂禅堂空色相
夕阳梵语发天机

梦透天机回首赤诚报方丈
法空色相归心道性证如来

天竺山真寂寺，始建于唐代开元年间，原名义安寺。相传，唐宣宗李忱在继位前，为了躲避宫廷迫害，出家当和尚，在真寂寺待了三年。宣宗于847年即位后，便将游玩过的义安寺赐名为"真寂寺"。寺里的伽蓝像头部转向西边一侧，与其他寺庙截然不同。据说，是因为伽蓝泄露了皇帝的行踪，李忱恼怒之下将伽蓝头扭到一边而成的。

据村中老者述说，真寂寺在北洋政府时期曾被当地民间组织漳州长会的分会作为根据地，由此攻打长泰和同安，但惨遭失败，后被北洋军阀围剿于此。

真寂寺

真寂寺遗址碑刻

真寂寺内（局部）

真寂寺的断碣残碑

千年古寺真寂寺也毁于此次战火之中。如今，寺旁空地上还存留有两根柱联，第一根柱联在战火中断裂并遗失卜半部分，后来才被找到。

每到金秋十月，天竺山国家森林公园秋高气爽、野趣盎然，成为厦门市民和游客踏青登高的一个好去处，而真寂寺作为天竺山的一个重要景点，香客也是络绎不绝。明朝时，天竺山被称为"夕阳山"。而夕阳山真寂寺，正是高僧法孙清斯真净当年住持说法的道场。

真寂寺古碑

真寂寺古碑

真寂寺重修前，只留下一副柱联和一块明代的碑刻。

第一根柱联在战火中断裂并遗失下半部分，后来才被找到。这些古代石刻是真寂寺悠久历史的见证，从柱联的规格也可以看出当年真寂寺的规模之大。

碑刻则是明代时因真寂寺与周围村落发生地界纠纷，请当地乡绅重新界定，故立碑记之。碑中还提到真寂寺有"山田百倾，足供往来者食"，可见当年的真寂寺拥有庙产，僧侣们过着相对富足的生活。

隐元隆琦与清斯真净

南明永历十三年（1659年），福建高僧如幻超弘所作的《送清公长老住夕阳真寂寺序》一文中，有这样的记载：

"清公生于其乡，自髫龄即知鄙若辈，出家于仙邑龙华寺，资颖俊利，行业精勤，受具于吾师亘和尚，遂造黄檗，执侍隐和尚者有年。隐和尚赴外国请，不偕行。潜隐旧山，专精探研。”

　　文中的“清公”，是高僧隐元隆琦一派的法孙、临济宗黄檗派僧人清斯真净。他师从隐元的弟子慧门如沛参学，后嗣法为临济宗第 34 代，并应请住持真寂寺，成为明末黄檗派禅宗传承的代表人物之一。

　　隐元隆琦是日本禅宗黄檗宗的始祖，日本禅宗界临济、曹洞二宗复兴的主要推手。他出生于福建省福州府福清县，29 岁在黄檗山万福禅寺剃度出家，1637 年起任住持。时值日本江户时代初期，长崎兴福寺慕隐元之名，敦聘他来日本出任该寺住持。

隐元隆琦禅师顶相

　　作为有着开放视野的高僧，隐元以传播佛法之心，亲率弟子 20 人，搭乘由郑成功提供的船只前往日本。1654 年（日本承应三年）7 月 5 日夜，隐元一行到达长崎。后来，这一天成为日本禅宗非常重要的一个纪念日。

隐元隆琦书法作品

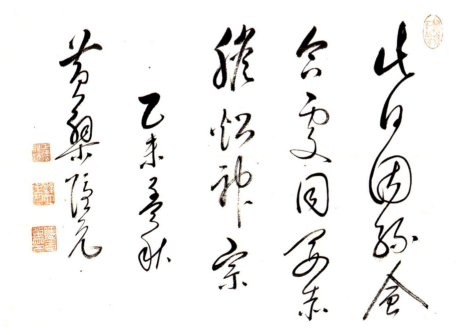

隐元隆琦书法作品

1658 年，隐元与德川幕府第四代德川家纲会面。两年后，他获得了山城国宇治郡大和田，并在那里开创了新寺。他把这个寺院也命名为"万福寺"。后来，他出家的福清黄檗山万福寺，则被称为"古黄檗"。他也因此被日本禅界称为"黄檗宗"的始祖。黄檗宗在日本的影响力很大，以后水尾法皇为首的皇族、以幕府要人为首的各地大名，以及大量的商人相继皈依黄檗宗。1673 年 4 月，隐元隆琦病逝，寿82 岁。

除了在佛学传播上的贡献，隐元还在日本留下了许多宝贵的文化和社会财富。他擅长于书法，与木庵性瑫、即非如一并称"黄檗三笔"。相传，隐元从中国将菜豆传到了日本。所以，现在日本人都将菜豆称为"インゲンマメ"，意思是"隐元豆"；后来，也有说法认为隐元带到日本的不是菜豆而是扁豆，因为日本关西人将扁豆称作"隐元豆"。此外，隐元还被奉为日本"煎茶道"的始祖。

2015 年 5 月 23 日，国家主席习近平在北京人民大会堂出席中日友好交流大会时发表讲话，特别提到了隐元禅师的功绩，他说："在日本期间，隐元大师不仅传播了佛学经义，还带去了先进的文化和科学技术，对日本江户时期经济社会发展产生了重要影响。"

单提栲栗上扶桑，惹得满头尽雪霜。
两眼圆明净法界，半身独露愈风光。
阐扬先圣拈花旨，点醒后昆大梦场。
永挂松堂伴梅竹，从教地久与天长。

——隐元隆琦

永福宫重修重建捐献碑

永福宫位于西塘村中央，坐北朝南，它具有悠久的历史，宣统年间花月已重修过，石碑即记载当时重修捐款的名单。至今近百年，历经百年沧桑，破烂不堪，后经众乡亲合力重修，于2009年旧貌焕新。

天竺山国家森林公园

厦门天竺山国家森林公园，不仅有连绵起伏的山峰，郁郁葱葱的植被，在醉人的自然风光之外，还有围绕着真寂寺、龙门寺等古迹留下的动人传说。

随着国家森林公园的不断建设，新旧楹联相映成趣。它们或以"海""沧"入联，或以"天""竺"成句，禅意深深，真意浓浓，让人们在登山观景之余，更可细细品味其中的无穷魅力。

这也使天竺山不仅成为一个森林公园，更成为一片文化传承绵延不绝、生生不息的古典文化"森林"。

西方有路人难到
南海无桥我独行

鼓浪潮声水月留光环佛地
天竺山色绿屏碧嶂遮禅光

永福宫

永福宫碑刻

山以国名引得佛光添锦色
地因世盛赢来福地作花囤

天开山门小日月
竺隐五湖大林泉

天下文章斑斓山色频移一地
竺间辞赋洋洒林光再造四时

竹翠松苍怪石嶙峋多野趣
山明水秀闲云舒卷少凡尘

天竺山伽蓝殿

天柱一峰擎北斗
龙门百丈俯南溟

览胜可登峰天柱仙灵旗色翠
寻幽当入寺龙门真寂梵音清

朝伴苍山迎丽日
午随林海荡清风

海承旭日金泛沧
天降翠衣绿漫竺

天竺山古碑

天竺山国家森林公园门口

天竺山国家森林公园内一角

龙庆庙

天泰地泰三阳开泰
神安人安合境平安

古亘绵长王公护疆域
楼阁永泰王妈佑生灵

龙庆庙匾额

龙庆庙

隆瑞宫

三阳日照上瑶村社聚群心
五福星临隆瑞宫内显恩威

隆昌盛世树庄严
瑞景丰年弘法缘

圣公千贤万世仰
宁佑乡邻施福德

碧云堂

古亘绵长辅顺护疆域
楼阁永泰圣明佑生宁

碧海神灵显平古
云山普照定安楼

福龙宫

福而有德千家敬

正则为神万事尊

锦里村

圆应宫

圆结全绳开觉路

应心宪筏渡迷川

应求施佛法法界时春

圆活运婆心心源合圣

百代仗威灵御灾捍患

一方资保障拯困扶危

红缨树奇勋名垂典册

丹泉留妙惠德被民生

圆应宫外景

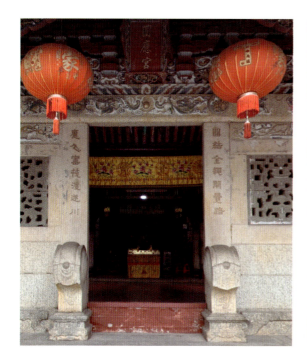

圆应宫门口

灵惠庙

　　灵惠庙位于鳌冠社区，供奉张巡、许远两位圣王及南霁云、雷万春两位圣侯，为彰其兴唐安邦力抗安史叛军事迹，故建该庙，以佑黎民苍生。

　　两位圣侯像为灵木所雕刻，表彰其坐镇一方、恩泽百姓之功。庙中楹联众多，且多以"灵""惠"藏头，一字一句，生动地记述了当年的热血故事，堪称一部盛唐时代的活历史；同时，亦有描写庙前庙后碧水青林和紫气银光的妙句。

　　随着时代的变迁，灵惠庙周边的景色早已沧海桑田，但它至今仍居于鳌冠社区的中心地带，见证着人们的安居乐业、车水马龙。

灵惠庙匾额

灵惠庙简介

古刹矗立鳌头福基历代纪英灵
殿宇腾起冠堂永固史册祀神明

兴唐将帅安邦定国千秋护疆域
英明圣侯灵昭环宇万代佑苍生

灵光独耀回脱根尘懿德昭万世
惠禄常临驱除疾苦神恩泽千秋

灵根夷厥滋一角永嘉山水
惠福盈升被千秋康乐故乡

重修灵惠庙碑记

灵物降垂天下清宁招百福

惠风吹拂庶民荣盛集祯祥

惠化光千祀泽被群生四季安泰

洪休降百福恩沾万众春秋吉祥

灵威垂世后存碧水银光呈异彩

惠德安邦前有青林紫气现奇观

为腹心为好仇历万变如履坦途丕哉义勇

有文事有武备守一城以捍天下卓尔忠贞

灵感六乡共仰当年忠义心□南海恩波而愈显

惠治九有咸□此日王侯□□□□宠命□俱荣

解愁喜表阴阳事

签通圣明定乾坤

灵感忠义护众生

惠动天地救万民

弥勒禅院

此方真教体

清净在音闻

笑到几时方合口

坐来无日不开怀

弥勒禅院

延寿堂

延祖青礁馨灵赫
寿镇鳌江永世长

延寿堂匾额

延寿堂

延从修身灵丹驱除百病

寿法慈悲妙方施济万民

大道慈悲神通广大招百福

真君为民采药炼丹救万民

忠应宫

一绳神诊知肺腑

凡草验方去妖魔

忠应宫

东延青礁馨灵赫
宫镇鳌江永世长

忠鲠酬民除百病
应灵妙手起长生

东山宫

开天朗朗乾坤呈锦□
劈地大好河山增翠绿

东山宫

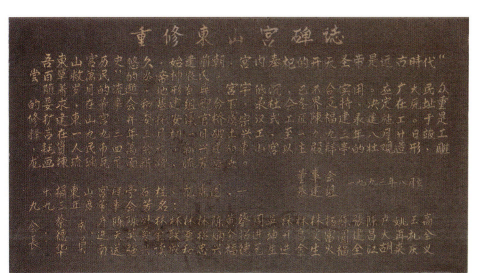

重修东山宫碑记

福寿禅院

于一毫端现宝玉刹

坐微尘里转大法轮

福寿禅院

亭应宫

　　寨后村林后社亭应宫，始建于清朝咸丰年间，殿中供奉清水祖师及辅顺将军等神尊。迄今已有 150 多年历史，经风雨侵袭及人为损毁，庙宇一度破烂不堪。改革开放之初，村人集资重修以延旧貌，并塑神像。后于 2011 年再次在原址兴工重建，庙貌焕然一新，雕龙画凤、金碧辉煌。

妙法深高悟彻玄机法轮常转
清静无为檀香贝叶梵音长聆

清净本禅心永安亭应
水天同慧眼普照仙林

亭应宫外景

亭应宫内景

文山庙

福缘善庆归于德　　　蓬莱圣地发清水

正气浩然咸尊神　　　佛法神功现祖师

文山庙

万善堂

凤山社区万善堂建于清朝乾隆元年（1736年）。传说，修建万善堂和古代一条从漳州到泉州的深青古驿道有关。驿道前身可以追溯到盛唐时期，凤山所处的位置，当时正是古驿道中间。到了明末清初，有个官方驿站就设在离凤山不远的深青村，于是来往凤山的人更多了，驿馆和集市也越来越繁荣。

碑刻对联于1995年重修。"贞江"指与凤山相连的贞岱，"深水"就是深青，而"凤连结"是指凤山与贞岱、深青三者在地理上相连续，在人文上又是宗亲，这种血脉相连是永远不会变的。

碧凤岭前建佛殿赖神庇佑

贞江深水凤结连永世不变

万善堂

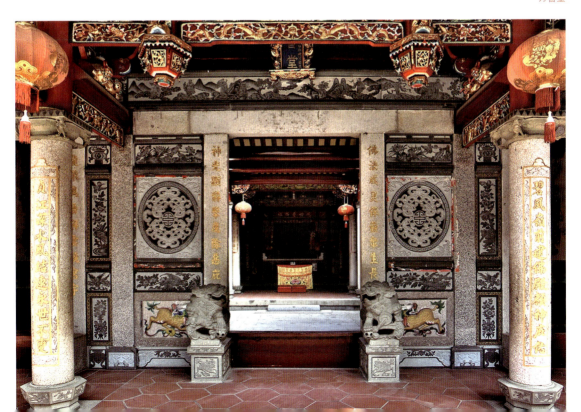

大福庵

　　大福庵，始建于清朝乾隆四年（1739 年），于清朝光绪八年（1882 年）崇光落成。这座建筑精巧的宫庙，除了供奉在闽南民间信仰中流传甚广的清水祖师，还有一位雷府先祖神灵。这位当年由姜子牙所封的民间神明，由于其原寺庙毁坏的缘故，便供奉在大福庵中。

　　此外，门口还有一对护寺神兽"石刻麒麟"，为当时始建所留下具有纪念价值的重要古文物。

大福庵

大显佛法保佑世众似龙凤
福至敬拜善民长寿如南山

神兽 "石刻麒麟"

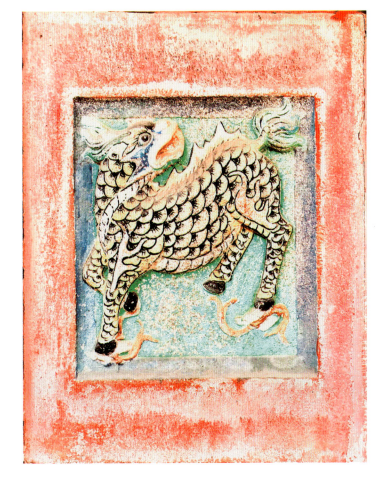

信王庙

朱世返回宏愿现
国师辅弼昔国主

武曲金来行道义
蓝天玄水德财利

　　海沧石塘村水头的信王庙，是一个独特的庙宇，因为其所崇祀的"信王"，传说中就是崇祯皇帝。

　　明朝末年，崇祯皇帝自缢于煤山后，南明朝廷转移到福建，而明朝臣民对崇祯皇帝有一定的感念，许多反清民间组织也将其作为精神支柱。崇祯皇帝因此逐渐"演变"成为民间信俗中的"信王"。

　　水头村信王信仰历史悠久。据村中老人叙述，庙内这尊信王是在一次台风过后，不知从何处飘到水头村口，几经潮涨潮落，都不离村口。于是村民们将其捞上海岸，在海边建信王庙供奉。自从建了信王庙，水头村民众安宁，偶有风害、水患皆能安然度过。

始建信王庙碑记

　　海沧的信王信仰，与台湾同出一脉。在郑成功收复台湾后，信王信仰随之传播至台湾地区。随着厦台民众往来越来越热络，台湾民众注重与海沧的交流，一些台商还出资重修信王庙。近年来，石塘村还多次举办信王文化节，在海沧的台商纷纷参与，台湾信王信仰的民间组织也派代表参加。

信王庙外景

信王庙内景

天龙寺匾额

天龙寺

皓月山中无限地

祥云梯上几重天

　　与大屏山相邻的三魁岭而言，因地处石塘、霞阳、鳌冠三村之山岭交界处，故而得名。岭上原有一庵堂，唤作"三魁岭庵"，又唤作"天龙寺"。庵前有路通往石室院，经过风雨的洗礼，如今已经倒塌，只留其两个门石柱有二，雕刻一副充满禅意的对联。

代天府

　　代天府原名龙华宫，每三年一次举行王船游境盛会，供奉"王爷"，与钟
山村的"送王船"习俗相近。

代天府内

龙华堂新四境咸称帝力

石塘俗美千秋供养神功

献瑞堂

佛法无边祥云再临现瑞

神恩浩荡甘雨永覆台山

献瑞堂

福顺宫

　　大道壮观庙宇美
　　高桥雄伟跨鹭岛

　　王驾临门招百福
　　神光入庙集千祥

　　福而有德千家敬
　　正则为神万世尊

福顺堂

余庆堂

　　穿梭丹成姹女飞腾千古在
　　鼎湖龙法檀枝传法万年香

灵惠庙（水头）

　　灵光独耀回脱根尘懿德昭万世
　　惠禄常临驱除疾苦神恩泽千秋

　　日击日迁古庙移
　　民兴忙勤庵重建

　　十里桥楼围古庙
　　百重云水绕钟山

余庆堂

灵惠庙（楼山社）

灵庙敬忠魂忠魂千年永驻

惠心礼圣佛圣佛万世长存

楼临海边灵心捞日月

山莅天际惠手摘星辰

灵惠庙内壁画

灵惠庙

福善堂

大道无私随地均蒙保佑

帝德广运普天共荷生成

大帝妙方万民仰

元帅奇功四海扬

福缘灵昭赐黎庶

善德化道授苍生

保世无穷称万寿

妙道无边超渤海

福善堂

福安堂

真君有感比延陵
生成有德祝千秋

玉山一真人聊把牡丹来献寿
湖马飞法水得意芙蓉庆祯祥

大吉师大济众感大地德无穷
保子孙保黎民永保生灵勿替

福安宫

天泰地泰三阳开泰
神安人安合境平安

福安神威长佑石塘
娘娘甘露永沾宝树

重建福安宫碑记

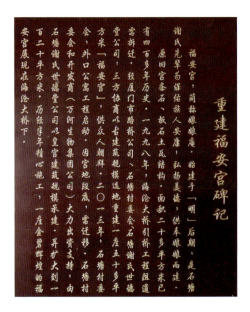

龙华宫

龙云化雨神恩浩荡呈瑞气
华玉生辉梵宇巍峨线祥光

潭中莲影有禅机
佛门常会龙门客

正顺宫

正者为神圣德泽洪毓千品
顺兮应时势惠光典御万方

水漾祥光钟灵聚秀开千景
头焕瑞霭物华三宝存古风

逢盛世国恩家庆安居乐业
值嘉年地灵人杰英才辈出

正顺宫

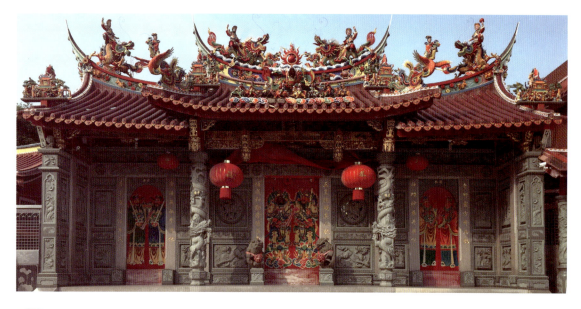

正顺宫

龙翔福里高楼林立鸿犹展
凤翥吉地大道畅通骏业兴

居东山起卧唯凭早怀召伯千秋望
战淝水指挥若定大破符坚百万师

量本帝王曰容保曰怀保保民用康钦圣德
道参天地为大生为广生生机不息仰神灵

大道无私累次褒封承北关
生机不息万方慈济仰正顺

永元宫（东埔社区）

枕文圃而就庙号
挹柱峰以迓神庥

圣心同鉴到门且凛明明赫赫
帝德诞敷入庙宜思是是非非

挂印封金无非一诺义重
行仁脩德全赖九转丹成

曰义曰仁中孚昭日月
乃圣乃神帝德被间阎

伦春秋读春秋先圣后圣渊源有自
宰化育赞化育好生济生容保无疆

圣之事君以忠者
帝其好生为心乎

芦山庙（东埔社区）

芦山庙始建于清朝中叶（1927年），由乡贤张拔润、张大材为代表出洋募资，其中，柯井社旅居越南华侨张夜合、张正气兄弟捐献银圆1600多元兴修。后又因年久失修主庙湮没，尚留残墙断壁庵亭倒塌。

1984 年，由张水应等几位代表倡议募资，将主庙搭好庵亭无力重建，又因庵前大路增高，每逢雨季造成庵埕积水，香客朝拜不便。经过多方征求意见进行筹备，发动捐献，于 1998 年 11 月重新落成。

　　大道神麻功勋自有应
　　使恩广惠禄赐忠诚民

　　耀彩盛世呈锦缎
　　龙腾华厦写春秋

　　芦孕紫云绕境护乡里
　　山毓瑞气飘扬庇众生

芦山庙

朝安宫

朝文圖而镇庄江庙堂明秀
安斯宫以光鼎里气象崔巍

朝圣上从千春允推国威
安吾民于百世永感神恩

朝扼山川尽牧桂气
安居殿宇长发灵光

朝命重膺帝力能驱二竖子
安民有庆人心供仰一明星

朝安宫碑刻

朝安宫

通济宫碑刻

朝上香火万年昌盛
安保民生永世康宁

通济宫

通天法术安天下
济世神威镇世间

通天有舟航云海
济人无迷过零山

通法通理通四海
济苦济难济五洲

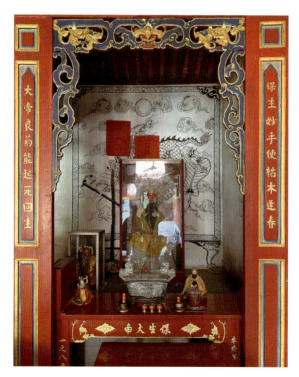

通济宫

什王宫

　　厦门东瑶古瓷窑，是兴于南宋时期，宋元时期闽南外销瓷产地之一。主要烧造青釉、青白釉、黑釉瓷器等，青釉瓷装饰纹样接近同安窑，但纹饰略显简单。器型以碗为主，也有洗、碟、盏等。

　　闽南的陶瓷制造，有史载可追溯到南朝，历唐宋元明清，经古"海上丝绸之路"，源源不断地成为中国陶瓷文化对外输出的重要商品。据赵汝适的《诸番志》、汪大渊的《岛夷志略》记载，那时海沧古瓷向东到日本、朝鲜，向东南到吕宋诸岛、越南、柬埔寨，穿过马六甲海峡到孟加拉、印度，沿着印度半岛西海岸直抵伊朗、阿拉伯半岛及北非的地中海国家。

　　20 世纪 50 年代，东瑶有一个马銮湾盐场，有人发现，其晒盐区的底部全部由东瑶的古瓷片组成。历经岁月变迁，如今东瑶仍有古瓷窑遗址，待进一步发掘与研究。在东瑶什王庙的楹联里，有"古窑辉煌成历史"的文字，也是东瑶瓷曾经辉煌的见证。

什王宫

古楼宫匾额

门朝东海厦门港
庙依瑶山马銮湾

古窑辉煌成历史
宏图大展看今朝

十分灵气守护瑶山
王者神驾自来东海

古楼宫

古楼宫

济出慈衷安海甸
功施普佑着邦家

真人普济灵春古楼宫
大道无私德彼西园里

文圃回环聚气钟
仙旗护拥阳神显

古迹真人令尊大帝
楼成蜃气地拓神宫

仙姬宫

仙居福林乾坤资化育
姬显神地日月共光华

仙姬宫匾额

瑶山宫

福而有德千家敬
正则为神万世尊

神恩浩荡慈航苦海度苍生
佛法无边指点孝律修善性

瑶山宫匾额

如来降世保吴黎民
真人于斯永维圣地

注明命理分轻重
生出人间任转移

瑶山开宝地迷离不尽现辉煌
圆釉露祥氛罗列当前成拱揖

破除烦恼顿开了悟真机
抖擞精神原是英雄本色

不生不灭五蕴皆空
条柱条来万绿悉化

黎民能保保抱永切殷勤

大德日生生成常弥宇宙

泽水宫

慈芸法雨普度众生

圣德宏施保佑万民

慈心普济留芳万古

大道救世功垂千秋

泽普恩深宜君宜帝

水深出峙大智大仁

宫名泽水分白礁一瓣灵香

帝曰保收契炎农三径密旨

泽水宫

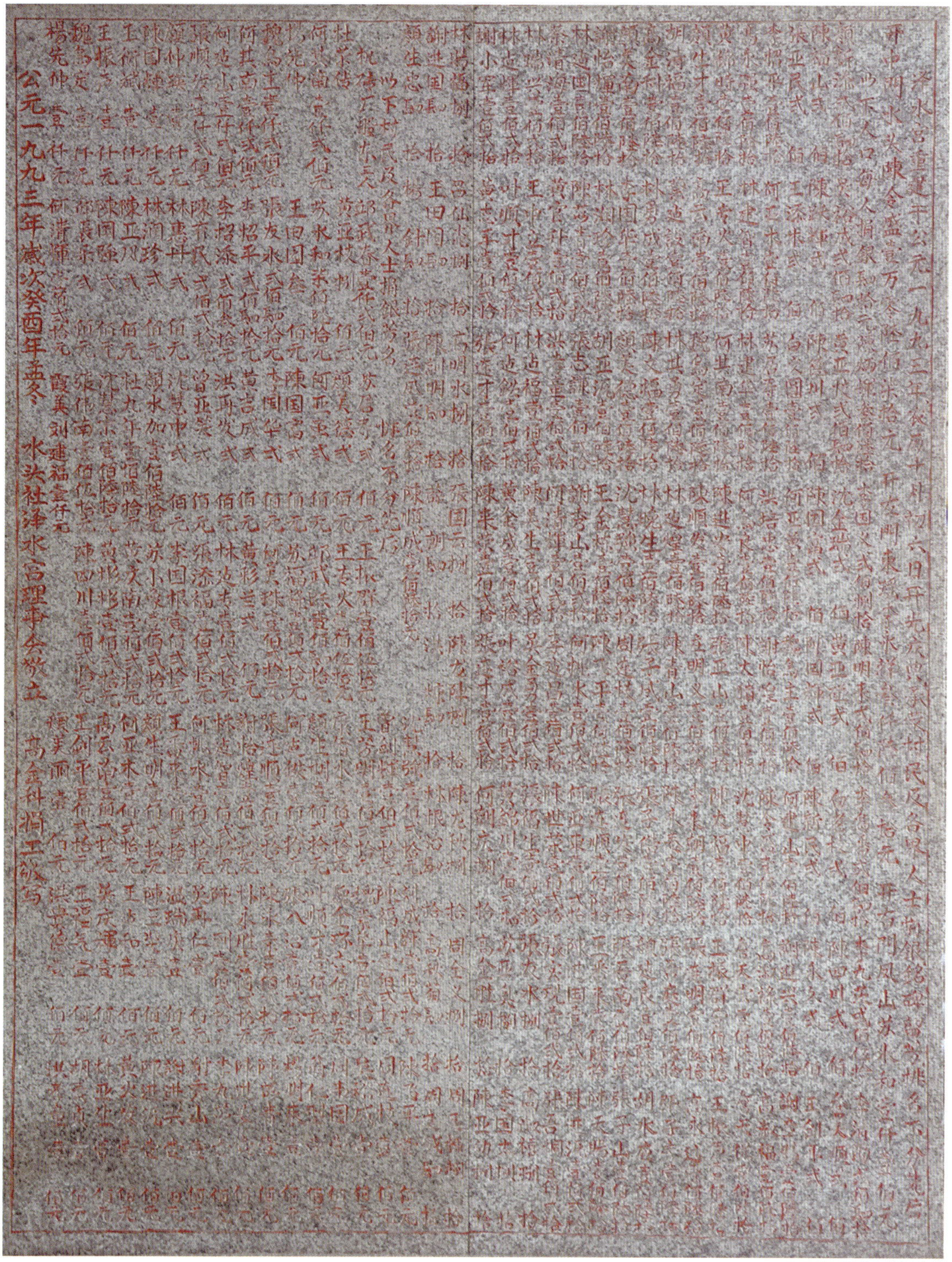

公元一九九三年岁次癸酉年五冬，
水头社泽水宫理事会敬立
高金科捐工敬写

灵福堂

添丁德子乐美家

慈悲为怀送千嗣

灵福大展江河显碧景

华堂欢腾苍山映红图

大帝英明应洲扬

保生医德四海颂

灵福堂匾额

灵福堂内景

灵福堂门口

飞德宫

神威浩荡造福生灵
三圣美誉黎民敬仰

霞山瑞气千年秀
溪水渊源万里长

神力无穷万民敬
太子威灵五满福

飞德宫壁画

飞德宫碑记

淡棉仰光捐缘碑（万善堂）

　　该碑今立于飞德宫附近，但不是飞德宫的重修碑记，而是飞德宫后的小山上另一座"万善堂"大福斋在宣统三年重修的碑刻，系淡棉仰光华侨、商号捐款捐物的碑刻——《淡棉仰光捐缘碑》。如今，"万善堂"早已倒塌荒废多年。

　　石碑大部分字迹不清，但据相关族谱资料记载，霞美社曾是典型的侨社，出洋打拼的家族裔孙比原乡的人多。霞美村许多侨批资料中，也留下了当年仰光的华侨商号如茂盛号、九龙号、天理号等名称，与石碑的存在相为印证。

淡棉仰光捐缘碑

朝真宫

傧相为东方保国保民
真如向西天正果正觉

龙盘橘井真人承灵昭
虎守杏林大道施泽被

分派灵山开法宇
隔江太武拱宫门

自宋而今千载道德示范环宇
永存继复万代圣明保护疆域

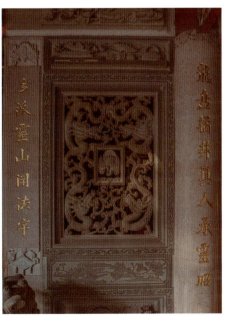

朝真宫内景

朝真宫碑记

赐福庵

富贵先是前世定

福禄再由信心成

有缘善人保安康

不分贵贱皆受福

敕赐位地第一神

授命于天理万方

原应宫

风韵回荡鹭海湾　　　大德日生无偏无党

钟声环绕沧江岸　　　帝力何有乃圣乃神

原溯其生群黎戴德　　保民无疆恩覃恩保怀保

应由所感万众承麻　　生物不测功比大生广生

赐福庵楹联

原应宫外景

原应宫内楹联

原应宫楹联

原应宫楹联

原应宫"法守遐思碑"

原应宫"法守遐思碑"

原应宫右侧"法守遐思碑"，为清嘉庆年间（1814年）所立。宫庙左侧石墙上嵌着两根旧石柱，呈六边形，这是早年宫庙拜庭前面的两根立柱。

祖师殿

莲台座上护法界
祖师清溪传圣地

大师法慧眼
菩萨清净观

大德志存经略美伦理
禅师心似秋月渐入化

西天佛国菩萨永在人间
蓬莱仙景祖师修真福地

宋昔高僧清水开山敕昭应
六丰大师莲台八化朝如来

祖师殿内景

光绪年间告示碑

光绪年间告示碑

　　该碑为灰白色花岗岩长方体，有梯形体的基座，上有花瓣纹。内容为海澄县正堂颁布的条律，并有"光绪二十年十一月初二"等字样。此碑原在朝真宫旁，2006年朝真宫重建时，碑移至渐美村西片636号。

正气庙

　　位于鼎美村村口的关帝庙，名为"正气庙"。殿内的蟠龙柱上记载，该庙为清嘉庆年间重修。正气庙气势恢宏，在厦门供奉关公的庙宇中独树一帜。据相关考证，现在我国台湾台南、马来西亚、新加坡等地胡氏祭拜的关帝庙，就是从这里分炉出去的。

　　正气庙的后面就是古码头，鼎美村的先人从古码头乘船出海"过台湾，下南洋"。当时，大帆船直接靠岸，从这里上岸的布匹、食盐等通过马帮运往漳州、龙岩，正气庙前面就是一条商业街，非常热闹。

　　鼎室虽三分紫阳特笔终归汉
　　江山未一统华夏知名独有公

正气庙

汉代有完人关一时而仅见
解梁留正气历万古以常新

骠骑将军胡贵，鼎美村人，曾担任广东提督。其子胡振声为昭勇将军，官位为世袭。其后人胡廷恩在关帝庙重建时，曾大力捐献经费。

儒雅能文文山欣永峙
神威之鼎鼎里庆咸安

正气庙牌匾

应云宫

　　第一农场孚中央社应云宫，荼奉安溪清水祖师，历史悠久，经世俗变迁，香火兴旺。20世纪80年代，由侯水吉等本宅弟子倡议，择社西吉地重建简陋庙宇一座。21世纪初，经众弟子公议，在原址重建应云宫。

　　无我一世精法界
　　慈怀万众毓人龙

　　居福地布道神威
　　兴社稷普度黎庶

重建应云宫碑志

洪塘宫

　　山边洪村（旧称"积善里洪塘村"）的洪塘宫，据考乃明末修建的两进宫庙，供奉神圣，佑护黎庶。经历数百年风霜，破损严重，本村信众在村东建简易庙宇。后来，原洪塘宫址因规划建设生物医药园而征迁，全村弟子公议筹资迁址重建，自发捐资，将村东简易庙宇扩大规模，按古原貌一殿一亭格式重建洪塘宫。

文圃钟灵仰神光之普照
洪塘建祀沾德泽以输诚

大道公平巍参化育
真人圣德黎庶沐恩

疗痾施水千金万诀养生灵
御敌扬旛万古勋名昭赫溜

帝德覃敷文圃宏开庙宇
神庥广博山坪敬荐苹蘩

洪塘宫左门

重建洪塘宫碑志

洪塘宫外景

湖山宫

保佑生灵功昭著
大爱帝兴泽世恩

真武九天扶日月
仁威万古镇乾坤

走遍群山寻草药
丹成苦练为民生

湖光闪烁安桑梓
山水长流财帛来

宝杖如虹威加宸宇
灵芝不老比南山来

宝隶不安千纪寿
蟠桃常熟万年丹

潮山宫

土地宫庙

福而有德千家敬
正则为神万世尊

慈圣宫

慈济贯古今保我生民

圣德侔天地大道帝恩

慈圣宫窗

亭仔庵

亭仔庵于清道光元年（1821年）建于海沧区岭上埭口下。2000年，由信徒陈亚成、陈振美、陈振宗父子出资在原址重修。2012年，由于海沧新港区建设需要，重新选址建于岭上社口。

在当地，亭仔庵又被亲切地称为"吃饭庵"，该称呼一直口口相传至今。这个供奉着水仙王和王爷公的庵庙，由于其依水势而建，从古时起便是渔民们停船靠岸休息吃饭的地方，故有"吃饭庵"一说。

闽南人素来有开放与拼搏的精神，他们不满足于捕鱼"吃海"，也沿着"海上丝绸之路"与世界的交汇，开展海外贸易。贞庵因其地利之便，舟楫往来，潮起潮落，人们从亭仔庵出海或归家，这座为祈求顺利平安而建的亭仔庵，也成了"海上丝绸之路"融入先人生活的历史见证。

亭仔庵

至今，我们都仍然能够想象当年的鲜活场景——信仰融于生活，将生活升华为信仰的一部分。人们以认真而又虔诚的态度对待自己人生，不仅成就了自己的美好生活，也成就了贞庵这块"宝地"，这也让亭仔庵成为贞庵民间信俗最接地气的宫庙。

亭仔庵正门

代天宣化扶助众世民
巡狩人间做善驱恶人

代天巡狩长承北阙
威灵显赫永镇五州

祝天地敬种明唯以圣贤为德
守善良施仁义庶几黍稷可声

国泰民安歌盛世
风调雨顺颂升平

骠勇威武保社稷
忠义英名护黎民

人生地灵风光好
物华天宝气象新

亭仔庵右侧门

玄天上帝宫

　　位于岭上社的"玄天上帝宫"，在贞庵宫庙中颇具传奇。玄天上帝，在中国神仙体系"等级"较高，亦是当地人非常敬仰的一尊神祇。相传，上帝宫的地理位置和天文朝向都相当讲究，与贞庵独具特色的一个地名——"龟蛇守村"亦有关联。

　　贞庵的海边（近嵩屿码头附近）有一块礁石，长达几十米，造型别致，状如长蛇，当地人称作"蛇礁"；而与蛇礁隔海相望的一边有一座矮山，形状古朴，样似灵龟，当地人称之为"龟山"。就在蛇礁与龟屿的中轴线上，屹立

玄天上帝宫内景

着这座上帝宫，从玄天上帝像的角度看过去，仿佛是这位大神一脚踩龟一脚踩蛇，守护着贞庵的百姓人家。

　　尤为特别的是，据说旧时的蛇礁上是会长草的，能长草的礁石说明没有被海水淹没。因此，在当地人眼中，这块蛇礁不是简简单单的石头，而是具有灵气的活物，仿佛真实存在的一条"大蛇"。

　　上帝宫在贞庵人眼中有着非常重要的意义，在这位等级相当高的神明面前，自古有着"文官下轿，武官下马"的风俗。相传，明朝一位武官路过此地故意不下马，引得神明发怒，将其马腿中间截断，强迫武官下马。但贞庵人体恤马之可怜，在上帝宫旁为其建了一座马墓。因此，在当地便留下了过上帝宫必拜的风俗，就连前去专门参拜金岭寺广泽尊

王的善男信女，只要路过上帝宫，也都要作揖礼拜。

　　这座宫庙在抗战时期被日本人飞机炸毁，现在的上帝宫是1998年当地人在原址上重建而成的。当时，专门派人从"玄天上帝"的故乡湖北武当山请神过来，在此基础上重续香火。沧海桑田的巨变，如今蛇礁已建设成码头，龟屿也已被夷平作为建设用地，但精彩的传说和无尽的遥思依然留在人们心中。

　　　　武当著迹居然治世福神
　　　　金厥化身纯是无遗大道

　　　　登上上帝宫心清忧虑
　　　　齐戒沐浴芸香拜神明

　　　　齐众生登后嵩溪觉岸
　　　　抱环宇入我金岭襟怀

玄天上帝宫外景

文山壮丽育才兴邦国
万福辉煌佛光救众生

重振古宫显神通
福地万民德祈求

昔时捐缘将庙建
复兴帝宫神明归

港上清风人快乐
山水明月赏奇观

玄天上帝宫左侧门

镇龟碑——玄天上帝金科玉律

玄天上帝宫前的一块"镇龟碑"，已有几百年的历史。关于这块龟碑，有耐人寻味的寓意。古时的贞庵，人们以农耕为主要营生。人们把收获的谷稻囤积在一起，却发现谷稻频频被偷食，后来发现是一只乌龟常常偷吃农家的谷米。人们抓住这只乌龟后，在他的脚上系上了一根红线，然后放龟回家。

后来，人们依着红线一路寻到上帝宫前，才发现此乌龟原来是玄天大帝的灵龟。听到百姓诉苦的玄天大帝决定，用一块碑石压住这只好动的乌龟，从此它便安分下来，而这块镇龟碑就此流传下来，成为上帝宫庙前最引人注目的景点。

在镇龟碑上，刻有千余字的"金科玉律"，内容主要是以神祇的口吻教人向善去恶的种种戒律。它不仅代表了自古以来贞庵人民遵循的道德准则，更是中国传统信仰与民间文化在海沧留存的"活化石"。

玄天上帝镇龟碑文

吾号治世福神。镇北天火将军。游巡诸天诸地。掌握世界乾坤。扶助末劫天道。护佑国王大臣。

不忍五浊恶世。众生受苦遭辛。旱涝饥馑疾疫。水火劫盗刀兵。天下江南江北。朝病暮死七分。

吾向三元八节。三会五腊生辰。斗降七斋三七。本命甲子庚申。腊月二十五日。亲随玉帝降临。统率千真万圣。检察下界人民。纪录作善作恶。较量罪福重轻。轻则减死一半。

重则死绝灭门。善者得见天日。恶者不见太平。信者得度末劫。不信丧命亡魂。检举不忠不孝。

抄录无义无仁。穷不安分守己。富不念老怜贫。轻重长短称尺。大小斛石斗升。买卖欺瞒良善。

交关举用不平。使尽机关肠肚。恶心害众欺群。合舌恶口斗乱。教唆州县乡村。恣意悭贪嫉妒。

是非人我争瞋。不识善恶因果。不畏天地神明。强梁不待老死。结怨促寿除龄。故遣天符抄录。

直磨铁杵成针。治尽不平等辈。方始大地成金。奉劝世人敬信。听吾指说叮咛。不可听闻藐藐。

各依戒律谆谆。渐见太平年到。上元甲子当旬。自此风调雨顺。田蚕五毅丰登。天下太平乐业。

镇龟碑亭

玄天上帝鎮龜碑

玄天上帝金科玉律

吾號治世福神，鎮北天火將軍游巡諸天諸地，掌握世界乾坤，扶助末劫天道，護佑國王大臣，不忍五濁惡世眾生受苦罹辛，辛勞艱隨疾疫水火劫盜刀兵。

天下江南江北，朝病暮死七分，吾向三元八節三會五臟生辰鬥降，七齋三七本命甲子庚申臘月二十五日，禀隨主帝降臨統事，千真聖檢察下界人民。

痾不安分守己，富較童罪福，輕輕則減死一半，則死絕滅門。善者得見天日，遲老不見太平，信者得度末劫，不信喪命亡魂，檢舉不忠不孝抄錄，無羞無仁。

忿恚怪貪嫉妒，是非人我爭嗔，不識貧賤善惡，短寸尺大小斜石斗升，買賣欺瞞良善，交關舉用不平，使盜機陽腸肚惡心，吾惡口阿氣散，檢唆州縣禍村。

咽喉急風唾蠱寒熱咳嗽呻吟，打算本盡劫數，十磨九難，不畏天地神明，強梁不得老死，結冤促壽除齡，故造天行抄錄，疥癩瘟痎瘡疥痛瘰痕血淋漓。

奉勸世人敬信，聽吾指示叮嚀，不可聽聞貌貌，各依戒律諄諄，漸見太平年到，上元甲子當句，自此風調雨順，田禾五穀豐登，天下太平，眾生人民歌詠歡欣。

到此人身難得，各宜修省思尊，更有泰山東嶽速報立存，莫道惡不報，直待惡滿盈，莫道修善無應，直待善果圓成，若有人間私語，天上聽若雷霆。

不可欺心暗室，神目如電光焱，陰陽誤喪人命，方脈揩下不明，僧道師人積罪，食牛大兔墮萬劫沉淪，告償報行法，來子天條字句不真。

痾死兒女有罪，千生萬劫冤親切，戒殺簿書日夜，其呈陽有陰間，罪孽犁伸切，莫殺食，食果利食當，善信綿綏，有罪差諷字句不遵。

愛惜一切字紙，透諸水火濤焚，帝德好生惡殺，冥司典刑請看，冥司錄載太上感應篇，四重恩五勸孝男信女，持齋念佛看經。

一勸敬重天地，心者一柱晨昏，三勸叛依三寶儒釋道教同倫，四勸修齋布施齋四生六道苦輪，八勸富家布施架橋砌路修汝於陰家，一本供養全家老幼安身，有一本佩帶免遭一切災迍。

六勸州縣官吏治民如水之清，七勸救濟孤滯四生六道苦輪，八勸富家布施架橋砌路，三六九字同倫，十勸廣積陰德福及子子孫孫。

但存方寸心地，留與後代耕耘，所作總依本分，與人方便橫淳，若有遮相傳寫，吾當護汝本名同佑聖真君，當燒城隍裏社歆喜保舉奏聞三界四府列吾祠吾同保奏天庭。

若寫五本奉勸壽增半紀餘齡，若寫十本奉勸一紀籌算增壽，印施千百萬本，名下日勸世戒文，更有能行正直不昧虛空鬼神，不以祭享加福，不以不察生迍。

北府消除罪籍，南司注上生名，現存獲福無量，九玄七祖超升，上號金科玉律，九宮四府列吾祠吾同保奏天庭，欲知後世因果今生作者之身，欲知前世因果今生受者之心，人能行正直速改初莫，更待因循上帝勅示戒語留傳往古來今。

有福休誇俊麗，無福休怨鬼神，欲知前世因果今生受者之身，欲知前世因果今生作者之心。

檢閱道藏金蓮正宗七真法派。

原立碑宋天聖十年（一〇三二年）于二〇一一辛卯年吉重建復興

镇龟碑刻

人民歌咏欢欣。到此人身难得。各宣修省思寻。更有泰山东岳。速报立报司存。莫道造恶不报。

直待恶贯满盈。莫道修善无应。直待善果圆成。若有人间私语。天上听若雷霆。不可欺心暗室。

神目如电光荧。阴阳误丧人命。修犯地曜天星。医药误伤人命。方脉指下不明。僧道师人积罪。

贪求施利食荤。善信诵经有罪。差讹字句不真。溺死儿女有罪。千生万劫冤亲。切戒杀食物命。

放火烧害山林。积累无边罪孽。冤冤报屈难伸。切莫杀食牛犬。免堕万劫沉沦。告报行法弟子。

天条不可不遵。爱惜一切字纸。遇诸水火漂焚。帝德好生恶杀。簿书日夜具呈。阳有阳间罪孽。

阴有阴间典刑。请看冥书录载。

太上感应篇云：

造作善善恶恶。报应如影随形。一劝敬重天地。心香一垭晨昏。二劝孝养父母。堂前生佛二尊。

三劝皈依三宝。儒释道教同伦。四劝修斋布施。报答四重恩深。五劝善男信女。持斋念佛看经。

六劝州县官吏。治民如水之清。七劝救济孤殡。四生六道苦轮。八劝富家布施。架桥砌路修行。

九劝九流技艺。三六九字同伦。十劝广行阴骘。福及子子孙孙。但存方寸心地。留与后代耕耘。

所作总依本分。与人方便朴淳。若以递相传写。吾当护汝于阴。家有一本供养。全家老幼安宁。

身有一本佩带。免遭一切灾迍。

若写五本奉劝。寿增半纪余龄。若写十本奉劝。一纪寿算增新。

印施百千万本。名同佑圣真君。当境城隍里社。欢喜保举奏闻。三界四府列词。吾同保奏天庭。

北府消除罪籍。南司注上生名。现存获福无量。九玄七祖超生。上号全科玉律。下曰劝世戒文。

更有能行正直。不昧阴空鬼神。不以祭享加福。不以不祭生迍。有福休夸俊丽。无福休怨鬼神。

欲知前世因果。今生受者之身。欲知后世因果。今主作者之心。人能知时速改。切莫更待因循。

上帝敕示戒语。留传往古来今。

检阅道藏金莲正宗七真法派。

原立碑宋天圣十年（一〇二三年）于二〇一一辛卯年吉重建复兴

皇亭宫

皇亭宫是贞庵宫庙之中最具有显赫背景的宫庙。

据传，"皇亭"这个名字是由朱元璋亲封的。相传朱元璋逃难之时，流落到这里。躲在庙宇之中，他对着庙中的神仙许诺，若神明能助他是能逃此一劫，今后将终生不忘此恩情。这时，门口突然结起了蜘蛛网，追兵追到此庙前，一看这是一座门前结网的破庙，网未有破损，便断定这里没有人进入过，朱元璋就此躲过一劫。

后来他做了皇帝，果然不忘报恩，封这座宫庙为"皇亭宫"。也因为这样的传说，皇亭宫的楹联显得尤为格局宏大、气势非凡。

皇亭宫

皇地为太武龙水添秀
亭庭座大观群山为屏

保生慈济祥光照万里
大道真人庙宇焕千秋

皇亭宫内匾额和碑刻

金岭寺

　　金岭寺，供奉的"广泽尊王"，也称"圣王"。每年八月圣王诞辰，村民们都会举行盛大的仪式祭奠这位颇具威望的神明。早期金岭寺的建筑样式别致，辉煌气派，只可惜毁于战争年代炮火。现有寺庙为原址新建，依旧是贞庵村不可或缺的信仰所在。

金岭寺侧门

金岭寺

金举山头观广泽
寺瞻高盖仰欧阳

保国安民同称广泽
安邦济世共颂尊王

山对白云动孝恩
龙从天柱来王庙

霞美宫

高盖昂扬先贤著千秋
文章挺秀孝道垂万古

霞美宫

　　位于贞庵村澳头社的霞美宫始建于清朝光绪年间，主要供奉保生大帝。

　　霞美宫至今保留着一块光绪五年（1879 年）镌刻的古碑。这块碑记里面记载了当年霞美宫进行重修时相关行号和个人捐资的情况，其中有行号振昌号、永发号、振发号、永顺号、振义号、振丰号、振成号、协兴号等行号。从捐银的数量看，数额都很巨大，有的一次捐银就八百多元，当时八百多个银圆是笔大数字。

　　特别有意思的是，捐银者所捐的银圆也各不相同，有中国的银圆，有

霞美宫内景

霞美宫外景

外国的银圆，有的仍然捐的是银两。碑的落款年份是光绪巳酉年（1909 年），尽管年代不是十分遥远，但从中折射出了当时贞庵村行号众多、经济富足的实际情况。

形胜山川源流远
巍峨庙宇庆泽长

霞映千山宫壮丽
美保万民澳生灵

山水朝宗钟胜地
庙坛新建庇人家

永泰宫

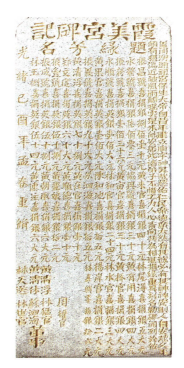

霞美宫光绪年捐款芳名录碑刻

永泰宫，是一座典型的闽南妈祖庙。这里供奉着海民们最为信仰的妈祖和观音和妈祖。从永泰宫的三副楹联中，可以明显感受到海民信仰文化中的重点——慈母如海，永保平安。

海民们依海而生，大海如同母亲一样养育着他们。他们希望"母亲"永远的慈祥和仁爱，并且自己也用虔诚的行为表达自己对大海"母亲"的孝心。有了"母亲"的庇护，再波涛汹涌的大海，也显得温柔和平安。这种意识形态的具象化，充分体现了中国民间文化的智慧。

永泰宫内景

永泰宫外景

万世扬名济世威惠星千秋
圣地重光护国慈仁敷四海

寰中慈母女中圣
海上福星天上神

万古长青垂圭海
千秋庙貌傍台山

永护天后宁社稷
长随圣母保平安

永泰宫正门

永泰宫右侧门

文山天后宫

湄洲着迹千秋神光昭盛世

圣母灵彼嵩岭岁序颂升平

五洲香火祖湄洲

四海恩波颂嵩海

宣和赐号庙貌古

淳熙以后难悉数

只缘护海多奇迹

万国衣冠拜港墘

文山天后宫

文山天后宫侧门

上帝宫庙

神通显赫护金镜
威座宝殿佑一乡

上帝宫庙门口

上帝宫庙外景

海头宫

贞山普照西方月
岱水洄流南海波

甘露滚滚沾柿树
慈云郁郁绕贞山

岱上莲花香九品
海头佛法度千秋

转步便通南海
举头即近西天

慧眼无非德眼
灵心都是道心

海头宫匾额

仙山宫

春色美景宜人心旷神怡
缘聚亭阁饮思鸟语花香

诚心焚香祈四时康强
实意点烛求八节健旺

仙庵辉光普照祈万事如意
宫庙威灵显赫求百年遂心

宫庵仰仙山春色锦绣
二圣尊王神灵万代兴

圣恩庙外佛前发愿无异心
尊王庵内至诚祷告皆灵应

仙山宫二圣尊王

二圣降临虔诚祈祷皆是尊
圣恩浩荡有求必应即为王

圣恩浩荡神道无言自有灵
尊驾威严祇要诚心就有应

尊神点烛可保家家千载兴
王炉焚香必庇户户万年旺

尊家烛光通明引渡奔向平安道
王炉香火透亮消灾走上幸福路

圣恩无疆香烟绕起通天透地保全境
尊王常在烛蕊流荫四面八方佑庶民

仙山宫

过坂社区

集福堂

衍派桃源溯本支此师是祖
化身佛国流恩膏有水皆清

集厥秀灵清水发源朝文圃
福兹士女田央驻迹枕光山

集伙妖魔迹着坪岩成正果
福缘善庆堂朝文圃现祥光

集安众士慈云护
福庇群生法雨沾

集福堂内景

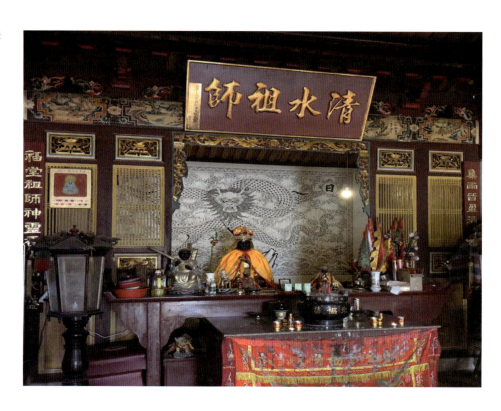

集福堂

集自人为赫濯直昭千古
福泛天降英灵常炳两间

集义生异人分明菩萨身现示
福堂奠山麓恍似蓬莱景清幽

宗福堂

诚意求安佑黎民

虔心祈福度众生

宗焕神光普照扬千里

福涵佛法人间济万民

宗福堂侧门

宗福堂大门

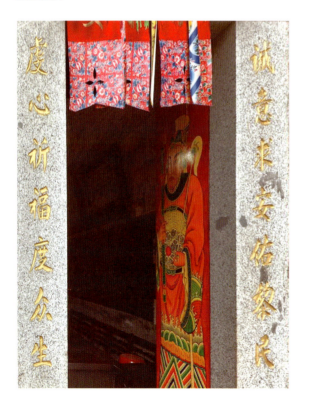

石室禅院位于海沧新阳，南枕玳瑁山，北望灵鹫山。据《漳州府志》《龙溪县志》《海澄县志》记载：石室禅院创建于唐垂拱二年（686 年），原为人们修行的石室；后唐同光三年（925 年），始建为寺院。

宋英宗治平二年（1065 年）曾修建或添建。元代元统甲戌（1334 年），由晦庵和尚主持重建，建梵宫、僧房、塑佛像，宛然名刹，奠定了石室禅院之规模。明天顺八年（1464 年）一度修葺。隆庆三至五年（1569—1571 年），由漳州芝山开元寺高僧云轩和尚主持理修，建法堂、山门和廊庑，周围筑墙，焕然一新。清朝是石室禅院的鼎盛时期，曾由朝廷下圣旨嘉奖该寺院药师佛显灵灭除瘟疫的事迹。

明朝末年，倭寇侵扰闽浙沿海，戚继光将军领兵抗倭，倭兵闻风丧胆。玳瑁山至今仍留有戚将军抗倭遗迹"游城古寨""尖山古寨"。禅院前仍留有当年扎兵驻寨时所用马槽，具一定历史参考价值。禅院东侧，为各朝僧尼之

石室禅院全景

石室禅院外山门

　　墓穴，以清朝居多，院内多存有这些古墓碑，尚未破坏。另有明高僧正旭之母寿域，规模庞大。其中，已发现有三座明朝本寺住持的父母亲古墓在寺院旁边，这种特殊现象在中国寺院较为罕见。

　　"石磬金柱幽静禅，室馨玉兰清香院"。石室禅院山清水秀，风水地貌住，所在之处恰似金鸡抱卵的形状，自古就相传有十八景，也留下不少传说。"高山天湖""试剑石""高山飞瀑""仙人足迹""观音崖"等景观至今仍留存。如今的石室禅院是一座集弘法、学修、朝山、览胜、两岸交流为一体的综合性人文景点。

　　石塔藏精轮相开千百年香火
　　室灯照暗灵光度亿万众迷途

　　去来觉路三皈岭
　　回向慈门万福田

护法殿正门

石磬灵山圣境金桂沁心幽静禅

室馨药师道场玉兰飘香证果院

该楹联为石室禅院住持、厦门市石室禅院慈善会会长、厦门市石室书院院长忠明法师所撰，是一副藏头和藏尾楹联，将石室禅院之名"石""室"二字藏于联首，将"禅""院"二字藏于联尾，上联的"磬"对下联的"馨"。该楹联对仗工整，很好地展现出了石室禅院的禅意和幽静。

皇明石室禅院碑记（局部）

重修□□□□□□□□□□□□□□□□□□□□□□□□□启其人之勋尤悬远，固不先待辩，而后焉者能知其所因废，□知其所由兴则，所以照法戒而思，似续于不坠者惕□□□□□□□□□□□□□石室院重建。元统甲戌年间，有僧曰晦庵者，实始基之。构梵宫、塑佛像，故地可有史、许派衍僧房二十有三，赀产叁拾余石，额／租□□□□□□□□□□□□□□□举充邑里宰，盖其盛也。齐是兴废莫详。

入国朝成化载，芝山僧定□，定祥□之侧院，宇倾圮鞠，为牧场矣，不有宁居，乃□院三里许，市民地盖一仓屋处之，名曰"石室仓"，今土堡前，其地也。此传于净众寺僧／月山、大蒲，又传于开元寺僧也。容福祚渐以择落，租税典入宦门，黉缘败隐，已没二三，而豪积□□□□□□□□□□。

逋徵不十七，重以徭饷，杂征，几不能支矣。

先是籍龙溪，今□□□□连澄邑 邑侯敦□李公虑其□于废地乃上□郡伯扬□□□督僧纲司建楠，云轩师董之，师一至，见故墟茂荆宿，愀然曰：噫，

明代重修石室禅院碑记

吾责也。乃捐金币，诸徒孙智炳、广仁辈矢心殚力，铲芜秽、辇木石，鸠工庀材，考□□□□□□□崇之法堂，乃构山门。竖之廊庑，燎以周垣，坚以梵壁，幽丽宽敞，焕然以新，乃以肆百余金分遗诸宦，来归僧典产，以百余金赎置。附院耕人杨□□□□□环南石基，卫之界将，仍于宇之东偏筑楼屋，屹如雄峙，用障空捍患，为栖身悠□计，凡百综理，靡不周详。经始于隆庆三年己巳秋八月二十日，□□于辛未年冬十一月十五日。君子曰：甚哉，云轩师之拮据也，起仆植僵，沙门有遗绩矣。□岂沙门，由是以上供国赋，而祝圣寿□无疆，国家□良，有碑□□事。诸乡官余君钱辈谋钱□召以纪，购予言。予不佞，乐观厥成，不容以陋辞。□师性真朗爽，练要信媂，尝主开元戒事，祗肃清修，精□□□□□□□于不□彼国以其心之弘，□□　而到处皆吾学也。师之驻锡于此，而遂成兴复始□，是乎评功序德，人人公言之，不俟予赘。唯以代传源□□□□□□□□□□以□□□□□□□之□而徒之僧门子子孙孙，其尚替□之，以毋□□前人光哉。

　　□□□□□□□肆月既望谷旦，乡贡进士、福州府侯官且儒学训导、邑人卓峰立耀谨撰。□□□□□□□□□温嘉谟、余鑑、海澄县儒学庠生　谢铭　谢绍运　开元寺僧明溢　僧明□　僧通积□□□□□□□隆春、杨邦镇、杨天迪、马灯□、马的光、马□□、马国章、林梅节、曾光□□□□□□□温嘉谟、余鑑、海澄县儒学庠

生 谢铭、谢绍运，开元寺僧明溢、僧明□、僧通积□□□□□□隆春、杨邦镇、杨天迪、马灯□、马的光、马□□、马国章、林梅节、曾光官且儒学训导、邑人卓峰立耀谨撰。

　　□□□□□□□□温嘉谟、余鑑、海澄县儒学庠生谢铭、谢绍运，开元寺僧明溢、僧明□、僧通积□□□□□□隆春、杨邦镇、杨天迪、马灯□、马的光、马□□、马国章、林梅节、曾光述、许如华、马中建、杨世礼□□□□□□□□林维、林翰、林淬、林槐、马贵□、谢□□、□耀，助工林弘平、林甫道、林弘名、林维填、林甫信、林福甫、约甫、沣甫、猷甫、容甫、奕马、汝胜，□□□□□□□□□□□□□□高浦所篆，石室字卓顺孝，如会。木匠林弘魁，福清县簾匠魏三使。

　　该碑文镌于明隆庆五年（1571 年），位于石室禅院石室书院内，详细记载了石室禅院于元代元统甲戌（1334 年）重修，后废寺，至明隆庆三至五年再次重建的历史。该碑还在碑文末尾留存了当时参与寺院重修的功德名录。

重修石室院碑记

　　窃谓玳瑁山下之有石室院也，由来久矣。闻诸父老曰，此院建于垂拱二年，自唐迄今千有岁，时代星移，盛衰棋弈，或兴或废，碑版湮没，无从考据。兹录丁酉数年，昊天降灾，疫气流行中，菩萨大显灵应，施泽霞阳众生赖安，未获酬谢。睹当前之败院，雨渍重檐，风吹古瓦，雕楹栋历久难支，绣拱琼橼所存益寡。辛丑春，社人杨本湖善果凤证，任事倡修，传集绅耆荣议，捐以成其美，众曰，然之，取吉兴工，无论夷夏，凡发慈悲倾全乐助，而芳名标勒于后以□扬。厂工告竣，规模轩豁之院貌焕新，即左边僧舍亦极，经营壮丽，一时称盛，灵光普照，奉香火靡，不皈依佛祖修慧业者也。可供奉如来，假今新安人士来游于此，应共叹今昔之殊观也，是为记。

　　谨将各埠喜捐芳名开列于左：

清代重修石室禅院碑记

槟城霞阳社阳植德堂公司公捐银三千五，仰光杨天爱捐银八百大元，杨本昱银六百大元，杨本铭、寿清、足欣各捐银四百大元，杨昭万捐银二百大元，芳捐银一百二十元，本树、昭道、昭松、昭固、晋富各捐银六十大元，本发捐银五十大元，本长捐银四十八元，章朝捐银十大元，水土捐银三十六元，维本、昭芳捐银三十四元，本约、本、大章、惠照、君子、升奢、章计各捐银二十四元，宁黑捐银十八元，大、订桌、顾尺、其中、照对、重栽、本章父、昭哭、全錬、本林、昭水、昭芸、大扁、昭令、女永、章惜各捐银十二元，九长、天生各捐银十元，炳南、新炎、全纶、本、文来、瑞发、章趁、昭昔、林儿、本建、照不、婴、明夹、三耳各捐银六大元，昭客、冲餐、清海、昭跳、大垠、元昌、文忠、本法、瑞普、明守各捐银四大元，登岸、本壇各捐银三大元，本敦、瑞雪、木浪、尼姑、允达、维息、锦尚、大川、升月、燕翼、昭茂、章地、本春各捐银二大元，一宗、一吕、怡智捐银一元，显捐银二元，本北捐银二十六元，本寅捐银二十大元，本福、本贺、本云各捐银十二元，本雷、一喜、嘉庆各捐银六元，本为、本训、本河、本选、允者、丕莉各捐银四元，本汪、本园、本瓜、本碟、本畏、本别、本忽、照星、漳器、漳各捐银二元，一昀、一吉、章潊、茂生捐夫助捐银一元，各捐银十二元，军举捐银六大元，汝淮、大用、天宁各捐银二元，本社地土捐银十二元。

丁百科校贡生笙选、七品衔直、新州州判杨鹤龄谨识并书

大清光绪二十八年岁次壬寅葭月谷旦

董事绅士杨鹭飞、鸿儒、允英、嗣林、向宗、逢春、宝琛、岩老、杨如、

一瓜、本散、启文、九炉、一味等全

重修石室院碑

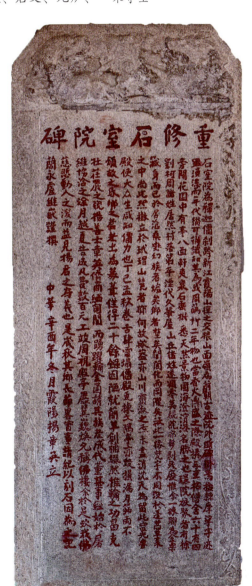

民国时期重修石室禅院碑记

石室院为释迦僧刹，跨新江霞阳山径之交根山面岭，为前朝古迹。院外断碑卧焉，拔棘摩挲字迹，虽漫漶而年代犹可彷识，知其为武周花竹二年物也。当香火鼎盛之际，殿构三重，拓僧舍六十有四。旁开花园中有亭，八面轩爽，泉石垂拱，悉天然景物，故海沧滨海名胜之也。环院族聚者有徐、刘、柯、周诸姓居，然村落第年湮代久。华屋山丘，诸姓遂凋零莫观，院郭移剥残废，唯余一栋聊为金粟藏身而已。于居沧桑变幻，族者墟矣，乡者堙矣，同闾化而罔际矣，只此一椽梵宇不同没于蓬蒿草丛之中。尚此然树立于玳瑁山麓者，抑何故欤？盖亦山川灵淑之炁，未尽消沉，天为留此灵光宝殿，使大众生咸知僧力也。丁巳孟秋，卷舌肆霍，塌僧殿五栋，大隅亭亦毁损。漏月筛雨不顷，故之感乡之耆老，出为募葺，仅得二十余。锱因陋就简，草创补缀，然推轮之功曷克让庄严之貌扬，善士章英侨商缅甸间，而踊跃输金，函请其族老成代董其事，经始于屠维协洽之涂月，越夏告成。凡费数百元，工竣，周视殿亭，严翼巍焕，又称佛栖余于是欤，我佛慈

石室院牌匾

悲动人之浚而益见，杨君之为义也，是岁秋其乡长节略宝事，请记以刻石，因为之记。

简永卢维岱谨撰

中华辛酉年冬月霞阳杨章英立

南无消灾延寿药师佛

　　该石刻位于石室禅院药师祈福钟殿后，为我国台湾国民党前主席连战先生所题。2017年6月，经中共中央台湾工作办公室、国务院台湾事务办公室批准，中国社会科学院与厦门市石室书院在厦门石室禅院设立国家级海峡两岸交流基地，是全国首家省部合作共建的海峡两岸交流基地。海峡两岸自古同根同源，在文化的传承上也是一脉相连。石室书院作为海峡两岸交流基地，承担着文化交流的使命。这幅书法也是海峡两岸文化一脉相承的见证。

醒世

　　该石刻位于石室禅院药师密坛右侧后山，为我国台湾孔子学院前任院长简锦益所题。"醒世"二字以草书写就，落笔有力，字与石刻相得益彰，张力喷薄而出。

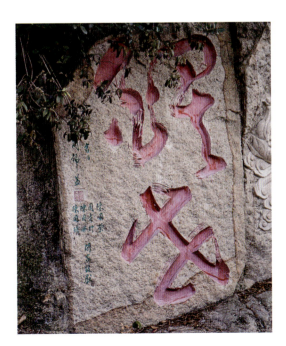

现代石刻（三）

现代石刻（四）

佛

　　该石刻"佛"字，为后人根据弘一法师所书书法刻于石上。

石室十八景景景入胜
玳瑁两明寨寨寨通幽

江山留胜迹
人物看今朝

天雨虽宽，不润无根之草
佛门广大，难度不善之人

后 记

一副楹联，一方碑刻，一块牌匾，镌刻的是一系列时空线索，牵动的是满满的情怀心意。

《铭记海沧——海沧楹联碑刻精选汇编》（上下册）的编撰工作，是一项卷帙浩繁而充满情感的系统工作，它凝聚着海沧区乃至两岸文史工作者共同的心血和汗水。

自田野调查始，由海沧相关部门、文化馆，各村、社区台胞社区主任助理及文史工作者等组成的工作团队，以认真细致的态度，组织多次的勘察、踏访、收集和记录。在此基础上，本书编委会延请专业人士，进行多轮的甄别、考证和编撰修改，力求尽最大的可能，还原实物和历史记录的关联，更加全面地反映海沧作为自古以来的"海上丝绸之路"重镇的人文风华。

在本书田野调查及考证过程中，得到了著名文史专家何丙仲先生的倾力指导，陶新庆、陈国辉、叶宏江等多位热心人士提供了诸多宝贵资料；也要感谢各村、社区的乡贤耆老在调查过程中给予的帮助、支持和精彩讲述。

值得一提的是，本书调研及撰写过程中，有不少内容得益于已故厦门著名文史专家洪卜仁先生收集的相关资料。洪老先生已驾鹤西去，谨此再次致以深深的敬意！

在本书编撰过程中，囿于相关的客观原因（如相关宫庙、宗祠和民宅的搬迁），以及编者自身的水平所限，相信还有部分的遗珠未得，或难免有部分考证出入或谬故之处。在此，也希望各界方家诚挚指正，以便在将来做进一步修正。

岁月长河浩浩荡荡，文史传承工作一直在路上。愿《铭记海沧——海沧楹联碑刻精选汇编》（上下册）能够抛砖引玉，让这片热土的历史和时代记忆，能够被不断唤醒，更长久地留存在中华文化史的宝库中。

铭记海沧

海沧楹联碑刻精选汇编

（下册·家庙篇）

◎ 沧江文库编委会 编

图书在版编目（CIP）数据

铭记海沧：海沧楹联碑刻精选汇编．下册，家庙篇/沧江文库编委会编．-- 北京：知识产权出版社，
2021.2

ISBN 978-7-5130-7414-8

Ⅰ．①铭… Ⅱ．①沧… Ⅲ．①对联—作品集—中国②碑刻—汇编—厦门 Ⅳ．① I269 ② K877.42

中国版本图书馆 CIP 数据核字（2021）第 020275 号

内容提要

楹联、匾额在海沧的分布极广，存量也较多，主要分布在各主要宫庙、宗祠及民居。本书是沧江
文库的首批重点书目之一，围绕海沧地区的楹联和匾额，多角度、有趣味地挖掘其背后的历史、文化、人物、
故事，以及其所在的整体建筑特色、建筑细节等，使楹联和匾额生动立体，焕发出其应有的文化价值和现
实意义。

本书为下册家庙篇，内容不拘泥于刻板的文献内容考证，更强调故事性和可读性。本书图文并茂、史
实准确、文辞优美，可为读者带来良好的阅读体验和收藏体验。

责任编辑：刘晓庆　　　　　　　责任印制：孙婷婷

铭记海沧——海沧楹联碑刻精选汇编（下册·家庙篇）
MINGJI HAICANG——HAICANG YINGLIAN BEIKE JINGXUAN HUIBIAN
（XIACE · JIAMIAO PIAN）
沧江文库编委会　编

出版发行	知识产权出版社 有限责任公司	网　　址：http://www.ipph.cn	
电　话：010-82004826		http://www.laichushu.com	
社　址：北京市海淀区气象路 50 号院		邮　编：100081	
责编电话：010-82000860 转 8073		责编邮箱：laichushu@cnipr.com	
发行电话：010-82000860 转 8101		发行传真：010-82000893	
印　刷：三河市国英印务有限公司		经　销：各大网上书店、新华书店及相关专业书店	
开　本：787mm×1092mm　1/16		印　张：16	
版　次：2021 年 2 月第 1 版		印　次：2021 年 2 月第 1 次印刷	
字　数：350 千字		定　价：198.00 元（上下册）	

ISBN 978-7-5130-7414-8

本书编委会

（排名不分先后）

顾　问：彭一万　何丙仲　杨　渡（中国台湾）

主　编：曹　放

副主编：廖　凡　乐智强

执行主编：张绍华

执行副主编：黄达绥　林合安　李佩珍（中国台湾）　符坤龙（中国台湾）
　　　　　　姜朝伟

撰　稿：杨炜峰　刘丽萍　胡育宁（中国台湾）　陈慧中（中国台湾）

田野调查团队

统　筹：廖艺聪　　　　　刘丽萍　　　　　王嘉麟（中国台湾）
　　　　宋思纬（中国台湾）　郑智扬　　　　　岳　阳

成　员：陈慧中（中国台湾）　陈静怡（中国台湾）　陈家崴（中国台湾）
　　　　陈延鑫　　　　　刁威淇（中国台湾）　符坤龙（中国台湾）
　　　　管心瑜（中国台湾）　黄淙毅（中国台湾）　黄佳惠（中国台湾）
　　　　何佳伟（中国台湾）　洪巧娟（中国台湾）　胡育宁（中国台湾）
　　　　黄育青（中国台湾）　林芳槿（中国台湾）　赖护鑫（中国台湾）
　　　　赖嘉利（中国台湾）　林家祥（中国台湾）　林倩如（中国台湾）
　　　　林　意　　　　　李翊豪（中国台湾）　吴佩蓉（中国台湾）

苏子睿（中国台湾）　　苏少观　　　　　　宋思纬（中国台湾）

谭皓旻（中国台湾）　　童韦谕（中国台湾）　陶新庆

王嘉麟（中国台湾）　　杨式珩（中国台湾）　杨于萱（中国台湾）

杨玎茂（中国台湾）　　张德晞（中国台湾）　庄　莉（中国台湾）

朱天奇（中国台湾）　　周威辰（中国台湾）　曾雅琦（中国台湾）

曾宜绍（中国台湾）　　周姿绮（中国台湾）　杨智为（中国台湾）

李柏澔（中国台湾）　　余佳伦（中国台湾）

摄影团队

张德晞（中国台湾）　　曾宜绍（中国台湾）　吕绍园（中国台湾）

何佳伟（中国台湾）　　郭德尧　　　　　　雷雨亭

孙焕伟　　　　　　　　陈淑华

铭记海沧 贺联

曹放（厦门）

一场好风过海甸
九番喜雨润沧江

杨启宇（成都）

海峡风清龙报岁
沧浪水暖燕争春

张文胜（安徽）

天风骀荡来瀛海
春水年华证桑沧

贾雪梅（重庆）

海宇清宁春色满
沧溟浩渺物华新

总　序

　　海沧，被专家学者誉为"闽南文化的基因库，对外开放的桥头堡"，我以为这是很有道理的。将其喻为"闽南文化的基因库"，是因为海沧融汇了今之闽南厦、漳、泉的文化精华。海沧的南部地区，历史上属于漳州府海澄县，即该县一都、二都、三都；海沧的北部地区，历史上属于泉州府同安县，即该县积善里十七、十八两都；2003 年设立海沧区，隶属厦门市管辖。可以说，闽南的方言、戏曲、习俗、民间信仰、建筑形制及其他非物质文化遗产，在海沧都有比较集中、比较经典、比较全面的呈现。将其喻为"对外开放的桥头堡"，主要是因为海沧从明代中期以来，在三个历史节点上成为中国对外开放的桥头堡。一是在明代中后期，以海沧为重镇的闽南月港，于 1567 年"隆庆开海"后，成为全中国唯一合法的对外贸易口岸，外贸总量占当时全国的百分之八十以上，证明了大航海时代中国没有缺席。二是在 1905 年，我国东南第一条铁路——漳厦铁路就在海沧动工，并于 1910 年建成运行。孙中山先生在 1919 年出版的《建国方略》中为海沧描绘过"东方大港"的蓝图。三是在 20 世纪 80 年代，厦门设立为经济特区之后，根据邓小平同志的决策指导，国务院于 1989 年 5 月批准设立海沧台商投资区。由此可见，海沧一直是中华民族走向世界的一个重要平台。

　　海沧历史上虽然只是闽南的海陬一隅，未曾设立过县治以上的府衙，但其人文积淀却是丰厚的。北宋年间，名医吴本在这里悬壶济世，其仁心妙术得到了历代百姓的尊崇,明代永乐皇帝敕封他为保生大帝,后世誉为"闽台医神"。大宋王朝,海沧文风过化,书香迄今千年:一代书法家蔡襄邀请其文友颜慥担任漳州教谕,定居海沧并设立书院;嗜书如命的苏竦,以言传身教成就了漳泉子弟十数人进士及第,其后裔分居漳泉两地,如今竟奇迹般地同属海沧区;理学大家朱熹曾多次到访海沧,并在今海沧东孚后柯村,为其好友柯翰之"一经堂"题名。明代,海沧更是人文蔚起。明嘉靖二十七年(1548年),闽浙巡海道副使柯乔、龙溪知县林松、闽南大儒林希元及海沧当地学者周一阳,将欧洲葡萄牙商人修建的金沙公馆改建成金沙书院,是中国书院之林中独具海洋文化的一座。明嘉靖三十四年(1555年),金沙书院制刻了《古今形胜之图》,后被西班牙国王珍藏,成为世界海洋文献的珍宝。"石敢当御史"柯挺,在海沧云塔院前修建了公益性质的书院,教授海沧子弟知书、达礼、上进。如今,书院的废墟旁还留着"师弟解元"的碑刻,以纪念他和他的学生周起元,而柯挺也因创造了师徒三人"三元及第"的神话而名扬四海。周起元,海沧后井村人,官至应天巡抚,名列东林后七君子,廉政为民,不畏奸祸,而且极力推动海洋贸易,是中国海洋文化的伟大先驱。颜思齐,海沧青礁村人,从闽南月港辗转日本,率领郑成功父亲郑芝龙等闽南海商纵横东亚海域,于天启元年(1621年)开始驻守、开发、经营台湾地区,连接了祖国大陆与台湾地区的血脉亲情,被誉为"开台王"。海沧历史上曾经涌现过51名进士、127位举人,可谓文采风流,弦歌不绝。"爱拼才会赢"的闽南人精神激励着海沧民众一波波地走出去,过我国台湾,下南洋,清朝中后期至民国初年达到鼎盛。祖籍海沧鳌冠村的康熙年间巡守南海的水师提督吴升;祖籍海沧锦里村的嘉庆年间台湾文化大家林朝英;祖籍海沧霞阳村的华侨民主革命家杨衢云;祖籍海沧新垵村的南侨诗宗邱菽园;祖籍海沧鳌冠村的厦门大学第二任校长林文庆,和他的儿子、抗战时期中国红十字救护总队总队长林可胜;祖籍海沧山边村的台湾抗日义勇总队总队长李友邦将军;祖籍海沧后柯村的新加坡开国总理李光耀夫人柯玉芝;祖籍海沧霞阳村的中国人民解放军新疆军区文化部部长马寒冰;祖籍海沧的一代名医钟南山,都是海沧儿女的杰出代表。

　　"旧学商量加邃密，新知培养转深沉"，挖掘整理本土文化资源，编撰出版本土文化丛书，对于存史、资政、育人，对于增强文化自信、弘扬优秀传统文化、强化爱国爱乡精神，都具有重要意义。经过改革开放以来的开发建设，海沧迅速崛起，已经成为厦门跨岛发展的一座亮丽新城，正在构建高素质、高颜值、现代化、国际化的一流海湾城区。2019年，在海沧台商投资区创立30周年之际，中共海沧台商投资区工委和中共海沧区委、海沧台商投资区管委会和海沧区人民政府决定编撰出版"沧江文库"丛书，并组建编委会，命我担任主编。我们将组织文史专家、乡贤耆老和台胞侨胞，对海沧地区自古以来的历史人物、先贤著述、风物民俗、金石古迹、海外侨社及非物质文化遗产等加以收集整理，编辑成书，集结为系列。沧江发源于海沧文圃山，流入九龙江口，汇入台湾海峡。以沧江命名，集海沧历史文献之大成的文库，其含义是海沧人文博大精深，源远流长，与时俱进。

　　庚子开年，新冠肺炎疫情肆虐全球，居家禁足日久。春分时节，我邀请著名诗人舒婷女士及诸位文友踏青海沧，放怀遣兴。我与舒婷女士谈及海沧人文鼎盛及编撰"沧江文库"之事，蒙其赞赏鼓励有加，余诗兴勃发，即兴一首七绝相赠。在"沧江文库"开山之卷何丙仲先生编校的《周起元传疏辑补》定稿之际，我谨以此诗向"沧江文库"致敬："愁云横断北东南，环宇悲惶困不堪。春水一溪奔海去,樱花万点落青山。"湖湘文化泰斗唐浩明先生评曰："好诗！春色又回，万物复苏，人间依然是美好的。"台北书院院长林谷芳先生评曰："诚然，海沧风貌，何只外观之经贸繁华，更有厚实之文史积淀。兄之'春水一溪奔海去，樱花万点落青山'，正可为海沧文集乃至海沧文化作一极到位之开卷拈提。"

　　是为序。

　　定稿于2020年5月31日，时为庚子小满时节。

曹　放

厦门市海沧区政协主席

前　言

　　在中华文明史数千年的灿烂篇章中，楹联、碑刻、匾额是一个特殊的"存在"。历经岁月变迁，它们顽强地镌刻着跨越时空的传续，草蛇灰线，伏脉千里，却总能让人追古溯今，品读历史和文化留给我们的无限启迪。

　　海沧，古称"三都"，作为闽南重镇，自古以来，古越文化、中原文化与闽南独特民情风俗在这里交融，耕读文化氛围浓厚，民间信仰多元而丰富；随着"海上丝绸之路"的勃兴，从明朝中叶起，它又成为大航海时代与"海上丝绸之路"交汇的重要节点，更早地感受东西方文明的碰撞与融合。

　　近代以降，海沧历经福建省第一条铁路的兴建、孙中山先生的"东方大港"蓝图、嵩屿开埠的尝试，与世界和中国的时代潮音同频共振。改革开放以来，海沧更是领风气之先，从全国设立最早、面积最大、功能最强的国家级台商投资区，崛起成为一座现代化、国际化、高素质、高颜值的国际一流海湾城区，成为中国改革开放的一个奇迹见证，一个生动缩影。

　　地如其名，海沧，生动地见证了"沧海桑田"的独特含义。而《铭记海沧——海沧楹联碑刻精选汇编》（上下册）的编撰，是一次历史纵深的追溯，是一次文化寻根的探索，也是一次乡土记忆的全面发掘。

　　本书上册，以海沧宫庙的楹联碑刻为主轴，联结起自古而今的文化、信仰与风情的美丽篇章；下册，则以海沧的宗祠、家宅与坊间为主线，详细搜集及解读楹联、碑刻、匾额中蕴含的生动故事。而它们共同指向的，都是这里独特与迷人的人文记忆。

保生慈济文化的沃土

在海沧，从慈济祖宫，到遍布城乡的大小宫庙，处处可以感受到"保生慈济文化"在这片土地上深深的浸润。

保生大帝信仰，源起于北宋闽南神医吴本，因其医术精湛、医德高尚，于其身后被奉为"吴真人""保生大帝"，民间称为"神医大道公"。自南宋年间起，保生大帝信仰得到了极大的发展，同时也随着颜思齐开台和闽南华侨的出洋拼搏一路延展至我国台湾地区、东南亚地区。如今的"海峡两岸（厦门海沧）保生慈济文化旅游节"，每年都盛况空前，蔚为大观。

如果说青礁慈济祖宫是慈济文化的集大成之所在，在海沧数百个宫庙、中医药博物馆的楹联中，更充满了来自民间对于慈济文化的丰富解读。细细品味这些楹联的内容，以"真人""保生""慈济""大道"入联的标识占了多数，但又各有各的风韵，各有各的阐扬，将它们汇集起来，便是慈济文化独特的文本。

慈济文化的核心，"慈"为魂，"济"为本。它一方面充分展示了中医药文化的博大精深；另一方面，又展开了中医济世救人的动人故事，更将"慈济"发展成一种对于家国、对于历史和时代的一种责任感和践行力。如现代，抗战时期中国红十字救护总队的总队长、中国医学会会长林可胜；如当代，防抗非典和新冠肺炎病毒的一代名医钟南山，他们的祖籍地都在海沧。

自古以来，至近代和当下，海沧子弟涌现了无数优秀人物，他们在"慈济文化"的沃土中成长，走向更广袤的庙堂与江湖，成就影响历史和世界的功业。而通过他们在宫庙中题刻下的楹联、碑刻等，我们也得以在今天，从文字之中，从笔力之间，从典故之源，仍然能"近距离"地感受那种独特的魅力、人格与印记。

这是海沧独一无二的人文背景。如今，它们再次从一个个宫庙中被发掘和整理，"慈济文化"的独特篇章也将更加条理清晰，传习致远。

多元文化交融的回响

　　筚路蓝缕，以启山林；沿海而居，放眼大洋。山岳文明与海洋文明的交织，在海沧，也形成了自己"风味十足"的交响乐。

　　"三都"之古称，彰显海沧的历史文脉。自古以来，中原文化的一路迁徙，给海沧带来了根植于陆地、源于中原的文化根基，"耕读文化"在这里繁衍出一派勃勃生机。与此同时，来自海洋的季候风与大潮声，更时时激荡着海沧人的心海。他们将大陆文明的厚重化作为人处世的性格与根本，又面向潮头，勇敢地升起风帆，驶向神秘未知却充满无限可能的大洋疆域。

　　所以，在海沧的宫庙、宗祠、家宅乃于坊间，只要你细细寻觅，那些多元文化交融的回音，会活泼泼地从楹联碑刻和匾额中呈现出来，在眼前跳跃，在耳边诉说。

　　海沧的宫庙，除了作为主体与"主题"的保生大帝信仰，闽南渔人世代供奉的妈祖，以及由中原信仰传袭而来观音信仰、关公信仰和其他民间神祇，总会"综合呈现"——在一个小小的宫庙里。你甚至都能发现，不同的楹联、匾额分属不同的神祇，它们以一种和谐的生态，共同为祈求国泰民安、岁月静好的乡人以慰藉和启示。宫庙的文字记录，同样串联起非物质文化遗产"蜈蚣阁""送王船"等沿袭于两岸的古老民俗，历经岁月洗礼仍然有着浑厚悠远的旋律。

　　而随着大航海时代与"海上丝绸之路"的深度融合，海沧也更早地营建和保存了世界文明、西方文明，由立石镌文而来的鲜活的文明交融史。除了纯粹的"中国式信仰"之外，在海沧，大到基督教堂、天主教堂的碑记，小到一块"亚细亚油库"的界碑、一方由西方人埋下的"猫碑"，都能够展现一个个前所未知的故事，让我们在平面的历史教科书之外，得以窥见历史的横截面、时代的活化石。

　　当它们日常散落于香火、祈祷与坊间传说中，或为经文，或为福音，或为说书，或为茶余饭后的闲谈，而当我们用心去采撷和编织，这一个个音符，便神奇而通畅地汇聚成动人心魄的澎湃交响曲，绕梁而不绝。

海沧精神的鲜活见证

独特的地理位置和人文积淀，让海沧形成了自己的独特基因和精神的"关键词"——敢闯敢创、崇文尚武、文明自强、开放包容。而当我们从楹联碑刻的字里行间，串联起一个个大时代下的人文作为时，便更能理解"海沧精神"的深邃和与时俱进。

海沧姓氏与宗族众多，各村、社区的祠堂和家庙，有着具体而丰富的家族史展现：青礁颜氏、钟山蔡氏、后井周氏、新垵邱氏、石塘谢氏、鳌冠吴氏、祥露庄氏、锦里林氏、鼎美胡氏、贞庵江氏、霞阳杨氏、后柯柯氏、芸美陈氏、山边李氏、东浦张氏……

家族的绵延与传承，同样铭记下一个个在中国乃至世界文明史中响亮的名字：海洋文化先驱周起元、开台王颜思齐、最早巡视三沙的清代水师提督吴升、南侨诗宗邱菽园、华人侨领林推迁，新加坡开国总理李光耀夫人柯玉芝……

而随着两岸文化交流，海沧率先在全国聘用台湾青年参与社会营造，台胞青年以台湾的社区营造经验，在海沧进行在地化实践，进一步推动了海沧各村居历史文化传承，各社区书院的完善与繁盛，以及村居社区文化的深度挖掘与展现。本书就是这些台湾青年参与挖掘、整理、编著而成，他们付出的辛劳与智慧，将辉映着海沧历史文化的弘扬与光大。

走近一座座宗祠、家庙和书院，海沧精神的"关键词"，就如同一个个启动的密码、一把把打开的钥匙，"藏"在楹联碑刻和匾额中，无声胜有声，在海沧人世代传承的血脉里，在新一代"海民"的诵读中，更加神采奕奕，风华无边。

它们，是一个个家族历经磨难奋起抗争的断代史。

它们，是一位位海沧子民济世扶危改变时代的开创史。

它们，更是海沧精神具体而微、精细而宏大的情感集成。

虽然，随着新城建设的号角不断吹响，由于新的发展规划与蓝图，许多宫庙、宗祠不可避免地被搬迁、移址或重建，其中的楹联、碑刻、匾额也面临着重新的安置与"调整"，但有赖于海沧决策者和管理者坚定的决心与情怀，有赖于各方专家、文史工作者、两岸青年的共同努力，我们仍能够以这样的鲜活的记录，通过繁重却细致的工作，让它们被"抢救"和留存、记录下来，这是历史之幸，人文之幸，也是时代之幸。

岁月以沧海桑田轮回着悲欢离合，将文字炼为永恒，让旋律交织吟唱，也使精神迭代升华。夕阳余晖是旭日初升的前奏，当我们拥抱过去，我们也必将拥有热爱当下、面向未来的人文力量。它们在血脉里流淌，在新的征途中生生不息，催人前行。

铸铜铭刻，勒石永记，是为中国古代留存最重要的文化典籍的主要方式。本书题名——铭记海沧，其意不言自明，当可传之久远。

目　录

金沙周氏三房祖庙

德业并山河俎豆馨香四海
勋名昭日月烝尝祫祀❶ 千秋

秋尝典祭遵万古圣贤礼乐
左昭右穆序一家世代源流

周氏三房家庙

太武耀桂亭三台献瑞
九龙映内坑五福骈臻

金沙周氏三房祖庙
重建碑记

---

❶ 祫祀：古代为消灾除病而举行的祭祀。

2

周氏三房家庙

周氏三旌堂（周氏家庙）

金书铁卷四世义烈祖

沙铮玉风忠义世家庙

位于后井衙里社的周氏家庙，因族贤在明代受过皇帝的三次褒扬，故分堂号为"三旌堂"，取御匾"忠义世家"为灯号。

据考证，"三旌"中的第一旌，为明正统十三年（1448年），周世纲捐资募丁，运粮驻守城郡，解除了长汀邓茂七反军对漳州城的围攻。关于第二旌和第三旌，有以下两种说法。

说法一：第二旌为周起元在万历年间中进士，累官至应天巡抚，天启年

周氏祖庙

周氏家庙内楹联
匾额

间因弹劾魏忠贤而被陷入狱，但宁死不屈。到崇祯朝时始得昭雪，皇帝下旨赐祭葬，赠兵部尚书；第三旌是崇祯皇帝念周起元尽忠报国，以身相殉，且周氏宗族辈出英杰，又特赐书匾"忠义世家"。

说法二：第二旌和第三旌，为周起元任广西参议前收到漳郡子民的颂德，后分别为崇祯改元加谥号和福王时再加谥。

侍御绵贞周氏颂德碑

周氏家庙内，存有1991年自海边榕树下迁移来的"侍御绵贞周氏颂德碑"及清宣统元年（1909年）"重修大宗碑记"，均为花岗石质，但字迹皆已经磨损难辨。

"侍御绵贞周氏颂德碑"立于明代，高3.34米、宽1.4米，厚0.23米，是厦门市现存体积最大的古石碑之一。该碑事迹的主人，是"万历庚子（1600年）解元应天巡抚兵部侍郎加赠兵部尚书绵贞"，即周起元。

侍御碑

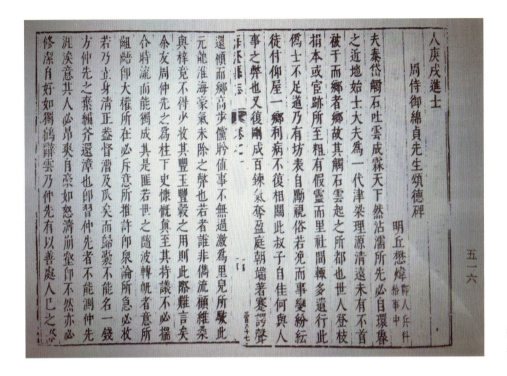

海澄县志（侍御碑记载）

　　该碑竖立在周氏家庙入门右侧，碑的顶部几乎触及屋顶。在石碑的中央有一条很深的裂痕，可以发现，碑上的许多字迹似乎有经过人为的磨损。"文化大革命"时期，这块石碑被当成"四旧"，劈成了两半。当时，海沧的后井村一带，有许多制作麻糍的手工作坊，口感优良的麻糍需要在好的石板上不断捶打。由于这块碑的石材好，竟成了捶打麻糍的砧板。

　　随着相关部门和乡贤对历史文物的重视，人们通过族谱记载发现这是一方御赐石碑，意识到了它的价值，才将其收回家庙重新竖立起来。

周起元

　　周起元，号绵贞，官至右佥都御史、应天巡抚，海沧后井村人。明朝历史上有名的"东林后七君子"，更是当时中国官员中具有海洋意识和远见的佼佼者。

一者江开两岸，塔建中流。当使潮音虚嗒，水月澄鲜。青莲出波日，四色空毛孔，作法界身。缘二者，龙天笄象，巍峨拱揖，势如脱芽，茹帝家山圭露冕，朝宗辰极，于以砥柱狂澜，撑持地轴，作宰官身。缘三者，法轮无改沧桑，可成五风十雨，广卤如云，而且江妃顺轨，天吴不波，实筏元津，普济无量，作长者身缘。四者琳幢旋规，照离云日，遂使犀燃从钵，稳蛟沈媚，川蕴岫映，爽眉目作无等身。生大欢喜缘，如是倾渴，如是瞻承，故当广叩有缘，冀开善信，莫斩檀施也。

周起元

这段华丽优美的文字，出自明万历年间一份名为《圭屿建塔募缘疏》的募捐倡议。它的作者正是周起元。

明隆庆五年（1571年），周起元出生于福建海澄县三都（今海沧后井村）。这一年，离隆庆皇帝1567年开放海禁，仅仅过去了五年，而他的家乡，正隔着一条九龙江，与月港相望。

少年在金沙书院接受启蒙教育时，他最钟爱的《古今形胜之图》，是一幅重刻版地图。这张图最先由江西士人喻时绘制。后来，正是周起元的祖父在金沙书院重刻，使其成为书院的一个"宝贝"。这张图在少年周起元的心中，打下了海洋文化的深深烙印。

这是一种迥异于中国古代传统教育模式的历程。入仕之后，周起元是一个公认的好官，他对奸佞当道深恶痛绝，力主反贪。明天启初年（1623年），周起元巡视苏松十府缉查贪官。他一到任，民众便纷纷举报吴中税监李实和苏松分守参政朱童蒙：前者横征暴敛，贪赃索贿；后者骄横跋扈，鱼肉乡里。周起元遂上疏弹劾。

然而，这一弹劾竟惊动了这些人的"后台老板"魏忠贤。于是，周起元先是被削职为民，遣返故里；接着，又被诬陷贪贿府库银圆十万，押解至京，百般折磨，屈打成招，惨死狱中，直到崇祯皇帝嗣位才得以平反。朝廷赠其兵部侍郎衔，追谥忠惠，被祀于乡贤祠。

纵观周起元的仕途，他一直关注家乡"海上丝绸之路"的发展情况，他首次提出"月港贸易"这个概念，也是月港的首个"海上丝绸之路倡导者"，对月港发展成为东南沿海外贸中心做出了巨大贡献。作为一名倡导和推动海洋文化的先驱，周起元在"海上丝绸之路"的历史上，留下了不可磨灭的印迹。

在他为张燮《东西洋考》所作的序言中，将月港称为"天子之南库"，后为成为对月港最精辟的历史性总结。在他看来，使来自海洋的经济活动得以合法化，不仅利于民生，也将成为朝廷重要的税收来源，相当是朝廷设在南方的一个"金库"。

纪录片《海洋赤子—周起元》剧照

为《东西洋考》作序，周起元也正是希望通过这本著作的推介和传播，让时人更加真实、完整地了解海洋文化的博大和海洋给人民带来的财富。在《东西洋考》即将付梓之时，回乡省亲的周起元和张燮一起考察月港航道，并议定了筹划建塔的事宜。

周起元在《圭屿建塔募缘疏》中，清晰地表达了他对于建塔的初衷。在他看来，圭屿塔的功用之一，是一处文化设施，可保佑当地"江妃顺轨，天吴不波"；另外，由于圭屿为扼月港咽喉之地，在这里建塔，本身就是商船和渔民往来的航标。

克拉克瓷

由于周起元的官声卓著，他的倡议得到了广泛响应。当时的郡县官吏、商家、社会名流群起响应，参与募捐。建塔之时，圭屿开始重建老城，圭屿塔、天妃宫、文昌祠、大士阁等文化地标，与重新整修的城池交相辉映，使圭屿的文化建设再次达到了一个鼎盛时期，圭屿也因此跻身于"海上丝绸之路"上的一个前哨岗，为月港的发展留下了不可磨灭的历史印记。

周起元仕途的起点，是任江西浮梁知县。浮梁，就是大名鼎鼎的景德镇。明朝时，这里已经是闻名天下的瓷都。周起元来到浮梁时，眼前所见到的景象，却让他有些惊呆了。就在他赴任的路上，他看到有不少窑厂已经被捣毁；与此同时，皇上派来的税监潘相的衙门，被愤怒的老百姓们围攻，差点就闹出了人命。周起元决定，派人将景德镇的一部分陶瓷工匠和产品，先带回他的家乡。这对于景德镇和海澄的陶瓷业来说，成了一个双赢的好办法。

就在周起元浮梁知县任上的第二年，在遥远的马六甲海峡，荷兰人截获了一艘名为"The Santa Catarina"的葡萄牙商船，发现船上装载了约 100 万件中国瓷器。荷兰人大喜，把它们全部掠走拍卖，赚了一大笔。在拍卖时，他们不知道怎么称呼这些拍品，就用那条商船的克拉克船型，将它们命名为"克拉克瓷"。

此事轰动整个欧洲，"克拉克瓷"更因此闻名世界。国外的"订单"雪片般飞到大明王朝，"克拉克瓷"成为当时中国重要的外销瓷品种。一艘艘载满"克拉克瓷"的商船，从月港驶出，风靡各地，大显中国瓷器魅力。

周起元派回漳州的工匠，吸收了景德镇工艺，使用漳州本地材质，生产出了这种表面看似粗糙却色彩明丽、设计自由的青花瓷器，通过月港外销欧洲、日本和东南亚，在古"海上丝绸之路"的瓷器文化传播史上，写下了浓墨重彩的一笔。

周起元的眼界、精神与作为，激励着后人为新"海上丝绸之路"时代继续拼搏奋进。海沧一位公务人员在寻访与周起元有关的遗址后，曾写下一首诗歌，便是今人对于周起元无限怀念与精神继承的一个注脚：

从来只问是与非，
何曾避祸趋闻达。
多事江湖黑雨恶，
茫茫一剑走天涯。
万里残阳万里埃，
潮涌海丝见风华。
长歌当哭周起元，
且共沧江醉丹霞。

乾隆版《海澄县志》中的《周起元募缘疏》

张燮与《东西洋考》

《东西洋考》

张燮（1574—1640 年），字绍和，自号海滨逸史，《东西洋考》作者，龙溪石码人，是周起元的至交好友。出身于士大夫世家的张燮，天资聪慧，10 岁能通五经，年少时兼览史鉴百家，青年时便以文才名噪一时。张燮一生数次赴京赶考，然而数上不第，遂定居故乡侍奉父亲，以潜心著述为乐。

由于目睹当时月港海外贸易的发达，并受当时漳州官员之托，遂主持编撰《东西洋考》。

《东西洋考》的重要性在于，它保存了大量明代后期漳州地区有关在"海上丝绸之路"兴起之后，对外贸易和商品经济发展的资料。

由于《东西洋考》本来就是为适应对外贸易发展的需要而写的，因此它记载经济方面的资料也特别详细，对于今天研究月港、圭屿"海上丝绸之路"的历史有特别的意义。它不但详细记述了海外各地的土特产和贸易方面的注意事项，而且关于当时通过"海上丝绸之路"进入我国港口的商船、货物种类、数量、规格、税收制度及税额标准等，都有详细记载。

《东西洋考》是明代中外关系和东南亚各国历史、地理的重要文献，也是一部综述漳州与东西洋各国贸易通商的指南。它对研究中外关系史、经济史、航海史、华侨史等都有很高的史料价值。周起元为《东西洋考》作序时，指出其"开采访之局，垂不刊之典""事具辞核，庶几无一字虚设"，指明了该书的价值所在。

张燮

古今形胜之图与金沙书院

2017 年 8 月 29 日晚，金砖国家领导人第九次会晤前夕，在海沧的"厦门中心大厦"顶楼，中央电视台海上丝绸之路重点纪录片《海洋赤子——周起元》封镜仪式正在举行。台上，中央电视台摄制组郑重地"请"出了一张图，正式将其交到了海沧人的手上——时隔 462 年，这一张《古今形胜之图》高清正版终于获得授权，重归故里。

《古今形胜之图》不仅仅是明代中国人眼中的世界地图，还是目前有据可

《古今形胜之图》

考的最早一张传入欧洲的中国全图，在中外经贸文化交流史上产生过重大深远的影响，这是海沧作为"海上丝绸之路"重要节点的最好佐证。

不久，在人潮涌动的嵩屿码头广场，很多人也注意到了广场一侧醒目的石刻，犹如一本打开的大书。人们在这个《古今形胜之图》的"高清"石刻前驻足，有如探索一条漫长的时空隧道，人们一字一句地读着石刻上的碑记：

《古今形胜之图》是全球大航海时代最重要文献之一，也是最早传入欧洲之中国全图，欧洲汉学研究起源之文献，现藏西班牙塞维利亚市西印度群岛总档案馆。

明嘉靖二十一年（1542年），进士喻时据《明一统志》于江西信丰北宫首印该图；明嘉靖三十四年（1555年）闽南大儒林希元率弟子周一阳（周起元之祖父）于龙溪金沙书院（今属海沧）重刻，后随海外贸易流传。1575年，西班牙驻菲律宾总督将其敬献于西班牙国王。2017年，中央电视台赴西班牙摄制纪录片《周起元》，获得该图高清电子版，并转赠海沧。

该图纵115厘米，横100厘米，计有文字150余条、近6000字，图幅以当时的中国为主体，兼及东北亚、东南亚等区域；标注地名近千处，亦注各地之历史沿革与地理形势，尤重边地民族之情形，既绘明代治下地舆，亦证时人眼中之世界，具有极高的历史研究价值。

这张图的原创者喻时（1506—1571年），字中甫，号吴皋，祖籍河南光州（今光山县），出生于江西樟树。嘉靖十七年（1538年）中进士，曾任南京太仆寺卿、巡抚福建右佥都御史，南京兵部户部右侍郎等职。

隆庆五年（1571年），喻时逝世，年65岁。在他逝世的前五年，隆庆皇帝朱载垕登基之后，便采纳大臣意见，开放月港作为唯一的对外贸易港口，史称"隆庆开海"，打开了"海上丝绸之路"又一个新的篇章。而喻时在1548年便在编辑刊刻《古今形胜之图》，无疑是更早放眼看世界的举措，在当时的形势下，殊为难得。

央视主创代表将
《古今形胜之图》
赠送给金沙书院

喻时刊刻《古今形胜之图》时，依据的是《明一统志》，其目的为"欲便于学者览史，易知天下形胜古今要害之地"。

1548 年，似乎是《古今形胜之图》与海沧金沙书院在冥冥之中的"缘分之年"。这一年，喻时刊刻此图，而海沧金沙书院也在这一年设立。七年后，这张图便在金沙书院被重新刊刻，这也成了《古今形胜之图》走出国门、影响世界的一个重要节点。

有明一代，全国共有书院 1239 所，其中今海沧南部地区（古三都地）共有 10 所。而金沙书院的特别之处在于，它的前身是葡萄牙人兴建的金沙公馆。

林希元

随着月港海外贸易的不断繁荣，数百名葡萄牙人在海沧长期居留。为了从事贸易方便，他们干脆自己盖起了"金沙公馆"。一开始，官府试图用各种方式请他们走，双方甚至也发生过多次兵戎相见的摩擦，时间长了，便成了官府的心头大患。

于是，当时的龙溪知县林松与宪臣柯乔，坐着船来到海沧，终于说服葡萄牙人离开了金沙公馆，往九龙江上游而去。此后，由知县林松主持，将金沙公馆改建为书院，邀请闽南理学大儒林希元担任"院长"。

林希元也是一个闽南海洋文化熏陶下的开明学者。在掌管金沙书院后，他亲拟了一篇《金沙书院记》，文中有一段话，正是金沙书院来源的明确记载：

苏文岛夷，久商吾地，边民争与为市，官府谓夷非通贡，久居于是非礼，遣之弗去，从而攻之。攻之弗胜，反伤吾人。侯与宪臣双华柯公谋曰：杀夷则伤仁，纵夷则伤义。治夷，其在仁义之间乎？乃偕至海沧，度机不杀不纵，仁义适中，夷乃解去……岛夷既去，乃即公馆改为书院，堂庭厢庑咸拓其旧，梁栋榱桷，易以新材，又增号舍三十盈。由是诸生讲诵有所。

在这篇《金沙书院记》中，他还特别提到了两名他的得意门生。其中一位名叫周一阳，正是周起元的祖父，也是他重刻《古今形胜之图》的得力助手。

在林希元组织重刻的《古今形胜之图》的左下角，标有"嘉靖乙卯孟冬金沙书院重刻"，说明此图为嘉靖三十四年（1555 年）十月所刻。

这张图纵 115 厘米，横 100 厘米，为木刻墨印着色，分别用赭黄、绿蓝、青蓝三色谱染图上的黄河、江湖海洋和高山峻岭。与普通地图相比，重刻的《古今形胜之图》的特色在于，它可以分为地理与历史两大部分，特别注重历史典故和地理形势。

绘图范围包括了当时的两京十三省及周边地区，东至日本、朝鲜，西至今乌兹别克斯坦东南的铁门关，北起蒙古高原，南达南海，包括爪哇、三佛齐（今

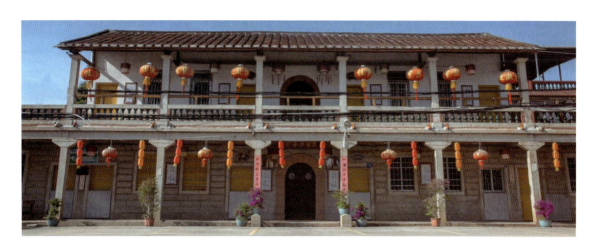

位于后井村的金沙
书院原址

苏门答腊）等地。全图共有说明文字 150 余条，共计 5000 余字注释。

这张《古今形胜之图》，作为欧洲汉学研究的起源文献，在著名的西班牙西印度群岛总档案馆中，如今已经成了四大镇馆之宝之一。其他的"三宝"分别是 1492 年哥伦布发现新大陆的笔记，1494 年教皇关于西班牙与葡萄牙划分世界的诏书，以及麦哲伦船队 1522 年环球航行的海图。这四大镇馆之宝，也是大航海时代全球海洋文献的四大珍宝。

《古今形胜之图》首次把关于中国的重要资讯完整地带到西方，奠定了 16~17 世纪欧洲汉学的基础。原图一直被珍藏在皇宫，后来转藏位于塞维利亚市的西印度群岛总档案馆。

作为档案馆 43000 余件藏品中最宝贵的"镇馆之宝"之一，这张《古今形胜之图》很长一段时间都被挂在馆长办公室里。由于年代久远，受损严重，也不可能直接用于研究，所以早期的研究者都只能使用缩微胶卷，或者不太清晰的小图。2006 年起，西班牙馆方组织修复原图，2012 年修复完成。

根据厦门海沧的申请，在中国人民对外友好协会原会长陈昊苏的指导和帮助下，经过西班牙有关方面特别批准和授权，2017 年 7 月，央视《海洋赤子——周起元》摄制组进入西班牙西印度群岛总档案馆采访，8 月中旬取得了《古今形胜之图》（金沙书院卷）的高清电子版。8 月 23 日，在北京，陈昊苏向海沧金沙书院转赠了《古今形胜之图》精印高仿卷。

时光荏苒，岁月变迁，当年由金沙公馆改建而来的金沙书院，在海沧后井村原本只留下了旧址。

2017年春，中国美术学院建筑艺术学院院长、博士生导师、"普利兹克建筑奖"首位中国籍得主王澍教授，特地来到海沧考察。作为继梁思成、贝聿铭等之后建筑设计领域享有世界声誉的华人巨头之一，王澍在听取海沧相关负责人的介绍时，他对于这里的"海上丝绸之路"文化、耕读文化发掘十分认同，包括金沙书院重建、《古今形胜之图》回归等，在王澍看来，都将是海沧新城规划中坚实的文化依托。

2018年，金沙书院新选址、设计及重建工作启动。新的金沙书院将沿用后井村"金沙书院"的院名，并作为海沧区社区书院总院，拟建于海沧湾新城区位最好、景观最佳、功能最优的CBD片区。在兼备传统书院纪念先贤、典藏文物、讲学教化等传统功能的基础上，新的金沙书院还将打造多个平台与中心，充分展示闽台文化、海上丝绸之路文化、华侨文化、耕读文化等，打造成为海峡两岸及"海上丝绸之路"文化的人文新地标，展现海沧作为闽台文化"基因库"，以及海丝文化"桥头堡"的人文风采。

世纲碑

旌义民周世纲碑

该碑原立于后井村衙里社208民居的小巷，现位于进村道路旁，乃为表彰明天顺年间后井村义民周世纲而立，为长方体花岗岩，高1.7米，宽0.72米，厚0.17米。碑体保存较好，中间有开裂及风化。

该碑正面楷书"旌义民周世纲"，右题"大明天顺二年（1458年）岁次戊寅冬十二月吉日"，左题"中宪大夫漳州知府"等字样。

明代末年，倭寇时常骚扰闽南沿海，并曾一度围攻漳州城。当时，后井村属漳州海澄县，是鱼米之乡。没有官职的村民周世纲看到漳州城处于危难之中，资助白米 400 石，助漳州城解危。危机解除后，周世纲又谢绝了朝廷的封赏。朝廷为了嘉奖他的行为，由漳州知府颁给他这一块石头的"奖状"，并享受凡行人过村口须下马的特殊待遇。

番仔楼

位于后井村后井社 121 号的番仔楼，也是海沧人沿"海上丝绸之路"出洋打拼的见证。闽南人早期习惯将洋人或在外多年的华侨昵称为"番仔"，和鼓浪屿著名的"番婆楼"一样，当海外游子归乡置业，他们新建的中西合璧建筑也就是乡人眼中的"番仔楼"。然而，从楼中的楹联和细节中，透出的依然是中国传统的家国人伦底蕴。

西山凤起莺迁乔木
河水龙升鱼跃禹门

番仔楼

后井村澔里社戏台

台面虽小亦国可家赏天下
人物平凡出将入相扬名臣

金沙戏台

福建总督卞宝第石碑

2018 年，一方"福建总督卞宝第石碑"被发现并引起文史界的重视。该石碑宽 70 厘米，高 171 厘米。石碑内容是官府告示严禁在西山溪水道沿途各村设卡收费的告示。该碑的发现，对研究西山溪水运、月港及海沧的航运历史具有重要的研究价值。

历史上，南浦、程溪、长桥、官浔一带的各种土物产品，大都通过西山溪水运到白水，再经月港、厦门销往沿海各埠及我国台湾地区、日本和东南亚等地。清末年间，西山溪沿江村社发生械斗，各村社私自在水路所经溪道设卡收费。在西山溪下游 50 多公里的水路两边共设有十余处关卡，过往船只按大小被迫缴交费用不等的钱款，甚至从西山溪引水灌溉也要收费。因此，沿溪商民叫苦不迭，村社之间常常发生冲突，最终福建巡抚衙门派兵平息事端。随后，官府于光绪十七年（1891 年）在横口及西山溪边立下告示碑。

福建总督卞宝
第石碑

告示

头品顶戴兵部尚书兼都察院左都御史总督、福建浙江等处地方军务兼理粮饷盐课兼管船政福建巡抚事卞，为给示勒石永远禁革事案，据汀漳龙道刘袋云禀，据署南靖县知县金玉堂面禀。该县各乡社所由谷米柴薪黄梨绿笋各土物，由船运赴海澄县辖之白水营圩，被横口乡王姓诸处沿途设卡截抽船费□□□□□□□□，每处每船抽钱二三百至七八百文不等。迨因横口王姓籍与南靖县许姓有隙，除抽旧规外，每船加抽洋银七元，各社效尤，民困益深□□□□大为商民之害。禀准派部勇查禁拿办，并请给示勒石，将私抽船规永远禁革□□□□□□□□□毋违特示。

光绪十七年三月□□日勒石立于西山溪边

"七印总督"卞宝第

卞宝第祖籍江苏仪征，世居扬州，出生于道光甲申年（1824年），是仪征卞氏最具传奇和影响力的人物。他仅以举人捐纳入仕而官居一品大员，这在清朝历史上也是不多见的。其人生最辉煌时以闽浙总督兼摄福建巡抚、船政大臣、福州将军、陆路提督、福建盐政、福建学政，人称"七印总督"。

光绪十四年（1888年），卞宝第任闽浙总督，坚持民族气节，支持抗击英夷侵略，是清朝"主战派"之一。在川石岛教案中，他主张强硬交涉，对英夷绝不姑息迁就；中法战争爆发后，奉命整治长江防务，他审时度势，上书大胆起用左宗棠、彭玉麟和杨岳斌等，并在战略要地设立炮台，分兵把守，配制西式枪炮。在福建任职时，为加深海防，他创设水雷营，并在马江出海口建立炮台等防卫措施。

1892年，卞宝第因船政经费被挪用筹建北京颐和园，愤而辞职回乡，次年病逝。

隆庆皇帝朱载垕

隆庆开海

1567年，三十岁的朱载垕即位，大明王朝迎来了它的第十二位皇帝。在属于他的"隆庆元年"开始时，新皇帝决意广开言路，为大明王朝的内忧外患找到出路。登基不到一个月，他便诏告群臣："先朝政令有不便者，可奏言予以修改。"

第一批摆上隆庆皇帝案头的奏章中，有一道来自福建的折子，引起了皇帝的极大关注。上这道折子的，是福建巡抚都御史涂泽民。这道折子的诉求非常直接，奏请"开市舶，易私贩为公贩"。

在奏折中，涂泽民力陈，自本朝实行海禁多年以来，东南沿海的海商走私如今已经势不可当。而把原来的海商走私合法化，对于急需安定海境、急需"造血"的大明王朝来说，有非常实际的利益。

朱载垕显示出了新皇帝应有的魅力，他说到做到，当即批准了这一奏请，开放海禁，调整海外贸易政策，允许民间私人远贩东西二洋。"隆庆开海"，这是一个对于大明王朝、对于古代中国的海洋经济有着巨大意义的举动。

16 世纪中后期，葡萄牙、西班牙等欧洲殖民者绕过非洲、南美洲，从东西两个方向扬帆而来，汇集到中国沿海。当时的明朝政府一开始本能地选择了厉行海禁的政策，泉州港逐渐走向衰落，而地处偏远的漳州月港却悄然兴起。在殖民者、官府、私商的多重博弈中，月港一跃成为"商贾云集，洋艘停泊"的闽南大都会。

因此，"隆庆开海"更像世界和中国在海洋这个大棋盘上经年博弈后的一次落子。这一次，它选择落在了闽南月港。今属海沧的圭屿，正位于九龙江入海口中心的月港前哨。

月港——"天子之南库"

月港，位于贯穿漳州平原的九龙江下游江海会合处，以其"一水中白云，环绕如偃月"的港口景观而得名。在国际贸易史上的"大月港"，当年繁荣的核心区在今福建省龙海市海澄镇，包括海沧、角美、石码、浮宫、隆教等地区，内部更延伸到整个闽南地区，辐射粤东、闽西，有广阔的腹地。

月港作为一个内河港口，其出海口在厦门，一般商船从月港出航，都需要经厦门岛出外海。这样，只需在圭屿一带设立验船机构，就可以对进出口

古月港今貌

商船进行监督。而如果有倭寇或海盗前来掠夺，停靠在月港的商船也来得及转移或采取防范措施。

从 1465 年起，月港已经是商贾咸集的闽南大都会，到正德年间，已成为事实上的中国对外贸易第一大港。周起元称其为"天子之南库"——全国外贸总量的百分之八十来自月港，福建税收总量的百分之六十来自月港。月港所给王朝带来的财富，也成为后来张居正得以推行全面改革的强大经济基础。

在隆庆开海后的数十年间，月港的海外贸易船舶数量和航线不断增加。每年有上百艘商船扬帆出洋，场面相当壮观。而以每船约载 300 人计，每年从月港出洋经商者，至少有 3.3 万人之多。

在月港全盛时期，共开辟了 18 条往东西洋的航线，与东南亚、南亚和东北亚等 47 个国家和地区有直接往来，构筑了北至朝鲜、日本，南至东南亚各国，西至西班牙、葡萄牙、荷兰、英国直至拉丁美洲的环球贸易圈，这也是有史以来第一次将中国商品的贸易范围，扩展至欧洲及拉丁美洲——这条前后持续了两个半世纪的航线，是世界大帆船航海史上发挥作用最长的一条国际贸易航线。其时间跨度之长、贸易数量及金额之巨、国别之多，都是世界罕见的。

兴盛时期的月港贸易，逐浪而行，见证着"海上丝绸之路"所带来的无

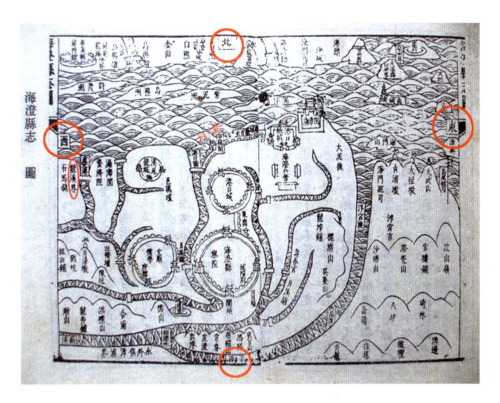

海澄古地图的月港

数惊喜与改变——它使东西方贸易由传统奢侈品贸易为主，转向以日用品贸易为主；由以往他国商人来华贸易为主，转为我国商人赴海外贸易为主，标志着中国传统海外贸易跃上了一个新的台阶。

欧洲人开启的大航海时代所带来的财富流动，和中国主导的海上丝绸之路，从世界历史的角度看，这两大文明在中国的唯一时空枢纽和联结点，就是月港。

物资的流通是月港贸易最主要标志和目的。乾隆版《海澄县志》曾记载："富人以财，贫人以躯，输中华之产，驰异域之邦，易其方物，利可百倍。"而一些看似价值不高但意义重大的物资引入，却对于中国社会产生了意想不到的影响。

以粮食为例，中国人素以五谷为主食，但在甘薯等美洲作物通过月港贸易传入之后，中国人的食物构成发生了很大变化。甘薯、玉米耐寒、耐贫瘠，

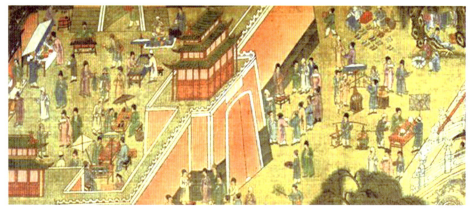

且产量高，可以大量耕种并传播，无形中开发了我国的土地，增加了粮食的耕种面积。而粮食的高产，促进了人口的快速增长——18 世纪中国人口从 17 世纪的 1.5 亿左右暴涨至约 3.2 亿，19 世纪又增至约 4.5 亿。由月港引入这些粮食作物，对中国的"第二次粮食生产革命"产生了重要影响。

同样，花生和向日葵等油料作物从月港进入中国，不仅增加了中国人日常所需食用油的品类，更促进其在古代中国的种植；辣椒因其驱寒除湿的功效，在中国内陆地区广泛流传；而烟草作为中国真正意义上的第一个经济作物，经月港贸易传入后，从医药运用起，对社会风俗也产生了重要影响……

更加具有划时代意义的是，贸易兴盛和物流的繁荣，带来了巨量货币流，影响了中国及世界的"白银革命"。

从 16 世纪中叶起，以白银为主的大量外来货币，以月港为入口，源源不断流入中国。明代国内自有的白银产量约为 8310 万两，通过月港贸易从日本流入中国的白银总量约 7000 万两，而西方殖民者从美洲掠夺流入中国的白银总量更达到了 193000 万两。由此可见，明代的白银大都来源于月港进口。

随着美洲白银的大量流入，明王朝竟一跃成了世界白银的边际购买者，这也使明朝在金融意义的上国力和地位稳步提升。

如今，在海沧和漳州等地的钱币博物馆内，仍然可以见到当时通过月港流入的各种海外"番银"，如西班牙的"地球币"、荷兰的"马剑"银币、墨西哥"鹰洋"等。它们已成为月港当年引发的世界性货币流通和"金融效应"的最好见证。

墨西哥"鹰洋"

西班牙的"地球币"

荷兰的"马剑"银币

"隆庆开海" 石碑

此石构件出土于海沧芸美村，上面刻有隆庆元年（1567年）八月福建省、泉州知府、同安知县三级官员的人名，与"隆庆开海"这一重大历史事件紧密联系，是"隆庆开海"的重要历史见证，虽然多数字迹已模糊难辨，但仍具有较高的学术研究价值。

隆庆开海石碑

张氏家庙（诒德堂）

柯井原为柯姓人居住地，宋代张姓始祖张宝庵自龙海崎巷张埭迁来。由于柯井地处沿海，明朝时期经常遭受倭寇骚扰，张氏一族虽然也曾流离失所，终于还是在柯井定居下来，人丁逐渐兴旺，成为柯井大姓。

柯井张氏家庙又名诒德堂，坐西北朝东南，面积 215.4 平方米，由前后殿和左护厝组成。前后殿均为抬梁式构架，悬山顶，中间为天井，左右两侧有廊道。其石木雕较为清美，如大门两侧有透雕螭龙纹石圆窗。

每年农历十一月十五日祭祖，由老家长宣读祭文，各家各户前来祭拜。

清河衍派家声远

儒林传芳世泽长

张氏家庙（诒德堂）

柯井张氏家庙

衍绪清河葛庇瓜绵增繁茂
秀钟超麓蛟腾凤起蔚峥嵘

祖恩浩荡绵世泽
宗德无疆裕后人

施展近代骥足途程
追溯远祖巍峨功德

大启宏图以光门第
克兴骏业有贤子孙

诒德堂碑记

礼曰君子将营宫室宗庙为先，重□本也。

始祖郡庠生宝庵公于皇宋年间自张埭卜居柯井，本支渐繁。迨明末遭海氛而荡析离居，至本朝康熙初年始得升平，复归旧里，比庐草创朱邃祠宇之制焉。乙丑岁，十一世孙元培公念享祀于私室不足以称追崇展孝思，因倡捐先筑一进，丁酉岁自出己资续盖前进，雍正甲辰岁遭火焚毁，乙巳冬复连后进，时有儒崇永祉各忝一篑之力。自是岁时，合族以祭皆于是行礼焉，第堪舆家以形体宜向前局，而十一世孙元兴慨然不惜重资，暨族众劳随力赞助，于乾隆癸巳秋构材兴筑，十三世孙世浙董其事，以是年腊月落成。噫，是祠兴复不赖我，祖之灵有元培倡率于前，元兴续成于后，而族众咸踊跃从事，可见吾族尊族敬宗，重□本代有人也。凡我后嗣当体此意，□庙貌常新，先灵永奠矣。是为序。

房孙□庠生志董顿首拜撰文
董事十三世孙世孙世浙勉首
十四世孙念桂
十五世孙□全
大清乾隆癸巳年仲冬谷旦勒石

重修诒德堂捐题条约碑记

□谓敬宗尊祖溯本追源所宜尔也，我族诒德堂祖祠修理于乾隆年间，迄今百余年，屡望奋兴，未能如意，议修数年。适裔孙允贡自安南回，愿附主三对充龙银四百八十元，并首捐两百元以为倡。而社众咸乐输马，遂择吉兴工，经始柞乙丑九月落成，于腊月尚有伸项，再筑东一护。祖祠焕然雅观，社里由斯振作。越年元月安宅计合油漆入主，共费七百十四元，尚余六十元合作輋轿一顶。理合勒石志之。因将再定条约并捐题芳名列左。

裔孙生员绍莘

一议社中厝屋及厝地作园者皆系承祖先遗置，所有根底一概归公。唯本族人得转相典卖，其余外姓不准私相授受，倘敢违禁□公究惩不贷。至不得已报知绅耆□公设法，敢犯禁者究治。

一议读书为社中元气之本。有能入泮者，欲附主每对□二十四元五贡荫自己免项，举人荫及其父，进士荫及其祖，能捐衔现任者知县知府依举人进士例，果能品级加高者，照例议加升奖以示鼓励，捐虚衔者另议。

柯井张氏家庙重修
诒德堂碑

捐题芳名

允贡捐龙银二百元

市老捐龙银三十元

仁权捐龙银二十元

光绪六十年岁次庚寅八月

□日董事十七世孙

生员绍莘

琼瑶　仝立

张夜合大厝

　　张夜合宅为民国时期在越南做大米生意的华侨张夜合于1905年出资所建。由左右两组建筑共同构成规模宏大的四合院式闽南台湾型传统建筑，坐西北朝东南，均建于1913年。

　　廊柱使用全石柱、石斗拱，墙裙用大块面泉州白，彰显闽南特色的雅洁豪华。左墙立面彩塑治世格言，石柱为浅雕缠枝花卉，石墀头上也配以彩塑；右墙立面为荷花白鹤、和福教子格言及浅雕梅鹿竹菊，均透出浓郁的儒雅气息。有特色的是，主体建筑前有一山字形山墙平脊四角起翘的方形门前亭。内设私塾，为柯井社孩子提供读书的场所。

张夜合大厝正面

清水澄辉新景象

河图献瑞耀文明

省身诚切勤来道

斋室清和好读书

张允贡大六埕

该宅为规模宏大的四合院式闽南台湾型传统建筑，始建于清光绪十三年（1887年），计有大小房间40间，面积2041平方米。它由前、中、后三进及左右各一列护厝构成，三进主体建筑均为叠顶双燕尾脊。

其主人张允贡年轻时驾小船到越南，从补麻袋到建碾米厂，再到购买大船从事大米运输生意，日渐发达起来。不断积累资本后，他嘱咐儿子张景南回乡建造大厝。张景南从安南运来了木材、瓷砖等当地的建材，返乡大兴土木，并按照闽南习俗，建造了这座精美的闽南红砖厝。

张允贡宅交趾陶壁画保留较为完整，也是古民居中较为罕见的。整体装饰风格充满了中西合璧的独特韵味。

圣鹤肴奇翼

尘根瑶草典

万选评文唐学士

二铭垂训宋儒宗

五帝之德第一是仁人

全赖此一点仁心中庸

言仁者人也孟子言无
恻隐之心非仁又言亲
亲仁民仁民爱物
录敬义堂家训
颂年

大抵处世接物谦让
是宝贝忠恕是根基
凡事要设身处地
自然不至薄待于人
此受用不尽之法

张允贡大六羣

洪厝薇荫堂

门远东防宿斋有事
日行南陆报本攸宜

别子为宗永世孝享
大夫有庙敷时泽思

典重明禋率履不越
训藏西序聪听是彝

薇植禁垣继绳先志光堂构
荫承恩悖番衍宗支庇本根

张允贡祖厝

莲塘别墅

　　莲塘别墅于清光绪三十年（1904年）始建，占地面积约3万平方米，建筑面积8000多平方米，由别墅、学堂、家庙和花园等建筑构成完美的田园聚落，不仅完整地体现了我国古代传统居住、教育、祭祀等多种功能的典型建筑群，也是厦门现存最好、建筑艺术上乘的大型闽南园林式建筑群，具有极高的文物价值和社会价值。2009年，莲塘别墅被福建省人民政府公布为第七批省级文物保护单位。

　　建筑选址在一处名为莲花洲的小洲上。莲花洲原本为柯井村旁的一片沙洲，因地中央一块石头貌似莲蓬，旁边有几块石头形像莲瓣，且四面环水故名莲花洲。四面水塘上种满莲花，充满诗情画意。

　　莲塘别墅的砖雕是厦门乃至闽南地区存留的不可多得的艺术精品，堪称冠绝八闽，其分布广泛，面积较大，且均为窑后雕，弥足珍贵。别墅布局别出心裁，建造者独运匠心，利用莲花洲中央貌似莲蓬和莲花瓣的天然石头景

莲塘别墅

物，在此蓄水成塘，设计成莲花的花蕊，围绕花蕊而建造住宅、学堂和家庙。几栋建筑虽朝向有别，但和谐相配，构思奇妙，形成了四面向心、和而不同的独特布局。

在莲塘别墅门庭的"水车堵"上，有一座"通商洋行"的雕塑。"水车堵"是闽南民居建筑中特有的装饰，用灰泥、交趾陶立体地展现戏剧人物、山光水色。而莲塘别墅的建造者可谓别出心裁，把海外的见闻，凝固在了自家的豪宅上。这一列"水车堵"，俨然是一幅地理人文的画卷，大海是其宽广的背景，近处是中式的亭台楼阁。远处是西洋的楼房，海面上还有几只"火烟轮"。据说，这种式样的船，在百年前是世界上先进的蒸汽动力船，主人把它缩龙成寸用来作为自家的装饰物，而"通商洋行"这个雕壁则位于"水车堵"的中心位置，虽然曾遭破坏，但洋行招牌清晰可见，它的左侧是华夏风光，右侧是外夷景色。这列在屋檐下平时并不引人关注的"水车堵"，刻画出了百年前海沧人放眼看世界的豪情。

莲塘别墅内楹联

莲塘大厝入口左侧
墙面刻字

莲不染尘君子比德

塘以鉴景学士知方

"君子比德"典出《管子·小问》："框公曰，何物可比于君子之德乎？"儒家在描述君子的人格特点时，常常以自然物的各种特点来作象征，从而使君子这一道德上十分完善的伦理人格形象化，变得可亲可近，可感可触。

"知方"一词出自《论语·先进》："可使有勇，且知方也。"方，即礼法也。由此可以品读出别墅主人追求的是一种知书识礼、有高尚情操的君子品格。同时，又分别以周敦颐《爱莲说》及朱熹"半亩方塘一鉴开"之典入联，点出"莲塘"之名的来历。短短十六字的对联，用心之至，可见一斑。

立教兴材凡在吾徒有责

致知格物谁云大学不传

能明德新民所学无小

合百家众论而衷以经

黎明即起，洒扫庭除，要内外整洁；既昏便息，关锁门户，必亲自检点。一粥一饭，当思来处不易；半丝半缕，恒念物力维艰。宜未雨而绸缪，勿临渴而掘井。

——朱子治家格言

陈氏家庙

洲号莲花堂名宛在

乡连柯井山插大观

序孙子于一堂跄济列衣冠会见五百里德馨重聚

祀祖宗于百代春秋龙祭享定卜亿万年庙貌长新

家声丕振沧江科第更蝉联

庙貌聿新圭海衣冠推鹊超

宛然水气中和抱

在此山容拱卫来

插耳耸大观四面环流争绿绕

列屏瞻大武一山入画送青来

莲塘别墅家庙入口

莲塘大厝

此地半山半水
其人不惠不夷

不夷不惠，意指不作伯夷也不学柳下惠，即折中而不偏激。殷末伯夷坚持不仕周朝，春秋鲁国柳下惠三次被罢官而不去。汉扬雄《法言·渊骞》有云："不屈其意，不累其身，曰：'是夷惠之徒欤？'曰：'不夷不惠，可否之间也。'"

大丈夫为人处世芝兰玉树
好男儿志在四方鲲鹏高翔

读书不手记
一过无分毫

得句忽然忘
逐之如迅逃

见书如见色
未见已心动

出自袁枚《小仓山房诗集卷十三》。袁枚（1716—1797 年），字子才，号简斋，又号随园。浙江钱塘（今杭州市）人，清代著名文学、理论家，与蒋士铨、赵翼被称为"乾隆三大家"而冠诸首，主持文坛达五十年之久。

绝意仕途后，购得江宁织造隋赫德废弃的"隋园"，整治而易名"随园"，以为归隐之所。其后半生主要悠游山水，致力于诗文创作。嘉庆二年（1797年）卒，年八十二岁。袁枚是清代著名的文学家、理论家。他创作上标举性灵，提倡作家真情和个性的表达，是性灵派的代表人物，影响极其深远。有道是："随园弟子半天下，提笔人人讲性情。"

无论时文古文诗词歌赋皆谓之文章
今人鄙薄时文
几欲逆诸笔墨之外
何太甚也

——岁丙午年秋许豪书于沧江

莲塘大厝入口右侧墙面刻字

出自《板桥家书》中的《潍县署中与舍弟墨第五书》。郑燮（1693—1765年），字克柔，号板桥，江苏兴化人。清朝书法家、文学家，"扬州八怪"之一。诗、书、画均旷世独立，其所写的家书十分有名，在治家、做人、处事等方面均被奉为传世宝典。

陈炳猷

陈炳猷（1855—1917年），莲花洲人，字伯守，号有为。自小聪颖好学，青年时代远涉重洋到越南西贡（今胡志明市）继承父业经营大米生意。炳猷精明能干，获利颇丰，将父辈经营的米业发展成为生产、加工、销售、出口和运输的"一条龙"大米产业经营模式。据说，高峰时拥有万顷稻田及"万顺安""万德源""万裕源"等十家大碾米厂、米店一条街、十三艘大轮船，成为当地的商业翘首。光绪年间，陈炳猷命其长子陈其德携资回乡，在莲花洲建造大厝，聘请能工巧匠精心设计，建有学堂、住宅、家庙各一座。

陈炳猷一生热心教育，在莲塘别墅创办了莲塘学堂，聘请教师，办学兴教，本地乡里优秀子弟享有陈家子弟同等待遇免费上学。陈炳猷视育才兴教为己任，为办学常年往返于越南与莲塘，毕其一生，至老不息。后代子孙承其遗志，在抗战时期，海沧沧江小学被日机轰炸，陈氏后人将家庙和别墅提供给教师、学生作为教室和宿舍。中华人民共和国成立前夕，归侨和地方人士在莲塘别墅创办三都中学，1950 年，人民政府接管后改为海澄中学分校，至 1956 年新建校舍后才搬离莲塘别墅。

沧江古镇

　　沧江古镇，是海沧一个人间烟火气浓郁的古镇，它串联着人们对美好故

魁星楼

事的回忆与向往，也连接着曾经的古"海上丝绸之路"的荣光和传承，有如流淌过千年汇入大海的沧江之水，平静而深沉。

魁星楼牌匾

在如今的海沧中心小学校园内，还有一座"魁星楼"，当地人也称之为"魁星阁"或"八卦楼"，建于明朝末年，后毁于兵火，清同治甲子年（1864年）重修。它最早是作为海沧的文昌祠之用，供奉魁星神像，楼分两层，建筑造型呈八角形。

砌石墀开池碑

奎星楼内有清同治五年的砌石墀开池碑一方，拆迁小学老师旧宿舍时掘出。碑文如下：

砌石墀，墀之前凿地种□，一院渟蓄之区也。呜呼！蕞尔一隅，养虽弗瞻，所以为教学地者，亦略备矣。庶几，都之英子弟登斯楼也，将有俯仰于负山涵海之胜，浩然激发其志气，益以勤于学，而不甘自暴弃也。抑都之贤父兄入斯堂也，将有触发其尊师重友之忱，率子弟以砥行砺名，乐群敬业，远希何、黄之踵武；近绍柯、周之渊源，勉成为孝子仁人有体有用之学，而不忍听其汨没势利以枉其才也，则庶乎斯役或有助万一云尔！事竣，爰记其略，并胪乐输者如左：

同治五年丙寅桂月□日，里人林温志、张绍莘书。

总理督工：岁贡颜元微、恩贡林温、廪生谢元璋、增生张启昌、邱守恒、庠生周承芬、谢云鸿、谢汉章、林玉辉、杨廷熙，协董劝捐：岁贡钟大亨、廪生谢鸿猷、庠生马廷琨、邱曾琛。

砌石埤塂之前鑿池種一院禾藋之區也鳴乎藏雨一隅
養雖弗贍所以為教學地者亦各備矣庶竟部之英子弟登
斯樓也將有俯仰於林貞山涵海之勝浩然諏谷其志氣益以
勤於學而不甘自暴棄也抑都之貧父兄入學也將有觸
發其尊師重友之忱率于弟以砥行礪名未嘗敁業遠希何
黄之踵武延紹栝桷周之洌源勉成為孝子仁人有膽有用之
學而不忍聽其泪淡葬利以枉其才也則庶乎斯役或有助
萬一云爾事竣是記其邑吳并臚樂輸者如左

同治五年丙寅桂月　日星人林　温誌　張紹箪書
總理督工歲貢顏元懿恩貢林　温廩生謝元璋增生張
啟昌邱守恒庠生同承芬謝雲鴻謝漢重林玉輝楊廷熙
協董瀚捐歲貢鍾大宇廩生謝鴻釀庠生馬延瑰邱曾琛

同治五年砌石埤塂开
池碑

崇恩堂

在青礁颜氏的家风中，崇尚耕读。由于耕读文化在这个古村已传承千年，所以村中颜氏族人人才辈出。在科举时代，青礁颜氏科甲鼎盛，不论在朝廷为官还是在学术上进取，都能本着"居庙堂之高则爱其民，处经书之深则正其义"。在历史长河中，青礁颜氏中进士者达 24 人（后又从族谱和有关史料中新增 4 人）。

尤其值得一提的是，青礁颜氏在历史上有许多往我国台湾地区乃至南洋及世界各地播迁。他们秉持祖训，通过自身努力也多数功业有成。

颜慥是青礁村颜氏的开基祖，是一代儒宗。据史料载，颜慥（1009—1077 年），字汝实，号朴庵，北宋恩贡，以德行文章驰名于世，复圣颜子第五十代孙，唐代杰出书法家颜真卿第十一代孙。颜慥少年时笃志好学，常怀

崇恩堂

颜氏家庙

步月登云之志，在泉郡求学，与蔡襄结为金石之交。后来，蔡襄赴京任端明殿学士，颜慥就举家迁往龙溪青礁（今厦门海沧），过着隐居的耕读生活。

颜慥定居青礁后，隐居以求其志，行义以达其道。北宋年间，漳属各地涝旱相连，疠瘴横生，民生凋敝，文教未兴。颜慥大展经纶，兴办学校，传授儒家经典，周围数百里的民众遐迩毕至。礁海之滨，岐山之麓一时书声琅琅尊师重道蔚然成风，漳郡之人悉尽教化。

颜慥以文兴族，上承陋巷圣贤之遗风，下开漳郡儒风之先河，使青礁颜氏历代不乏学识渊博的学者和名垂青史的政治家。宋代青礁颜氏涌现了十八位进士，其中出类拔萃者，首推颜慥五代孙颜师鲁。其先后担任监察御史、国子祭酒、吏部尚书、大中大夫，封漳浦郡侯；颜师鲁孙颜颐仲官至吏部尚书，颜耆仲、颜颐仲兄弟两人一直受到朝廷的重用。当时，天下称儒学政事，必以"二颜昆仲为首"。元、明、清时，颜慥后裔仍枝繁叶茂，有一副对联赞其曰："一门三世四督抚，五部十省八花翎。"

自颜慥肇基青礁以来，子孙繁盛，遍布闽、粤、台及海外。斗转星移，逝者如斯。"四上不登第，漂流二十年。依依去国恨，杯酒春风前。"北宋名臣蔡襄《别颜汝实》历千年仍让人们抒怀吟唱。

皇明颜氏家庙从祀碑记（篆书碑额）

粤稽我青礁氏族发祥兖国。自始祖朴庵公传钵克复，倡学东南，师表郡泮，俎豆宫墙，数传而冢宰师鲁公、承事郎唐臣公，递及学录雪岩希孔公、古田令希哲公、南胜尉贵来公，列祖后先甲第，卓然有声。至正甲申，建有奉先祠堂，仍置田租以供岁祀。迨鼎革之际，兵燹荐经，祠圮而租亦坐是寝薄。万历丁丑岁，十七代孙廷悦公追念水木，董我族人，鼎建祖庙于本家之东。虽时食频荐乎而陈设尚简也。兹岁复丁丑，天运一周，祖祜更笃。十八代孙起龙等顾瞻榱桷，怆然思成，不文捐资置产，以似续而光大之。今日寝庙奕奕，笾豆静嘉，谁之力欤？

按礼：有功于祖宗及与祖宗功德垺者，典得配享。则廷悦等诸公礼请从祀于典，协矣。而明初思陆公者迁于白沙，九世孙容暄公登庚戌进士，骖历四藩二千石，其惠民抗珰，诸循政难具悉，使得如范苏州昼锦以归，其中兴祠宇、广置义田，岂顾问哉？竟乃出守中都，天植完节，效家常山之殉忠，以对扬祖列，圣天子方将特庙褒旌，而吾家祀典又恶可已，其子世荐复承先志，以清白之捐百金增益祀田，犹称纯孝。于是子姓欣然，相与涓吉制主，入庙配享，世世不祧焉。铭曰：猗欤列祖，保艾尔后。嗟尔孙子，丕绍纯嘏。岐山永峙，澄海长疏。勒之贞珉，秩秩斯祜。

容暄公号大屏，庚戌进士，历南阳、扬州、太平，凤阳四郡太守，充银一百两；廷悦公号少川邑匾旌善；可仰公号寿官，可嘉公号绘吾充七十两；起龙公号图南，乡武进士；谦公号亨吾；将士郎／廷巍公号介翁，可哲公号□□，果□公号登吾征仕郎；厚公字□□；可焕公号□□，尚蔡公号业吾郡庠生，可隆公□□□、仲琨公号锦池，□□□□□，已上各充银五十两。

崇祯十年丁丑正月□日阖族立

颜氏家庙从祀碑记（篆书碑额）

吾家祖庙名曰崇恩堂，构自前明，盖追祀上世教授朴庵公及数传以下列祖，旧碑载之详矣。迨海寇猖獗，乡族星散，而庙遂圮。国朝康熙初，礁人

青礁颜氏家庙从祀
碑记

鸠金重建，庙貌焕然。第曩时祀业遭乱失守，存者寥寥无几。庚午，逸士大耻公以及若愚、赓舜、尔鸿、勋臣诸公各支派孙子或捐资恢复，或置产增租，遂使春秋两祀荐豆笾者，物无患弗周，费无虞不足，其用光祭典，有功宗庙何如欤？众嘉诸孙子孝思，既乐奉乃祖乃父从祀庙中，恐历久弥湮，勒石以志不朽。

大耻公讳士行，逸士，工于诗，载邑志，充银五十两；子建公讳汝栋，充银五十两；宜鸾公讳廷镰，乡宾，充庆宁田三斗；郁人公讳廷芳黄衣寿叟，充后田洋田、东村园共贰斗；若愚公讳而栻，充帝厂圳边田二斗；笃园公讳长春，乡祭酒，充店头田一斗五升；赓舜公讳鸿盘，充土楼后田二斗；正忠公讳启昂，乡宾，充土楼后田一斗五升；淑猷公讳捷中，乡祭酒，孝行载邑志，充银五十两；发其公讳汝珪，邑庠旌善，充大井田一斗五升；尔鸿公讳捷元、庠生、充庆宁田三斗三升；崇荣公讳启和，充银五十两；勋臣公讳铭岗，乡宾，充银伍拾两；百福公讳文彩，充西圳边观音石园共二斗五升；淑起公讳捷唐，修职郎，充银五十两。

乾隆三十年乙酉十月吉旦阖族立

颜氏家庙重修碑记（楷书碑题）

崇恩堂构自前明，越国朝康熙初鼎建，乾隆乙酉重修，追祀教授朴庵公数传以下列祖，相承勿替。第年湮世远，垣楹不无倾颓。爰是族众有充入从祀者，有踊跃捐资者，鸠工庀材，基址仍旧，而庙貌更新，轮矣奂矣。光俎豆而妥先灵，以尽孝思于无穷焉。兹既落成，勒石垂不朽。

列祖从祀：例授文林郎观聚公充银一百二十元；例赠文林郎约斋公充

颜氏家庙重修碑记（一）

银壹一百二十元；国学生、授修职郎东轩公充银一百二十元；乾隆庚辰科举人龟溪公讳志远从祀；登仕郎秩侯公充银一百二十元；登仕郎永修公充银一百二十元；邑庠生鉴塘公充银一百二十元；功力儒士涣泗公充银一百二十元；诸孙子捐金、本族丁米，共银一千四百元。奉直大夫朝宗捐银二百元；国学生、授修职郎东轩公捐银一百元；登仕郎秩侯公捐银一百元；台湾诸孙子合捐银二百四十二元；太学生邦珰捐银五十元；太学生日省捐银三十元；太学生焕植捐银三十元；珍聘公捐银二十元；邑庠生基荣、颜厝前西桥光涣、邑庠生文祥、振宗公、职侯、光秦、士锐公、嘉会公各捐银二十元；珠坑修职郎奕成公捐银三十元。

嘉庆二十年乙亥阳月吉旦阖族立

颜氏家庙重修碑记（楷书碑题）

崇恩堂自前元、明恭祀教授、名宦、乡贤朴庵公，递至簧谟阁学士元祥公分派，世守数传，以下列祖相承勿替。迨国朝康熙初鼎建，乾隆乙酉重修，嘉庆乙亥再修，越今六十有余年矣。其间风雨飘摇，虫蚁剥蚀，倾复颓败，几无以为栖神之所。阖族孙子共议重修，或充金从祀，或竭力捐资，庶几集腋成裘，踊跃趋事，而庙貌复以斯焕然矣。神灵之有赖何？莫非嘉孙子之力焉。兹既落成，用是勒石，以垂不朽。

　　列祖从祀：例授中宪大夫笃庵公充银并捐银六百大元；儒士步梯公充银并捐英二百二十元；乡宾龙允公充银并捐英二百二十元；太学生鹤亭公充银二百二十元；乡宾绍逢公充银并捐英二百二十元；乡宾德恒公充银并捐英二百元；咭万丹诸孙子共捐银一百四十六元；安南诸孙子共捐银六十元；西桥捐银二十元；珠坑捐银十八元；振使、大生、猛使、偕载、款水、养成、此篇、偃月、宗北、双喜、蛇使，以上各捐银二十元；霞宫、颜厝前、魁生，各捐银十元；乌狗、鱼记、漏景、石砖，各捐银八元；盛使、石使、菊使、遇使、允汉、朱秧、瀛店、陈使，以上各捐银六元。

　　　　　　　　　　　　　光绪元年乙亥腊月吉旦　阖族仝立

颜氏家庙重修碑记（二）

咭万丹——安南

在这块光绪元年所立篆刻的碑文上，有"咭万丹""安南"的字眼。当时，颜氏族人重修颜氏家庙，向海外青礁颜氏子孙募捐时，就有"咭万丹诸孙子共捐银一百四十六元""安南诸孙子共捐英六十元"。由此可见，海沧海外游子对于家乡宗族事务有义不容辞的责任感。

据考证，"咭万丹"是指现在马来西亚的吉兰丹，"安南"则是现在的越南。

颜氏家庙重修碑记（楷书碑题）

崇恩堂者，由明代建祠之址也。迄于前清，屡加修葺矣。今阅时既久，风飘雨洒，栋折瓦崩，破坏不堪入目。于是佥议重修，担义务者复出洋劝募，仍师其前事，以充金从祀，量力任捐为目的，均踊跃乐趋，诹吉兴工，美哉轮奂而庙貌又焕然一新耳。从此百世而下，昭穆相承，俎豆重光，无非贤嗣裔共相维持。兹届落成，故勒石以为纪念云尔。

显正公充银二百六十元；懿麟公充银二百六十元；懿眼公充银三百二十元；懿寅公充银三百二十元；懿诗公充银三百大元；懿美公充银三百一十元；懿宽公充银三百二十元；衍买公充银三百六十元；长春捐银六百五元；长贵捐银五百大元；九松捐银五百大元；懿领捐银四百大元；源炳捐银二百二十元；克明捐银三百大元；觞利、成通，以上各捐银二百元；明福、金叶，以上各捐银八十元；有德捐银一百二十元；和涂、克继、双印、宝钗、水波，以上各捐银□□□元；祥来、天性、应瑞、红玉，以上各捐银五十元；瑞草、文前，以上各捐银四十元；文华捐银三十大元；珠酷、懿仔、绍颂、绍乃、绍力、衍沙、衍八、继教、德泰、宏史、文坚、得禄、湛时、肇渊、尚猛，以上各捐银二十元；光泮捐银十五元；祯祥、绍为、清海、春生、源区、漾赛、启涂、懿铁、武赞、衍德、红桥、三杭、芦和，以上各捐银十元；干震、金枝、石德、有忠、文凯、杜□、文真、澄苗，以上各捐银三元；颜厝前：春年捐银二十四元；

开漳堂内景

东溪捐银二十大元；漳澄、存仔，以上各捐银十八元；庆昌、为卿，以上各捐银十二元；石蛋、松润、有年，以上各捐银八元；金生、能珍，以上各捐银六元。

中华民国甲子年腊月□日　阖族立石

青礁开漳堂（颜氏大宗）

岐山鸣彩凤
礁海起潜龙

启宗庙习礼仪令儿孙奋志立业
读诗书尽忠孝继圣哲行善修身

颜氏祖墓

岐山高隐五经儒海上尽宗圣学
甲第须同三敏世日边载锡恩光

沧海跃蛟龙继名贤于圣世若隐若现
岐山鸣凤凰生翰苑之奇才亦伏亦飞

自宋元来世居青礁山弥高而水弥远
为圣贤后道宗鲁国子尽孝而臣尽忠

神灵宰迭膺淳祐之封派衍礁海，
金石交特应瑞明之辟道重岐山

颜氏始祖之墓

颜氏始祖之墓，即青礁开基祖颜慥之墓，位于开漳堂后方。墓地坐北向南，呈半圆形。该墓重修于1999年，此后有多次修缮，是青礁颜氏开基的

颜氏始祖墓碑记

历史见证。

墓碑上的"颜氏始祖之墓"六个大字，是典型的颜体书法，其结构方正茂密，笔力雄健圆厚，气势庄严雄浑。

重修青礁颜氏始祖墓碑记

始祖讳愭，字汝实，号朴庵，宋恩贡。先居泉之德化，时为归德场长官仁郁公之五世孙。庆历四年，泉郡守、端明殿大学士蔡襄荐辟为漳州路教授，遂肇基漳郡之青礁（今厦门市）为一世始祖。娶许氏太孺人，子孙繁盛，遍布闽粤台及海内外，科甲联登。祖生于宋大中祥符二年己酉正月十六日，卒于熙宁十年八月十五日，与祖妣许氏俱葬于此地。为铭记祖德宗功，于本次重修祖坟之际，特立碑为记。

青礁崇恩堂理事会立

公元一九九九年三月，岁次己卯年正月

"□兰书院"石碑

该碑历经多年风霜,已断裂至只存一半,由海沧区文化馆收藏,可辨认"兰书院"三字。2017年,青礁开漳堂肇基祖庙遗址挖掘时发现此石碑,同时被挖掘的石柱楹联"岐山高隐五经儒海上尽宗正学,甲第须同三敏世日边载锡恩光",印证了青礁颜氏在颜慥肇基之后,子孙后代文教之风的兴盛状况。

书院残存石碑(局部)

关于缺失的第一个字,有一说为"植"。"植兰书院"始建于北宋时期。据传,青礁颜氏肇基始祖颜慥隐居青礁后,为展生平抱负,在山明水秀的岐山东鸣玲山麓收徒讲学,传授儒家经典,周围方圆百里的民众都慕名前来就学,让文教未兴的漳郡受到正宗儒家学说的洗礼,这就是青礁"植兰书院"的前身。

在青礁村繁盛的人文历史进程中,书院名中有"兰"字的不止一个,书院的名字有待专家进一步考证,但该石碑的留存,正是耕读文化传续的一个重要见证。

颜师鲁

颜师鲁(1119—1193年),字几圣,南宋龙溪县青礁人,是宋代著名的理学家。为官耿直无私,直言不讳,敢于谏政,《宋史》本传称赞他"遇事尽言""大节确如金石"。先后官福清知县、礼部侍郎、吏部尚书兼侍读。后因年老乞归,皇帝不允,任泉州府知府,绍熙二年(1191年)修葺洛阳桥。后卒于任职上,时年75岁。

颜师鲁在朝为官,政事繁忙,公务缠身,仍然不忘家乡教育。查考有关历史记载,综观颜师鲁一生历程,对家乡子弟教育问题是呕心沥血,成果斐然。

颜伯焘

颜伯焘（1792—1855 年），字鲁舆，号载枫，别号小岱，广东连平人，颜氏后裔。他数十年沉浮官场，曾以"三十六字官箴"而享有盛名，其官箴："吏不畏吾严而畏吾廉，民不服吾能而服吾公；公则民不敢慢，廉则吏不敢欺。公生明，廉生威。"

1840 年，鸦片战争打响，刚接任闽浙总督的颜伯焘根据形势判断，扼中国东南要地的厦门，必将有一场大战。当时，厦门海防只用沙袋，颜伯焘认为不足以抵御海上强敌，奏请道光帝拨 200 万两白银构建厦门海防设施，得到批准。他亲自设计和选材，构筑起一条坚固的"厦门海上长城"——石壁炮台。据说，1842 年 8 月 26 日的厦门石壁之战，英国人尽管最终占领石壁炮台，但对颜伯焘所建的这处"海上长城"心存畏惧，他们竟用了大量的炸药并连续多天爆破才把它炸毁。

颜永成

颜永成是颜氏先人中具代表性的人物，作为青礁颜氏迁出的侨胞，虽然出身贫寒，但乐善好施，在新加坡频得嘉誉。他创办华英义学（颜永成中学前身），让贫穷学生免费接受华、英两种语文教育；创立同济医社（后易名为同济医院）为贫苦人家施医赠药。

"开台王"颜思齐

在隆庆开海的二十二年后，一个诞生在月港海沧青礁村的新生命，以他传奇的一生，以海商的出身，彻底改变了台湾这座岛屿的历史走向。

十四五岁时，颜思齐遭受官宦家的恶仆欺辱，一怒之下将其杀死，不得已亡命日本。随着大航海的帆船驶入日本平户九州港，年轻的颜思齐先以裁缝为业立足，逐渐兼营中日间海上贸易，积蓄渐富。

当时的日本平户，几乎是福建海商在日本最"扎堆"落脚的地方。在做生意的过程中，颜思齐结识了一批从事海外冒险的闽南志士。由于他广结豪杰，遐迩闻名，日本平户当局任命他为甲螺（头目）。

明天启元年（1620年），已经创业成功的海商巨头颜思齐，和他的一帮兄弟，参与了日本人民反抗德川幕府的斗争。起因是他有一群信天主教的日本朋友，由于日本幕府打击天主教，因此想要推翻幕府。颜思齐和杨天生、陈衷纪等二十八人拜盟为兄弟，他年纪最大，被公推为盟主。这帮兄弟中年纪最小的，名叫郑芝龙，正是郑成功的父亲。

然而，由于有人告发，还未成事就泄了密，幕府派兵搜捕。颜思齐得讯后，迅速率众分乘十三艘船出逃，可是事发仓促，茫茫大海，何处安身？陈衷纪建议说："台湾这个地方，地广人稀、势控东南、土地肥饶，干脆我们登岛建功立业吧！"颜思齐思忖一番，大手一挥，这100多位海商精英和护航勇士，迎着惊涛骇浪，向台湾驶去。

颜思齐登岛的那一天，是1621年农历八月二十三日，他的船队在台湾笨港（今台湾北港）靠岸。此时的台湾，岛上地肥水美，又有大片荒野未辟，颜思齐决意在此开疆拓土，干一番事业。他先是兴建营寨，安顿好自己的部属，又化解了原住民的敌对，结成了共同开发的联盟；接着，派杨天生率船队回到家乡，从海沧、漳州、泉州招募移民，壮大屯垦的力量，组织海上捕鱼和岛上捕猎，发展山海经济。

如今闽台仍在流传这样一条民谚："唐山过台湾，心肝结归丸。打拼讨生活，盼望子孙会周全。"这条民谚的来源，正和颜思齐有关。据史料记载，颜思齐开发台湾期间，前后计三千余众到台湾垦殖。他将垦民分成十寨，发给银两和耕牛、农具等，开始了台湾最早的大规模拓垦活动。

他既重农耕渔猎，又重海商贸易，从原有的十三艘大船起步，利用海上交通之便，开展和大陆的海上贸易。颜思齐和他率领的开台先驱们，也因此写就了台湾在大航海时代背景下作为"海上丝绸之路"重要节点的开篇。这位从月港走出的"开台王"，乘着大航海时代的风帆，引领汉民族大举扎根台湾，奠定了宝岛台湾从莽荒迈向文明的起步，光耀史册。

明天启五年（1625 年）九月，颜思齐和部众到诸罗山（今台湾嘉义市）捕猎，由于豪饮暴食，不幸染伤寒病，竟一病不起，英年早逝，年仅三十七岁，后葬于今嘉义县水上乡与中埔乡交界的尖山山巅。临终，他召集众兄弟说："本期建立功业，扬中国名声，今壮志未遂，中道夭折，公等其继起！"颜思齐故后，众人推郑芝龙为盟主，继续拓垦大业。

开台文化公园

2019 年 6 月，位于海沧青礁村的开台文化公园正式投用，这是中国大陆第一座以颜思齐开台文化为主题的公园。

开台文化公园占地面积约 3.34 万平方米，公园中心是两岸同根开台文化展示馆主建筑。这栋建筑红砖红瓦，双翘燕尾脊，颇具闽南韵味。颜思齐塑像矗立正中，目光坚毅，仿佛穿过时空，诉说着当年的英雄往事。

颜思齐纪念馆以开台文化为主线，展示闽南人拼搏开拓的精神，全面回顾其纵横台湾海峡、拓展海上贸易、驻扎屯垦定居台湾，实现台湾由蛮荒迈向文明的起步的全过程。

在纪念馆周边，还有中轴广场、台湾广场、凉亭、生态水系等设施，场地宽阔、环境宜人。该公园的落成，为颜氏宗亲、周边居民和各地游客打造了一个集闽台交流、纪念教育、休闲娱乐为一体的闽南特色文化公园。

开台文化公园石碑

思齐堂（唐浩明书）

开台出圣王，颜氏美名扬。忠义驱寒夜，文明接曙光。
江山终有一，日月共无双。正道沧桑事，丰碑镇四方。

陈昊苏撰，林荣森书

思国思乡开台伟业垂千古
齐心齐力兴华宏图耀九州

彭一万撰，洪惠镇书

搏击万顷恶浪，冲决千道硝烟，荒滩野岛开新宇，大旗一展：颜！
西望故国神州，游子饮水思源，中国声名扬万代，号令一声：前！
凭吊英雄丰碑，仰望浩气长天，我今来访倍流连，金瓯一梦：圆！

曹放撰，张炳煌书

圆梦春潮急，开台祖德悠。沧江真福地，闽海足风流。
车已通欧陆，舟能达五洲。天衢今在望，放眼驰骅骝。

何丙仲撰

两岸同源
颜公为首

芦塘书院（光裕堂）

　　海沧陈氏家族堪称 20 世纪初闽南望族，芦塘社开基祖陈国贤，于清嘉庆年间，由同安松田到海沧青礁芦塘（当时称"候堂"）社开基，以教书育人为生。

　　海沧陈氏家族致富后子孙协作、兄弟齐心，陆续开枝散叶建设芦塘社、石塘社（石美）、古塘社（洪厝）、莲塘社四社。

　　芦塘社的光裕堂（现为芦塘书院），据文字记载，曾在 1877 年和 1895 年进行过修葺，因此其建立年代应更为久远，据推断至今有 150 年以上。

芦塘书院外景

派衍姚圩长世泽
支分颍水振家声

克绳祖武千秋奕祀继侯堂
遥溯前徽一派源流传颍水

芦塘书院

举人楼

1895 年，在越南打拼多年的陈再安衣锦还乡，斥巨资翻修了祖厝，又在旁边建造了三落大厝和东西护厝，形成了聚族而居的建筑群落。在祖厝的东侧，陈再安主持修建了占地三亩（约 2000 平方米）的两层大楼，以安置家乡的原配夫人及其所生子女。

在这幢楼于光绪丙申年（1896 年）冬天竣工后，起名为"棣鄂楼"。第二年，陈再安苦心栽培的三儿子陈炳煌科考中举，获蓝顶花翎，出任广东袖中县候补知县。陈再安大喜过望，决定把这幢楼改名为"举人楼"。

"举人楼"的整体形制与一般闽南大厝大相径庭，两层高的砖木结构楼房

举人楼

呈"口"字型布局，中央是一片颇为开阔的场地，地面均以花岗岩石条整齐铺砌而成。单是一楼两扇正门上刻的"簪花""晋爵"四个字，不仅"字号"惊人，而且工艺也不一般——将整块题字的砖烧制后镶到墙面装饰屏上，这样的工艺当时非常少见。墙面上的装饰图形大多为金钱形，也有"万"字形和"寿"字形，正显示出主人的殷实家境和对吉祥人生的寄望。

"举人楼"共有大小厅、房66间，每间厅房都有花岗岩石库门；大楼设有前廊和内环廊，廊沿用工字钢承重；前廊上装有百叶窗，用以遮挡风沙和太阳，内环廊的廊沿上还设有雕花铁质钩栏。四扇屏门均嵌有彩色压花玻璃，据说是从法国进口的。

屋顶的设计称为"双坡二落水"，脊中有宝珠，两侧攀龙，龙尾延伸至两角，高高翘起，寓意"双龙抢珠"。

子孙贤，族乃大

兄弟睦，家之肥

题字者为清末闽籍名宦陈宝琛，典出李鸿章给乔家题的对联——"子孙贤，族乃大；兄弟睦，家之肥。"

相传大清库虚，军备无足，乔家鼎力相助，解决了李鸿章的燃眉之急，李鸿章自然投桃报李，欣然拟联。乔家富不骄奢，赈济穷困，贤名远播，族大家兴，李鸿章此联高度概括了乔家兴盛的核心点。

陈宝琛借此典故，寄语芦塘陈氏——"举人楼"里住着四个兄弟族系，妯娌和少爷们进进出出，难免磕磕碰碰，和睦相处十分重要；而子孙从小教育贤良，家族才会越来越壮大。

奎塔涌奇观一笔高凑霄汉卓
岐峰开福地层楼俯瞰海潮宽

棣棣诗颂威仪持己贵将其肃肃
鄂鄂礼称言论居家亘济呻怡怡

举人楼原名为"棣鄂楼"（也称"棣萼楼"）。《诗经·国风·邶风·柏舟》有云："威仪棣棣，不可选也。""棣棣"意为庄重娴雅。"肃肃"为恭敬貌，出自《诗·大雅·思齐》："雝雝在宫，肃肃在庙。""鄂鄂"为直言争辩貌，"怡怡"特指兄弟和睦，出自《论语·子路》。

至要莫如教子
最乐无过读书

涉世有良方规行矩步
传家无巧法兄友弟恭

学问吃紧渊源近祖北溪嫡派
闺门大好拥睦远宗东汉芳型

陈炳煌、陈宝琛与漳厦铁路

漳厦铁路是福建省历史上的第一条铁路，它既见证了中国铁路史一个风起云涌的时代，更凝聚了中国近代海外华侨、有识之士爱国爱乡的拳拳之心。

然而，随着中国在鸦片战争中的失败，以英国为首的帝国主义列强，开始不断提出要在中国修建铁路的计划和照会。在李鸿章等人的运筹之下，通过洋务派和国内有志之士的不断建议、提倡和践行，清政府认识到"铁路开通可为军事上之补救"，终于确定兴建铁路的方针，建立铁路公司，开始有筹划地修建铁路。

在福建，漳厦铁路在京张铁路尚未竣工、津浦铁路尚未开工时，在福建开明士绅、海外爱国华侨的共同努力下，不用外国人的一分钱，由国人自己设计、自己施工，在八闽大地开始动工修建。漳厦铁路是近代以来，在浙赣线以南、粤汉线以东、中国东南 40 万平方公里大陆区域的第一条纯粹意义上的国人"商办"铁路。漳厦铁路和同时期中国最早的铁路线，在纷乱的时局中，以一种顽强的姿态，诠释着中国人救亡图存、保住路权的抗争与践行，意义深远。

陈宝琛

1903 年年底，专司铁路、矿务的商部，正式颁布了《铁路简明章程》，不仅具体规划了商办铁路的办法，还特地派员到国外，动员华侨回国投资，参与修建铁路。1905 年，时任光禄寺卿的福建人张亨嘉等人向商部递呈，请求成立商办福建铁路公司。

两个月后，商办福建全省铁路公司便告成立。这个公司的首任总理，便是大名鼎鼎的陈宝琛。陈宝琛出身名门望族，二十一岁

陈炳煌

中进士，官至内阁学士。由于平素为人正直敢言，为慈禧太后所不悦，被降级归田二十余年。即便如此，陈氏家族依然家门鼎盛，在福建当地很有影响。

陈宝琛的重新走马上任，被朝廷寄予厚望。在他的主持下，1906 年 9 月，《商办福建全省铁路有限公司暂定章程》《招股章程》正式公布，旗帜鲜明地强调了闽路的民族自主性。

除了本地士绅以外，旅居南洋的华侨，也成为商办闽路公司的投资者。在前期规划基本就绪之后，陈宝琛便不辞辛劳，准备亲赴南洋筹款。赴南洋之前，他特地请来曾任广东首府补用知府正堂候补、广九铁路提调（局长）的陈炳煌，请他担任闽路公司协董，并商议筹款事宜。

陈炳煌是海沧芦塘人，与陈宝琛同朝为官多年。他当即修书一封，寄到了西贡。他的堂兄弟陈炳猷，经营父辈传来下的事业，在越南已是十分有影响力的巨贾。陈炳煌在信中反复叮嘱，务请炳猷先行将这个消息告知南洋诸位华侨好友，一起为家乡修筑铁路尽一份心。

1906 年秋，陈宝琛从厦门出发，踏上南洋筹款之旅，先后经过爪哇、息力、槟榔屿、海珠屿、巴达维亚、茂物、万隆、加里曼丹、三宝珑等十几个地方，在陈炳猷的支持下，共筹到华侨募款 170 多万元，加上后来陆陆续续到位的海外投资款项，闽籍华侨的投资占到了铁路总筹资金的约 67%。

1907 年 7 月，漳厦铁路正式开工。1908 年 2 月，陈宝琛奉召入京，官复原职，而后成为末代皇帝溥仪的帝师。陈宝琛此时已经举荐陈炳煌主持闽路诸事，为驻局总理。

1910 年 4 月，漳厦铁路嵩屿至江东桥段竣工，全长 28 公里。同年 6 月27 日，一声汽笛，漳厦铁路通车营业。然而，时事多舛，1930 年 11 月，漳厦铁路还是宣告停止营业。

中华人民共和国成立之后的 1956 年 10 月，厦门文史专家洪卜仁在《厦门日报》上专题发文，提及国民党在抗战前后破坏漳厦铁路的过程，也勾起了人们对漳厦铁路这段尘封多年历史的回忆。

作为海沧陈氏的杰出代表人物，陈炳煌、陈炳猷兄弟在漳厦铁路修建过程中，尽心竭力。陈炳煌中举出仕，"举人楼"即为其中举当年落成；其堂兄弟陈炳猷远涉重洋，接手父辈生意在越南经商，光绪年间携巨资回乡建造莲塘别墅。

在铁路筹建之初，陈炳煌、陈炳猷兄弟便倾尽心力，提供资金支持，并发动自己的各路资源，为漳厦铁路前期募资起到了重要作用。当时，陈氏兄弟号召子孙不分男女老幼购买股份，老人的养老金、新年跪拜钱、小孩压岁钱、女人私房钱等全部投入股份，还贡献土地良田保证铁路直线建造顺利通行。

陈宝琛之所以力荐陈炳煌继任闽路总理，也是因为其名望和能力，能够深孚众望。在担任闽路总理后，虽然当时铁路经营已经遇到了不小的困难，陈炳煌仍然竭尽心力，继续维持铁路运营，付出了许多努力，在其担任大清交通银行广东分行行长时，贷款五十万元，支持漳厦铁路的持续运营。

青礁长房宗祠

归来已见山河改
德应人情顺正流

岐山绵亘三台回顾木本宗支茂
礁海澎湃九龙环游水源派衍长

世居青礁创业俎豆宗功昌厥后
出孝入悌有序教诲子孙增祖光

缵祖德忠孝留芳世代永怀念
恩宗功承前启后万代传文明

青礁七房家庙（继恩堂）

青山却并岐山固
礁海远同圭海长

院前社崇泽堂

心存一念善迫先圣修身积德共乐天真
家藏万卷书教儿孙立志青云以绳祖武

文圃发源特见钟庵于此地
岐山挺秀从兹衍派以成宗

文圃峦顺铸就七星五福地
武峰延绵汇聚财禄百寿源

以恭遵古训积善为本
礼谨众四邻以德怡怀

《温泉铭》碑刻，现存于海沧汤岸日月谷温泉酒店内，刻立于明朝隆庆年间。泉州府大员丁一中游历福建山水，得知吴真人曾用汤岸温泉治愈闽南百姓的病疫，便前往汤岸温泉亲身体验。沐浴后，顿觉明朗开阔、神清气爽、舒畅无比，当即提笔挥就《温泉铭》，碑文内容洒脱深情，既传神地描述了汤岸温泉的美好景致和沐浴体验，又体现了浓浓的时代特色。隆庆年间，因官方开放闽南月港为唯一对外贸易港口，带动了闽南地区作为枢纽与世界的贸易往来，当地人民生活的富足安宁，从《温泉铭》中也可见一斑。

汤岸温泉历史悠久，以此碑为记，上溯至数百年前。而这篇《温泉铭》，堪称"温泉"版的《清明上河图》，也是中国温泉文化史的重要历史文献资料。

温泉铭

水有温泉，火有凉焰。阴阳互藏，至理斯验。

天启沃泽，惠民唯深。不于城市，不于山林。

日月谷温泉碑

莲花社区

甫田之原，孔道之侧。谁斧谁薪，蒸然灵液。

田有农夫，挥汗锄禾。一浴而起，清风载过。

道有行役，蒙尘触日。涤兹芳润，劳歌暂息。

爰想骊山，温泉有宫。翠华游豫，冠盖云从。

天一生同，地殊用异。谁为重轻，泉亦有异。

世往时移，离宫已驰。泉虽犹在，荣幸莫追。

唯兹灵宝，四民所共。寒暑古今，靡日不用。

盛美虽继，近易可亲。物理固尔，人口亦然。

我来至止，开襟一濯。春融气和，与民偕乐。

海波不扬，朝野晏然。沐浴皇泽，亿万斯年。

时隆庆元年丁卯冬十月，奉议大夫、温陵郡丞、前司徒丹阳少鹤山人丁一中撰并书

庠生王聘之校，驿丞靳求学立石

丁一中

据《泉州府志》载，丁一中，又名丁肖鹤、丁少鹤。明隆庆元年（1567年）始任泉州府同知（郡丞，副职），江苏丹阳人。著有《鹤鸣集》《海防策》等，为当时闽地著名儒士。

作为朝廷派来管理民政的官员，丁一中得以游历闽地，镌记山水与人情。明万历年间，在厦门鼓浪屿，丁一中也借字抒情，手书"鼓浪洞天"四个大字，成为鼓浪屿摩崖石刻中年代最早的题刻，也成为厦门摩崖石刻中最具代表性的作品之一。

自明朝隆庆年间开放海禁，闽南月港一带舟楫往来，十分兴盛，物流、人气和财富聚集，有"天子之南库"的说法。而丁一中留下来的题刻，大气磅礴，有盛世之风，也正是当时历史和时代风情的绝佳见证。

莲山堂陈氏家庙

内阁经纶扬四表

鳌头鼎时耀千秋

莲山堂始建于唐末宋初年间，1930年，族人后裔重修一次。从楹联字里行间，可以看出当时莲花陈家的身家官位，内阁即总理、宰相之意。

莲山堂匾额

莲山堂陈氏家庙外景

王氏宗祠大门

王氏宗祠内景

世德堂王氏宗祠

太原望族源三晋
固始义师靖八闽

宗族英明子孙贤
祠堂巍峨四方开

唐末，藩镇割据，中原和周边地区诸侯割据，遂形成五代十国局面。王潮、王审邦、王审知三兄弟随河南光州王绪率义军南下，经江西入闽，攻克汀州、漳州。王审知后接王潮任威武军节度使，官职至太保琅琊王。王氏三兄弟及子孙在五代期间统治闽国，封闽王。

王审知治闽三十年间，奖励耕垦、经商、贸易、通航、建校，教育，招贤纳士，为福建的发展做出了巨大的贡献。王姓子孙繁衍鼎盛，周边州、府、县之王氏均为其后代。

莲花王氏开基于明朝，其先祖王三锡获封进士，官至按察事，赠参议大夫。王审知九世王琬进曾任三省巡按，河南案察，为官清廉，爱民如子，后因受奸人加害被斩首，数百年后被乾隆皇帝平反并追封"昭光"金匾，赐金头重新安葬。"世德堂"祖祠主要祭祀开闽王王审知、九世王琬进和开基先祖王三锡。

莲山祠陈氏家庙

天竺山青木荣光祖德
莲山地灵人杰耀宗功

承先启后代代尊祖
继往开来辈辈敬宗

莲花池中藕根壮
延伸莲山出栋梁

南瞻大海千层浪
山仰群峰万里天

莲山祠

宝树堂谢氏家庙

银邑子男府
官塘粮道家

宝树谢氏世代府
官塘子孙福禄地

敬宗尊亲忠丢训
光楣耀第志勤奋

祖功宗德戴青史
申伯后裔昭中华

乌衣望族流芳远
宝树盘基世泽长

　　谢氏在东汉以后，成为望族，世称"崔卢王谢"，为"四海大姓"之一。尤其到了东晋，家世更为显赫，宰相谢安、都督谢石，名将谢玄均出自一门。东晋宰相谢安就住在乌衣巷，其兄弟子侄数十人，都是当朝重臣，有名的淝水一战，使东晋王朝转危为安。

　　"宝树"为谢家堂号，谢安致仕归第，在浙山东山建有豪宅。适值炎天，晋帝乘舆幸谢安宅，停舆憩榕树下，凉爽宜人。帝问左右："此树谁家所种？"左右告之，帝赞曰："是谢家之宝树也，朕若得之，可卜长生。""宝树堂"堂号源于此。

宝树堂外景

宝树堂内景

宝树堂牌匾

崇孝堂

春露秋霜遵戴礼遗规钦崇祀典
父慈子孝式文公懿训笃念伦常

崇孝堂

陈氏家庙大门

山仰陈氏家庙

颖川衍派家声远
山仰开基世泽长

鱼利还公记碑

古者祭，必有田。礼曰：诸侯耕助以供粢盛。孟子曰：唯士无田则亦不祭。盖田即粢盛，所由供而亦后世祀业所自仿也。孝子顺孙欲图报本，反始可不于此加之意乎？吾乡自先□兆建大宗词本旨公港鱼利为春秋荐享之需，后因港道塞淤特萃父备资挑挖，故将此利权与收抵。不料至萃竟私偵与六柱仁贵、文钦、文条、清报、天救、启明、光埕、文蛟、祥瑞、玉汉、得洪、果嫂、皆再、菁仔、梧仔、荣仔、江湖、德宽等，承管越今□年少有知者□辛丑予自南洋归感祖德之难忘，思祭仪之未备，自愿以五百金充作大宗祠祀业。时各房长适议疏港蓄水俾足灌溉，而杜农争。因念港本公业，稽之族谱及前人族规约，字均有甄明，而鱼利何以独归六柱仁贵等，迨阅契卷方知有特萃一段情由，良足慨也。虽然天下唯祖宗公业不可私相授受耳，名曰公，而利则归私，是以争端遗后人，忧也。且将来科派挖资不□□一支节乎？予乃依原价外愿家备四倍赎契归公，幸六柱仁贵等始虽稍有支吾，后至联络局评议，又见予捐巨款，遂各孝思激发耻受价金，愿将所有公港鱼利上起屿仔边石桥仔下迄内陈店涵仔一尽奉还大宗祠仍为祀业，任族中永远轮流收利，致祭绝无异言。予曰噫能如是，亦可谓能见义而勇为者。与夫人唯无耻斯不足与有为耳今若等，能以受金为耻而慨然奉公充此念也。将见不善必耻，不敢为；见善者必耻，不能为。孝子为顺孙胥于一耻卜之矣。予嘉其意，以为有合于古者祭田之意，因勒诸石，以志不忘且以垂劝后世云。

族长志抛暨诸房长□立

陈氏家庙鱼利还公记碑

奖劝碑

藕闻，有功懋赏，圣朝垂奖励之规；大行受名，古训寓劝惩之意，此泽及后世者，所由誉播千□也。我山仰自开基以来，代多硕望，然至为乡里除灾，为子孙植福，耗万贯之资材，费数年之心力，委曲营谋以期必济者□难其人焉。本族长太封同知衔志抛翁者，才超庸众性禀慈祥，每念本社内□诸田灌溉维艰，必由常珑口通函引水而道经林家施□辄被阻挠，致启衅端，当是时鼠雀争。兴慨花销之无限卵石势异嗟了局以难期太封翁心焉，忧之援礼浮屿大宗绅耆佑全翁等出。为排解，然讼端虽云幸释水道，依旧难通，因奋然起曰嗟乎徒效扬□□如去火欲图止沸不外抽薪。于是，倡议筹资转托颍川堂代将施□一带田□及鱼池浚岸尽数贾归俾，得开闸引流永无窒碍，天诱其衷幸降心以相就，农歌得水欣凤愿知克偿其田□大小不等。共受种子一十五石，计费价银一万一千五百九十元，□奇作八股均输而太封翁力肩其伍，既捐巨款又废精神其为吾乡兴利除害何如哉。若夫前管仰安轮船伙仁贩鸡得利，翁以船主应得多额恶其杀生不分，故每罗只又五占银为慈济堂周恤族中贫人之用，不但此也佗如修路买冢建业充公诸多义举，

陈氏家庙奖劝碑

姑不俱赘噫，文阳之田既归彼强邻永免借端生事功德于人，则祀愿后嗣，
母忘饮水思源前事可师，所望闻风而起者大勋难没妈意、妈招、竹淇、蕃兹、
百川、金仪等因同勒石以铭之。

　　辛丑□予馆翁家适翁自南洋，归朝夕侍诲，因得悉其为人性沉静，见义
勇为，凡□便于里中者靡不踊跃以赴此事，尤其彰彰较着诸耳。时众家长欲
为立石记功，以昭劝勉。请予佐文予固无文然义不容辞因述其颠末如此。

　　　　　　　　　丁酉亚魁拣选知县宗愚弟　　芭拜撰

毛穴广社朝天碑

　　该碑位于毛穴广社四落大厝古井旁，石碑上刻"朝天"二字，下刻三首
五言诗，为嘉庆元年（1796年）答谢嘉庆皇帝登基的朝天碑。

　　嘉庆元年（1796年）正月初一，乾隆皇帝正式传位给嘉庆皇帝，全国各
地都有纪念这一庆典的石碑。

朝天碑

璧山传圣地飞凤说多年
老谢窥真气别开一洞天

　　　　生员林少丹题云

穴凤真龙隐潜之不计年
谢公今点破雾散见青天

　　　　林宜喈题云

此地真形见祯祥可卜年
诚非经慧眼谁识凤朝天

　　　　逊元再云

穴凤山人喝占祥世远年
诸公佳作贺戴得谢皇天

　　　　□运元年逊元勒石

林氏家庙

石岑林氏家庙

石室开宗远
囷山衍派长

四面环来碧玉峰前鼓后旗拥卫
两川夹出朱罗水左狮右象排衙

九州序溯端州长考祖以闽漳并嫡
三甑祥开石甑中分宗合溪浦同支

鼻祖从河南司晋牧十七世闽峤开先进士第
耳孙负葫公朝太姥世六叶漳江创建状元坊

林氏家庙内楹联

林氏家庙内匾额

追寻旧绪应知经记为重

远绍丕基起特伦焕当新

新加坡义帮侨首林推迁

近代，新加坡华人群贤毕至的"怡和轩"俱乐部，第一任总理便是海沧困瑶的林推迁。成立于1895年的怡和轩俱乐部，由新加坡"福建帮"有名望的领袖人物创建，到了20世纪初，人数也不足百人，是实打实的一个精英圈子。

林推迁，字宝善，清同治三年（1864年）生于海沧困瑶（毛穴广村）一个农民家庭。在闽南语中，"毛穴广"指的是毛蟹，这个自然村的地形，像极了一只面向东方的毛蟹：村前有一片条形池塘，正如毛蟹的大嘴；旁边间隔十几米的两口水井，一咸一淡，有如毛蟹的两只略略鼓起的眼睛；村庄本身自然是毛蟹的身躯；而毛蟹头部前方一左一右的小土坡，就像是两只蓄势欲出的大螯钳。

宝善刚刚成年，便凭着自己从小练就的一身驾船的好本事，跟着族人从海沧南渡马来亚（今马来西亚）。在异国他乡，有一技傍身，加上聪明刻苦，从操舟为业做起，当时南洋也正是航运业大发展的时候，于是他专心于航务，转运货物于马来半岛东海岸、丁加奴、新加坡（时称"星加坡"）之间，积累了自己的"第一桶金"，成为南洋航运界巨子，并逐渐介入矿业、种植业和金融业，有"钨矿大王"的名号。

在林推迁领导时期的怡和轩，在支持孙中山国民革命事业的同时，更是始终维护劳苦侨众的利益，成为推动华人社团活动的心脏。

为人豪爽的林推迁，热心华侨教育事业和公益慈善事业，历任新加坡爱同学校、同济医院、同善医院、中华女校、南洋女校、华侨中学、丁加奴学校、维新学校的赞助人、董事或总理等职。为了纪念林推迁对新加坡做出的杰出贡献，当时的殖民地政府特将一条道路命名为"推迁路"，路尽头的山地命名为"推迁花园"。

怀恩堂（庄氏家庙）

源来锦绣无双本

衍派青阳第一支

怀恩懿训世代传笃念伦常

锦绣尊严日月招亲崇礼典

麒麟献瑞甲第丕振先喆肇基贻谋远

吉星递炤贤能毕至裔孙守成绍述长

怀恩堂

古碑

怀恩书院匾额

崇敬堂

庄氏宗祠匾额

祥开百世海峤溪西各奠方隅聚国族
露濡七朵兰芽桂萼永蕃奕叶荐馨香

天水溯流风派衍桃源归一本
青阳蕃奕叶地钟祥露发千枝

文山挺秀真庄江
天马四头□上路

庄银安旧居

　　楼虽小兮，堪聚数贤，路虽近兮，优雅自然，余固愿兮，畅叙我怀，所期望兮，已娱晚年。

七十三叟主人自题并书，三十五年前原作清池识

庄银安旧居匾额

清来曲院荷千朵
凉满芳圃菊万株

青鸟不传云外信
阳春先到洞中天

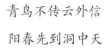

映水峦光高阁暮
碧天帆影曲江春

清水盈壶举杯当酒酾
凉衫无袖脱笠话桑麻

闲把心情问明月
来将姓字满名山

闲坐小憩读周易
来闻古乐奏虞诏

庄银安旧居对联

庄银安旧居石刻

民国元勋庄银安

1854年，庄银安出生在海沧祥露一座古朴的民居里。海沧重商之风较盛，少年时期，庄银安就和许多胸怀大志的年轻人一样，毅然离开家乡，南渡缅甸开拓事业。一开始，他托人介绍，在华侨商人苏天佑的"泰昌号"里当了一名佣工。几年以后，庄银安便成了"泰昌号"的顶梁柱。不但如此，他还娶了苏天佑的女儿美迎为妻。

庄银安积极进取，创办了"源记栈号"，又在当地进行大型农业垦殖，很快积累了自己的"第一桶金"，逐渐在缅甸侨界成了一个有名望的人。他十分热心华侨事务，他注重华侨子女教育，先后在仰光创办了中华义学和益商学校。

孙中山致庄银安亲笔手札

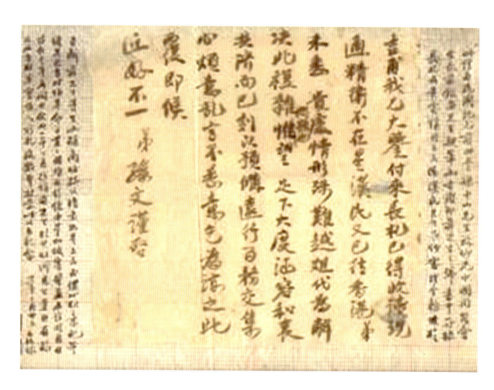

　　然而身处海外，和其他华侨一样，庄银安也深切地感受到国势不振，"外人欺我侮我"。中国人在异乡，得不到真正的尊重。由此，他对国内的革命动态十分关注，并在仰光正式成立了同盟会缅甸分会，出版机关报《光华报》。

　　在宣传革命的同时，庄银安和缅甸的爱国华侨，也以极大的心力、财力和人力，以实际行动支持革命。在打听到自己在闽南的家乡也在筹建同盟会时，庄银安更是大喜过望，立刻汇巨资回国赞助。在庄银安的资助下，该会很快壮大起来，甚至有一次组织了 200 多人的革命武装，攻克同安城，威震闽南。

　　在辛亥革命前后，同盟会缅甸分会组织和发动华侨捐款助饷达到了 80 多万元，就连后来孙中山讨伐袁世凯和陈炯明的一部分费用，也是多亏了这一大笔捐款。如果用一句话来形容庄银安对革命事业的诸多努力，也许最合适的四个字，就是"不遗余力"。

　　武昌起义后，庄银安被推举为南洋各埠中国同盟会总代表，携带巨款，回到自己的故乡厦门参与策应起义。这笔款项有如"及时雨"，解决了厦门光复后碰到的财政困难的问题。福建光复后，庄银安任都督府顾问、福建华侨公会会长和厦门参事会议长和财政次长等职，积极参与革命和善后建设工作。

　　1931 年 5 月，75 岁高龄的庄银安回到家乡定居。1935 年，国民政府为表彰他在辛亥革命中的贡献，特授予"民国元勋"称号。蒋介石、孙科、胡汉民、戴季陶、林森等国民党政要，更是纷纷馈赠对联，表示庆贺。

　　1928 年落成的"映碧轩"，坐北朝南，是一座两层西式建筑，双坡顶，砖木结构。平面呈正方形，边长 10 米，面阔 3 间，进深 1 间。中间是厅，设有对开大门，东西两侧则分别各设房一间。一层和二层的布局相同，一楼西侧设木楼梯通往二楼，正面及左右两面设回廊。地面铺设的是传统的红色斗底砖，屋面以红色板瓦铺就，二楼廊顶设西洋牌楼，刻有"民国十七年落成"等字样。

　　小楼中的对联里，也藏着庄银安千帆过尽的悠然心境。在小楼总入口的门额两边，就有这样一副对联——上联是"映水峦光高阁暮"，下联是"碧天帆影曲江春"，这正是壮士暮年渴求岁月静好的一种真实写照。

庄氏长房宗祠

祥和锦绣光庙宇
露毓精华萃人文

锦第钟灵祥露宏图传百世
绣山焕彩桃源伟业贯千秋

怀恩懿训子孙传笃敬伦常
堂构庄严日月钦诏崇礼典

春祀秋尝遵华发仁贤礼义
左昭右穆序一房世代源流

崇尚和谐扬祖德
敬恭桑梓衍宗风

欣闻文圃松鹤鸣
喜纳天竺泉水涌

礼让传家衍庆长
诗书教子诏谋远

旭日东升苦化甜

敬业方晓学知少

崇尚道德以修身

斌礼谦和为养生

庄氏宗祠（大房）外景

庄氏宗祠（大房）内景

庄氏四房宗祠

锦地兴隆承玉露
绣山荣耀唤春晖

青鸟和风堂构生辉增秀色　　　　祥兆千家竹房魁武三枝秀
阳光沐浴子孙荣耀步金阶　　　　露滋万物祖德扬文百世昌

竹帛锦绣烛香俎豆丝先贤　　　　锦地兴隆承玉露
房族振兴叶茂枝繁轳后昆　　　　绣山荣耀焕春晖

庄氏宗祠（四房）
匾额

祥露六房宗祠

祥兆六房光祖德

露濡乔梓毓宗风

勤励一门堂构尊严绵世泽

桃源千载孙支番衍振家声

士农工贾各抒才能

智勇义廉先操品格

世间善事忠和孝

天下良谋读与耕

庄氏宗祠（六房）匾额

庄氏宗祠（六房）
大厅

祥露七房宗祠

肇迹双祥溯锦绣
亦发七枝沐青阳

喜纳天竺泉水涌
欣闻文圃松鹤鸣

庄氏宗祠（七房）
匾额

番仔楼

看山晴入画

爱竹月当楼

番仔楼内题字

番仔楼内楹联

林氏敦本堂

九龙世代源流远
双桂宗支德泽长

　　林氏为鳌冠最大宗族，该联表达林氏世代源远流长，敦本与勉述二堂梁林氏皆承祖宗德泽绵远流长。

传家唯孝友
绩绪在文章

百代瞻依绵世德
千秋俎豆焕宗光

敦本堂内景

敦本堂外景

派自莆田分各奠一方开氏族
基徙吾贯肇永垂百代荐馨香

气节千载永垂功在社稷源自比干先祖
精神万古常新德照天地泽及西河众人

林氏勉述堂

支分鳌冠泽绵长
派系莆田声望远

本音堂

卢氏本音堂

　　门拱庵山瑞献宗祠义

　　堂牧池水源流世泽长

吴氏垂裕堂

　　支分渤海知源远

　　派入沧江溯泽长

垂裕堂匾额

　　吴氏为鳌冠两大宗族之一，联文说明鳌冠吴氏为渤海分支而来，现已于海沧沧江之地绵远多代。

永愿人才如木茂
长期广貌比山青

延陵德泽三千载
奎海规模五百年

破浪达南滨此日门楣成跨海
环山朝北阙昔年冠冕出干城

灵水源流本源可溯
吴冠永奠支派频分

垂裕堂匾额

鳌冠书院

鳌头独占览群书
冠盖云集会塾院

　　联文由鳌冠社区台胞主任助理宋思纬创作，运用"鳌冠书院"藏头藏尾法，勉励书院学童博览群书方能独占鳌头，冠盖云集功成名就后，各方才俊再会塾院，造福乡里为后进榜样之意。

鳌冠书院

吴升提督府

康熙五十五年（1716 年），御赐时任浙江提督大臣吴升牌匾，表彰其为人宽容仁爱及为将健壮威武，镇守一方功勋卓著之意。

清代巡视"三沙"第一人——吴升

风从天涯的岬角吹来，战旗猎猎作响，巨船劈波斩浪，在三沙海域又画了一个"圆"。战船列阵分明，海上的匪盗闻风而遁。站在船头的魁伟汉子，一身锦服，却也掩饰不出其武将出身的凌厉目光。他便是时任广东副将、刚刚调任琼州府的吴升。

据史载，当时西沙、南沙方圆三千里的广袤海域属琼州府管辖。吴升经常率中国水师巡视南海，他也因此成为清代巡视三沙第一人。康熙四十九至五十一年（1710—1712 年）间，据清乾隆版《泉州府志》记载，吴升当时"擢广东副将，调琼州。自琼崖历铜鼓，经七洲洋、四更沙，周遭三千里，躬自巡视，地方宁谧"。

也就是说，吴升当年巡视三沙的壮举，明确地载于史志，也说明南海诸岛自古以来就是中国的领土。由此可以知道，清康熙年间，这三千里范围内的岛屿，都住有中国人，吴升亲自巡视，使地方平静，百姓安居乐业。

吴升自幼家贫，后入行伍，因作战有功升为千总。此后，他便随施琅攻克澎湖三十六岛，为当时统一台湾立下了汗马功劳。由于战功显赫，他升迁任陕西游击。其时东陵作乱，他出奇策平乱，继而一路高歌猛进，累迁为浙江提督，后改任福建提督，康熙皇帝称其为"天下第一好提督"。

康熙五十五年（1716 年），为表彰吴升的宽容仁爱、健壮威武，皇帝御赐"宽惠趄桓"匾。雍正三年（1725 年），吴升加太子少傅。1728 年，其去世后，加赠太子太保，谥勤恪。

"宽惠赳桓"旧匾

"宽惠赳桓"新匾

一向以严苛面目为后人所认知的雍正皇帝，还曾经亲撰一首诗赠予吴升，对这位老臣的评价相当高，诗云：

镇静推元老，韬铃尽壮猷。

偏裨遵节制，疆宇藉绸缪。

清直军民服，严明将弁优。

抚绥兼训练，磐石巩神州。

鼎美村

明代胡氏世祖墓园

　　明代胡氏祖墓群，位于鼎美文圃山麓的狮头山脉，迄今已有六百余年。其建造之宏伟，年代之久远，石雕艺术之精湛，在闽南的家族祖墓中出类拔萃。

　　据鼎美胡氏族谱载，其开基祖念八郎，于元朝末期，率长子进福、次子进德，从客家永定南下，到时属泉州府同安县积善里鼎美社，以打铁为生。凭着客家人的勤劳善良、吃苦耐劳、坚忍不拔的精神，经几代人的持续努力，胡氏家族逐渐兴旺发达，建祖庙，定宗基。

　　鼎美胡氏家族发展至七世后，人才辈出，步入昌盛期。七世胡元轩，于明朝弘治七年（1494年），被孝宗皇帝授忠义将仕郎。胡元轩墓建造奇特，并于1990年被列入厦门市第一批区级文物保护单位。

胡氏世祖墓

　　八世胡祖庸墓与十世胡元轩墓相隔数百米远，均为花岗石雕结构，气势雄浑，宏伟壮观。墓体两边的龙头石雕，显示出鼎美胡氏家族曾经的辉煌。随着岁月流逝，风霜几度，祖墓周边环境已发生变化。水土掩盖墓体，石雕结构脱落，祖墓已失去当年风采，经胡氏海内外后裔子孙筹款重建，2015年竣工并立碑为记。

　　后代鼎美胡氏子孙人才辈出，鼎美胡氏第九代胡乾生三子：顺夫、庸夫、毅夫；第十代始分三房，延续二十八代，裔孙遍布海内外。清代部分胡姓赴台，开发台南下寮村，目前已传7000余人；还有一部分迁居马来西亚的槟城，最著名的是"万金油大王"胡文虎、胡文豹兄弟，他们也曾回鼎美谒祖。现在，每年都有不少海内外的胡氏后代回乡寻根祭祖。

竣工祭文

　　呜呼！唯我始祖，源溯永定，七郎传派，十二之子，南下创业，打铁谋生，鼎美肇基，勤劳坚守。鸭生双蛋，美丽传说，流传距今，已历六百余载，世代繁衍，生生不息。承我祖之荫佑，人丁兴旺，人才辈出，裔孙遍及大江南北。先祖之遗训，子孙当悉听谨记。端本做人，为国贡献，为民效力，敦亲睦邻，崇尚孝悌，先祖之功德，历史永铭记。

　　虽岁月苍桑，时光流逝，吾胡氏祖墓，风雨侵蚀，荒草萋离，荆棘遍地。八郎公裔孙，怎不扼腕揪心，悲伤痛泣。欣逢盛世，天下太平，国泰民安，家族万幸，裔孙集聚焦祖坟地，六百余年需重修。齐心协力倾资献。野草重生换新颜。于2015年4月30日之良辰吉日，兴工重修大吉，今日，2015年11月28日圆满竣工，圆墓谢土。龙门圣地，万彩光明，敬备三牲酒醴，时馐鲜果，金香烛帛，清酌凡仪，列在案前，为今吉日，祖墓竣工，谢土之敬，伏祈胡氏先祖鉴纳，共同颁受。凡今以后，百无禁忌，启佑后人，十方吉利，国运昌盛，社会和谐，平安稳定，子孙兴旺，进财添丁，光宗耀祖，步步高升。男女老幼，福禄安康，万事如意，降福，降祥，伏维哀哉！尚飨，开壶，酌酒。主祭就位，拜祖！

大明授忠义将仕郎元轩胡公之墓

　　墓道坊，是古代牌坊中的一种特殊类型，专门立在官员尤其是高官显宦的墓道前，以为标志。"胡元轩墓"墓前神道立三门四柱石碑坊，坊上三块匾额，分别镌有"幕天""幽宅""席地"。这是厦门现存最古老的墓道坊，距今已有 500 多年。

　　胡元轩墓占地面积约 100 多平方米，坐西北向东南。墓丘平面呈"风"字形，三合土构筑。墓区自东南至西北依序为石坊表、墓埕、墓体和飞檐式双坡瓦顶石亭。墓围以三合土和花岗岩石砌成。龟背形坟顶前立墓碑，方首，墓碑上刻"大明授忠义将仕郎、元轩胡公之墓"，落款为"弘治七年甲寅冬"，两侧还有精美的翼碑，左刻浮雕鹭鸶，右刻浮雕麋鹿。

胡元轩墓

胡元轩墓

太子亭

　　明嘉靖戊午年间，倭寇入侵东南沿海。胡氏先人胡元轩（胡文峰）平素仗义疏财，在村中有很高的威信。为保家安民，他散尽家财，组织村民乡勇抵抗，屡次击退倭寇入侵，但终因实力悬殊被俘。胡元轩宁死不屈，最后被残忍杀害。

　　事后，朝廷派监察御史樊献科赐"忠勇"牌匾，追赠州同知，给其子冠带，祀忠义祠。在胡元轩墓碑旁，建有一个石头亭子，人称"太子亭"，也称"太祖墓"。曾有误传该墓为明朝流落民间太子之墓，所以早年间屡屡遭盗。经考证，系客家话"祖"与"子"读音相仿所致。

太子亭内匾额

太子亭

敦睦堂（胡氏家庙）

天柱发源远
圆湖流泽长

天地无私鉴临仰观俯察心唯正
祖宗自有谟训早作夜息计在春

安镇扶城长忆同安鼎美
定思木本常怀永定下洋

敦亲显赫耿四海
睦族续辉耀九州

敦睦堂匾额

敦睦堂

敦亲超群子孙显赫典文圃

睦族绝伦桃李芬芳炯庄江

敦亲家训虞舜相传千年桂子同胞育

睦邻宗亲炎黄分派万世兰孙系血缘

同本同源同安衍派

永传永远永定肇基

胡氏家庙

胡氏家庙匾额

敦睦堂石碑

敦睦堂石碑

　　敦睦堂石碑为建造乌石桥时设立，明朝同治年间造桥。此桥位于古道，每块建桥的石头都有一米多宽，为村民通往海沧的水上交通要道。

　　石碑乃光绪年间设立，以纪念乌石桥当时以敦睦堂为主联合海外华侨、乡贤达人及商人出资建造而成。

余庆堂（胡氏小宗）

　　鼎美余庆堂是一栋规模较大的精美古民居，也是两进，为胡氏所有，如今仍有后代居住于此。

余庆堂

余庆堂据说建于清初，雕梁画栋，极其精美，房檐的木雕左右对称，雕刻着古代人物有趣的生活画面，惟妙惟肖，栩栩如生。屋内的摆设基本延续了余庆堂早年的风格。

在大堂的正上方，悬挂着巨大的"余庆堂"匾额，字体苍劲有力，但由于年代久远，原本镏金的三个字，现已剥落许多，只剩下"庆"字在时间的长河里依旧闪闪发光。门楣上悬挂的红字匾额"五世同堂"，这在古代是令许多家庭羡慕的一种和谐象征。

瑞满堂

"瑞"的含义，在古代为用作符信的玉，有吉兆、祥瑞之意。据传，该宅建于清朝，建了三年才完成。

当时建造房屋时，请了两个工匠师傅，各建造一落，两边比赛谁建得牢固、建得最好。经历了时间的考验，后人发现，似乎"左护龙"比较适合居住，而"右护龙"基本没有人居住了。

瑞满堂

笃叙堂（胡静安宗祠）

　　由于胡氏先人下南洋，给笃叙堂也带来了南洋韵味。屋顶大梁下的"番仔"扛梁，是胡氏先人的脑洞大开，也是荣归故里的扬眉吐气。胡氏先人在异国他乡奋斗，也曾受过外国人欺辱；如今回乡，只愿后人再出英豪，不再向人低头。

笃叙堂内景

笃叙堂外景

胡静安宗祠翻修碑记

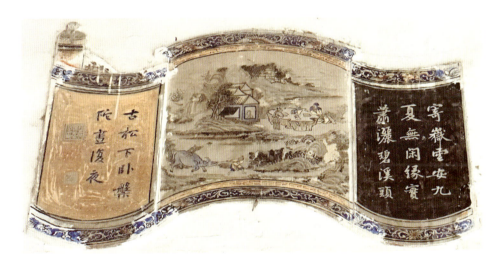

笃叙堂壁画

笃词励裔义方教子皆成器

叙古醒今玉琢千磨尽题名

黄庭坚《寄岳云帖》(壁画)

寄岳云，安九夏。无闲缘，实潇洒。碧溪头，古松下。卧盘陀，昼复夜。

墩山堂（陈氏家庙）

　　陈氏较胡氏早定居于鼎美。早在宋代，陈氏便在鼎美生根落地，据传还曾连三代生双胞胎，之前以开武馆为生。家宅主要坐落于鼎美两角头。

丹桂有根专养诗书门第
黄金无种偏留勤俭人家

自一本而观亲疏奚别
随四时以祭远迩勿忘

太丘德王泰基公名扬环宇
颍水渊源墩山堂灵感厦台

墩山堂内景　　　　　　　　　　　　　　　　　　　　　墩山堂外景

墩山堂碑记

　　盖开族之宗祠，象征一族之盘踞，吾族始祖，肇用公、详、恭基。字逸治号毅斋抒松之次子、泳十八世孙是也。生于大宋淳祐九年、二七登科乡举进士。吾族宗祠，创建年代，虽无碑记可查，但从始祖生卒年代、亦可推算创建至今已有六百余年历史。宗祠虽在，但破烂不堪，门户全碎，祖龛无存，神位不见。

　　据吾族族谱记载，吾族共有七房分布五湖。但有祖训五房在本地守祖。吾族五房裔孙，台南东隆回大陆谒祖首捐人民币四万余元，发起重修，意愿又陈枢龙奋力牵引本地五房宗亲提头各房捐资，多次起伏，终于在二〇一七年完成全部工程，光前裕后，功在千秋。现将捐资者芳名勒石为记，流芳万世。

　　　　　　五房裔孙陈马福拜书 墩山堂理事会立 公元二〇一七年孟冬

墩山堂内景

积庆堂（李氏家庙）

积庆堂，为东屿李姓的总祠堂，建于清代。这是一座前后两进夹一天井的闽南台湾型传统建筑。均抬梁式构架、硬山顶，门前为条石铺筑的庭前广场。第一进假叠顶双燕尾脊，面阔三间二柱，进深一间。大门正立面的墙体，用花岗岩条石砌筑，两侧有透雕螭龙纹石方窗。次间的正立面墙体上，有透雕璃龙纹圆形石窗。第二进单条燕尾脊，面阔三间二柱，进深三间四柱，两进间为天井，天井两侧为廊道。

清光绪年间及 1990 年、1998 年曾多次重修。祖庙庭前原有长方形水塘一口，早年已被填平。

积庆堂外景

漳云荣盖五福齐临地
州水玉绅三都是福天

陇西渊源传宗荣万年
祖德积善流芳耀世裔

山灵毓秀自唐帝王家
五世分歧由周仙祖派

积德行善名门昭百世
庆喜传宗接代耀千秋

积庆堂内景

周廷道德文章府

唐代王侯将相家

《积庆堂牌文告示碑》清光绪七年（1881 年）

　　钦加同知卫调补漳州府海澄集正堂随带加□级记大功八次赖荣为包雇勒索事。本年六月十八日，据三都长屿社家长李宗毛、李应选、李佛助等呈称□□等住居长屿下社负山□海瘠民稠，凡诸婚娶丧葬登科祝寿等项俗事，每遭该处丐首藉充夫头包管地界，名曰埔头横勒向伊。该管雇用轿夫任听诈索勒资不得超界别雇，即如婚娶花轿吹手一切筹费常时三五元之数。而丐首多则索银三四十元少则二三十元。或侦女订盟定聘抢先勒借男家嫁娶轿价临期易脱丐首居奇重索，或苗媳长成冠笄诈称充当官夫赔偿差费，亦当折给轿费丐礼间有乡民贫苦，莫应恳求女家步行被丐首率同丐伙拦途阻挠，弱乡愚不敢触其狼咸多隐忍以饱其欲。□□□□□难枚举。同治年间，第朱前主道奉以前道宪文札饬示禁各丐首等，如遇民间婚娶一切事件应否雇轿，悉听尊便毋许把持地界，勒索轿价花红等因极沐严明于时龙店社暨诸乡邻幸免勒索，乃今日以后丐首等仍然把持包雇□肆荼毒，唯长屿下社小户村口亚信遭□□极罗强索之害。似此猖横虎视眈眈若不恳请宪恩赐出示严禁勒石□□奚堪横索合巫抄粘前示，金叩包老父母，视民如伤，恩准再行。出示严禁勒石地方以安以靖沾感切叩等情，据此除批示补合行示禁。为此示仰该处丐首知悉如遇民间婚娶等事应由雇轿反偏用何处轿夫，悉听自便，毋许把持勒索轿价，花红并不准纵容群丐临门吵架酒食。如敢□□□许被扰之家具呈立提讯办凛之毋违特示。

光绪七年桂月三十日给贴晓谕

《积庆堂碑文》光绪三十一年（1905 年）

积庆堂牌文告示碑

堂名积庆，殆所谓积善之家必有余庆者欤。余庆者，复而积之，益有百年不尽之期焉，吾祖自陇西开基至于长江聚族，因而肯此构堂应数百年，阅□余世大有庆也。□□期也堂之建设，坐甲向□，门迎朝旭，紫气西来，地绕钟山，潮来鼓浪，山环水绕，乃积庆堂之大观。祖宗之灵□实式□之。是岁戊冬，祭祖斯堂，而有咸曰此堂阅数十年，不修乃坏，昌期□尽失，为孙子者□斯堂之不修乃坏，□□无情。我裔孙妈吕出为营鸠捐，捐助芳名列下。有不敷者，妈吕补而给之，乃理而新之，于是栋榱梁角之腐黑挠之，□□者益瓦饭□之，破缺者赤白之，漫漶不解者□□□□□观之。甲辰五月吉日具，至十一月告竣，就初六日告□安进神主，越十二日设道坛清醮庆成。诸几□□□去龙银四千九百三十大元□□□俟后踵斯堂者得以览与。妈吕捐□□三千一百元（以下捐款芳名略），共捐银五千九百三十大元。费去银四千九百三十大元，尚存银一千元在□□生利息，以为春秋祭费。另者二房堂浅于过问有沙园丘，恐其栽种果子遮□祖庙堂□□永远不得私诸果品，准其庙堂在龛进入神主一对免充公项祗额此系面议永□与约，立石为照。

光绪三十一年岁次乙巳年三月吉日　裔孙妈吕勒石

世德堂（李氏家庙）

现有资料显示，世德堂始建于清康熙三十六年（1697 年），光绪十二年（1886 年）因被火灾焚毁重建。而有学者实地考察后，认为其建筑有明代风格，始建年代未明。

世德堂外现有两块明清石碑"漳贰守沈公惠民泥泊德政碑""海澄邑侯汪公惠民泥泊德政碑"，于 2016 年于东屿旧村一个叫"花甲"的地方挖出。

"海澄邑侯汪公惠民泥泊德政碑"记述的是，清代，钟林社蔡姓与长江（今东屿）的李姓、柯姓，在经济海域归属方面存在冲突，海澄邑侯汪公针对其冲突作出判决，村民特立此碑公告判决结果。尤其本碑提到明代柯挺、李五福、柯熏（柯氏家庙享德堂楹联题字者）等人之名，两碑佐证明清两代历史，意义非凡。

世德堂外景

世德堂内景

海澄邑侯汪公惠民泥泊德政碑

　　愿书□澄地滨大海，所在多藉海泊为生，县治之东北有长屿孤处海中，环四面皆水，无半亩耕获之利，资泊尤亟。明初柯、李二姓应户部给由来此土，始率族居，□用供公赋，资民食。隆万间苦邻豪蔡姓之侵，讼于观察陶公，命二守沈公鞫之，置蔡于法严之□，□□□□者悉以□长民乡贤柯公挺勒石纪其事，自是豪右敛迹，民安其利者百余年。越时既久，故习复萌，以众□□，□□□柯久伯、刑部公五福官京师，未遑申理。迨乾隆间蔡姓横侵愈甚，于是族弟六宜及柯君熏控于官。邑侯汪公□□□地，□勘得实，遂按界申禁，还其旧□，唯强弱相凌之风竞矣。澄称邹鲁邑，柯、李皆宦族文物甲三都，特以人少而见侵其地，可知夫因俗立政，存乎法；随时□□，存乎人。自沈侯以来，年久令弛，遂有我公起而慕之，□暴安民，俾僻澨穷黎亦得藉自然之微利以赡其生。信乎善作者必有善成，善始者必有善继，我公之德，直与澄海长流矣。《诗》曰："不侮鳏寡，不畏疆御"，请为我公颂；又曰："乐只君子，德音不已"，请为我公祷。公讳家球，别号容轩，丁巳进士，浙江钱塘人。

赐进士第礼部仪制司主事加二级治年家□□□□□□□□□□□□□□

赐进士第知河南光山县□□□□□□□□□□□

□□□□候选参军：李五品、柯理、李六佐、李君长。

□□□□韬、柯用适

□□□□行、李六符、李六吉、李六衍、李圣征、李六卿、柯用钰。

□□□□李七明、李天培、李七箴、李在堂。

□□□□李六将、柯用梅、柯用基、李从龙、李世登、李世泽、李世辉。

□□□□万、柯秉贞、李应祥、李□□、李超然、李□达、柯□□等

仝立石并录县主谳语于左

勘□□□厅踊勘绘图，详覆，给示禁止。嗣蔡佳等仍前越界采捕，复移查询议详，乃蔡□□。现有水港一道，蔡姓越至港东，称"柯、李、蔡三族公立石礑为界"等语。夫海中潮汐□族公定，亦当勒明"某姓泊界"字样，或呈官立案，或合约为凭。今一无确据，而所开族□□□□同立硈界之事，其为蔡姓自行设立，藉词妄占，已自显然，然时值封篆，始宽免究。当分三□□属蔡，各照定界为业，取具二比遵依备案，毋得再行混争，干咎此案。

乾隆拾叁年□□日，李六礼、阳镌，柯李应分海泊，载在碑边，特白。

长屿五甲海泊柯姓得陆分，李姓得肆分，永远遵守，特记。

漳贰守沈公惠民泥泊德政碑

癸酉顺天府解元□□解元海澄立台柯挺。

赐进士出身奉直大夫吏部验封司员外郎同安胡洲池。

赐进士出身承直郎应天府通州通判平和西□□。

长江地跨海，海时潮汐，不可以耕，故其民居类多藉泥泊□□□。泥泊者，水汐泥沙而为泊□□□□□则□□□□□□□鲜，贫而孤鳏者朝夕取自给，故群然呼之为海田，非此则吾长民之为生亦蹙矣。□之界则自大塸迤？而南抵陈公屿□□□□□□□泥泊，界东则吾长民有也。长旧输课盖其时民事渔，鱼鬻于浙之温等州乡，鱼艘以百计，故课□，今则此渔者艘废矣，米无所□。□则以泊□□陈公屿□□洲者，取其所产抵办之。大都此□吾长民以之为生，亦国课之所关系，其不可以豪右擅也，较然矣。蔡姓汝洞者，钟林社人也，与吾长邻里，许其族豪其□交□往□□人以自利植，蹈于法不惮。始者，擅吾界长民巽软，莫彼何也。既则，入罪民□（林）先春奸擅吾中州泊，□□无所资给，而所输米不前矣。□方□□□□□之，则有慨于中曰：有能步而前言，为有司未几而（下缺）帝畿乡书，上春官，偶□归。吾长父老则与喝然喜曰：今两步且前矣，其必能为吾侪伸之有司矣。顾挺犹□必言横公，然鞭挞吾民□□□□□□抑不能平也，则相率讼之巡海陶公。陶公曰：□□□□□□

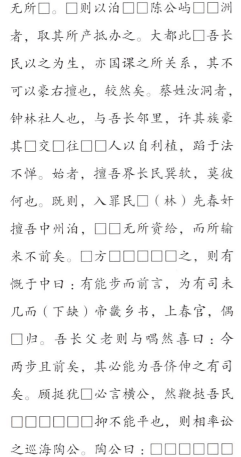

漳贰守沈公惠民泥泊德政碑

之命，海防沈公鞠其□□□□□□□诸舆论，得蔡佼诘状，果如长民讼，则以法坐□光者，揭为傍□□□□者获苏，其产之□□□□□供公不废，佥曰：公之德在吾长民，不可泯也。相与伐石记之。夫古循良之吏多者□□□□□□□□□□土人丞念之，而为之所乃。沿海之民，资舟楫，冒巨测，以□求生计，□□哉。甘□寒□□□□□□□□沙不足以尽其状，而竟不得愽一饱之欢，此其为生，尚何可言彼佼讼者□□□□□□者如，□之入以膏脂，吾民岁入以倍，倍而于泊则每每严擅者之惩□□□，□□□□□□□□□□□□生，亦与事稼穑者均可朝夕而无忧，此之德迹视彼详沟渠陂湖者，岂□□□□□□□□□□□□□□□以廉于法云。公讳植，别号二思，丙午乡进士，湖广临湘人也。

武进士李佐

庠生李□、李□、曾从吉、张富、曾唯道、李洪、杨凤呈、柯完甫、刘养性；

耆民：张□□、张惠、李景、柯惟澄、曾干晓、柯长、柯乔缶、李从学、柯时佐、林池、李玄□、柯朋

万历四年□月吉日

重修世德堂碑文

吾族世德堂庙者盖自吾祖踵如澄地，卜居长江之时，妥得我所立庙则以名堂以□□□□□□以裕后昆然则世德堂之祖庙由来久矣。迨至光绪癸未之春，忽遭火灾焚毁□□□然垝墟而为孙子者能毋目击心伤耶。念祖宗几经营度而一旦秉□□火复能堂□□□承重新庙貌平，而幸有妈吕之孝思切乎，尊祖敬宗念深于水源木本，兴思及此不□□□出而倡为义举首捐重贵时，则有□□□吉于乙酉年葭月□□□六日兴工，至丙戌年阳月念竣，庆成进主□□□共□□□千元有□□而捐项不敷□□□之孙子亦费其祖业以相帮助，余则裔孙妈吕补足□□庙□□祖宗之灵□□□蒸尝□祀祖豆常昭其聿新，孝子贤孙□□□以□□为孙子入庙思敬。祖德可以谨将所捐芳名勒石以垂不朽，

云是为。禁祖庙内不准堆积五谷紫草什物，违者重罚
□□□约倘有公事要入祖庙者当向四房头之人□□□
行不得擅自启门。谨将所捐名次开列于左。

　　妈吕捐银陆百员（略）

　　　　　光绪十二年丙戌葭月十五日谷旦　众家长仝

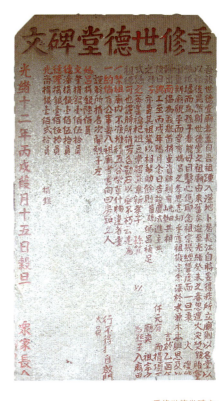

重修世德堂碑文

春禴秋尝圭海家声克振
左昭右穆长江世泽弥隆

周魏列封陇西文章千古高
隋唐称位江山社稷一盛世

系出陇西将相公侯光国史
宗开长屿忠良孝友笃家风

子姓交一堂序昭序幕
祖灵追百世若见若闻

德行善从名门昭百世
世代渊源传宗祝千秋

　　世德堂内楹联（除正大门楹联）创作者李壮志，东屿村人，1981年出生，
曾师从西北著名画家朱贵祖习画，2006年就读于中国美术学院国画花鸟专业。
现任东屿蜈蚣阁文化传习中心副主任。世德堂的这几副楹联撰写，显示了东
屿年轻一代深厚的文化传承，亦为佳话。

　　在潜心钻研之余，李壮志更热心于对当地文史的挖掘与留存。2018年，
他与家人将先人李五福府邸的一方被称为"金砖"的石碑，无偿捐赠给海沧
相关部门作为研究之用。

石碑内文主要为乾隆年间李氏后人纪录先人事迹及修建宗祠之事。李五福（生卒年月不详），康熙五十一年（1712 年）进士，雍正元年（1723 年）迁授刑部主事。其服官谨慎，每回遇到疑难的判决时，都要踌躇再三。同僚笑他太小心翼翼，他却坚持事关重大，不能擅自决断。他说："西曹人命重寄，某不唯无才，亦不忍以才逞也。"他清廉自守，除自己的薪俸外，分给公费一概拒受，不喜结交权贵，著有《家训广议》十卷等。

李五福府邸石碑

苍霞祖居我□赠□ 高祖盛基□公□□□ 也当

日陟巘降原爰始□□□□□□□□□

时经海氛荡为平原徙□□□□□□□□

曾伯祖诚恪公析居于郡东□□□□□中岁

时祫祭我□曾祖毅庵公与□诚□□□为号

先人旧址不禁嘘唏欲绝□□□□□□祠

宇将祀□高祖为私祠焉□□□□□□来

成进士时登巳卯乡榜以□□□□□□□

域此举当自坛拳□发□□□□□□□□

以次递降但主虽始□□□□□□□□□

高祖肇基今嗣入于□□□□□□□□□

不得与焉壬子春因□□□□□□□□始

见夫龙势蜿蜒堂局□□□□□□□□□

信吾□祖之相地得焉工□□□□□□□

来云谨将祠制逐一胪列于左□□□□□□

一本祠一座二进坐甲向庚□□□□□□

出煞巷又祠后墙围内带□□□□墙□□与地

清乾隆壬子辰月元□□声远 谨志

李五福府邸石碑

李五福后人李壮志
等将石碑捐赠给海
沧相关部门

享德堂（柯氏家庙）

享德堂匾额

尚义可芳
南京礼部左侍郎朱之藩，
为明万历赐进士及第太师相柯立台立

吴楚激扬藤鉴
赐进士及第南京礼部左侍郎朱之蕃，
为太师相老夫子柯（讳）挺立

柯挺与朱之蕃

柯挺，福建省海澄县三都长江（今属厦门海沧区东屿村）人，生于嘉靖十六年（1537年），万历八年庚辰（1580年）进士，是海洋文明先驱周起元的老师。海沧蔡尖尾山上的云塔书院为柯挺当年就学之处。现存的遗迹还留有石刻：柯挺万历癸西顺天解元，登庚辰进士授业于此，周起元万历庚子福建解元，登辛丑进士授业于此。

柯挺初入官途，便出任南康县令。励精图治，为当地减轻徭役负担，剔除奸佞贪污之人。民生安乐，治安良好。朱之蕃与柯挺皆活跃于明万历年间，朱之蕃出仕的时间较柯挺晚，应为柯挺督查南京学政期间所鉴拔的后生。从享德堂留下的朱之藩所题的两块匾来看，朱之蕃对柯挺颇为敬重。

朱之蕃，明代书画

享德堂内匾额

家，万历二十三年（1595 年）科举状元，官终礼部右侍郎，任上曾奉命出使朝鲜。朱之蕃工绘画，竹石兼东坡神韵，山水酷似米芾等大家。在他出使朝鲜期间，朝鲜人以人参、貂皮为礼品，请他作画写字。他将所获得的礼品尽行出售，另买书画、古器以归，收藏极为丰富。

朱之蕃后以老母去世服丧，不复出仕，朝廷屡召，皆辞。天启四年（1624 年）辞世，享年 67 岁。临死前言："人生聚则成形，散则成气，一来一去而已。"南京至今仍有以他为名的"朱状元巷"。

长江辈种三槐

长江祖祠庆典美阳苗裔敬赠，癸酉孟阳

长江为东屿村旧地名，此匾为漳州美阳柯氏后裔，为享德堂祭典时所题。

柯氏入闽始祖柯亮，字延禧，号彪炳，于唐僖宗光启二年（885 年），由河南省光州府固始县随王审知入闽，居泉州之妙观西水沟巷（后改为柯厝巷）。第十世孙柯齐移居东屿。

柯氏宗祠记碑刻

（柯挺撰）

赐进士出身 南乐 □□提督 湖广陕西□□监察御史云孙 挺撰

进丁香秋雨事其文何以安先灵□□□□

中则次子仲□□□□□

呈店不关心于年聚族□□祖地为□□□□□六百二十金

为丙更以二十金买祠前养礼之□□□

经伯村三十一子之五月□九日　吉日□黄金钱三百□

买□□□□□

共成之□子自置龙舆□□起家□者门□□大□□非

祖宗之灵何以有今日则定祠之□可巳□独□余□薄□

自以为示

祠口□□岁□则有志未□行有侍于子□之□思者建□也

万历三十三年岁次乙巳仲秋 挺创立

守中　守礼　省经　省□

守龙　养礼　省廉　省身　挺撰

木本水源承世泽

春露秋霜忆先灵

长屿聿修新俎豆

兴安仍衍旧簪袍

源溯莆阳显祚永湮绵百世

枝分东屿系归长江蔚林苗

巡抚七省德齐青天垂简史

列名三公才高北斗理朝纲

河南入闽迁晋江鲤城莆田

莆田进漳传美阳瀛洲长江

一品当朝殿阁谋略无双士

三元及第翰苑文章第一家

柯安甫，明万历二年（1574 年）武进士，为柯挺之兄，与柯挺并称"文武双解元"，官至北路守备。

石碑位于柯氏家庙享德堂北侧，分碑座和碑体两部分。碑倭角，长方体花岗岩质，顶及左右两侧外沿刻卷草纹，高 2.46 米，宽 1.12 米，厚 0.16 米，碑额小篆，碑文楷书，全文刊刻于碑之正反两面。

石碑立于清乾隆十四年（1749 年），系柯姓族长柯荣进等八人所立。碑文记载乾隆十三年（1748 年）各级官员为柯、谢东埭岸外海课田之争的起因、经过及决断结果，重新断决东埭岸外海课田为长屿所有，并追溯明万历年间以来，东屿村柯姓与石塘村谢姓等族姓之间占围海上滩涂等引起的纠纷和官府审理、判决的经过。此碑对研究古代诉讼史和经济史具有较高的价值。

督抚提臬道府列宪
批县审详谳碑

督抚提泉道府列宪批县审详谳案（篆书碑额）

　　海澄县三都长屿社柯氏始祖佑立公世掌社前、社后课泊，界自大埭迤逦，南抵陈宫屿，西乌斯港、过嵩屿、乌礁、白屿、斯坑洲、象屿等处。前朝被豪强侵占，至九世孙挺，万历发解，控巡海道陶批分府沈断还旧掌。迨乾隆十二年，复被石塘社巨族谢创、谢兴、谢享、谢奇万等恃强侵占斯坑洲、象屿两处。裔孙贡生薰等出控，蒙廉明本县主太老爷汪□批送粮厅张□审勘确情，出示饬禁。乾隆十三年五月二十三日，谢创等党众谢排、谢荣、谢喟、谢天、谢顺、谢颇裕、谢突等抄山掠海，经排头汛防验报水师提督军门张□饬查实，被通咨总督部院喀巡抚部潘行司转饬府、县究审，律拟通详，将谢创等各克分别枷责，追赔赃银，断定海泊归柯姓照旧掌管。今奉宪抄案勒碑。

　　漳州府海澄县正堂、加三级汪为具报事。乾隆十三年七月十七日蒙本府正堂、加一级、记录十六次金信牌。蒙按察使司宪牌。奉宫保、总督闽浙部院喀宪牌，案准水师提督军门张咨开，据本标前营游击吴禀报。据长屿社民柯荣进喊禀：被巨族谢姓占围世掌课泊，抗违县禁。本年五月廿三日，党众抄山掠海，击碎房屋等情，具报到提督军门。据此相应咨达，请烦察照，希赐徽严究，以儆刁风等因，到本部院。准此，为查：党众肆横，屡经示禁，谢享等胆敢纠伙执械，碎屋割苗甚属不法，行司查究，分别首、从，按拟详报，不得姑宽等因，奉此。又奉巡抚都察院潘宪牌，咨同前因，为查："大族纠众行凶，有干例禁，谢创等身为约保族正，乃敢主令率众击碎房屋，洗割谷种、地瓜、蚶苗，不法已极。行司飞饬严查，将在场有名各要犯查拘到案，先行重责四十板，逐一究课，按例分别议拟通详，毋得玩纵等因，奉此备票行入府，仰县立即按名严拘谢创、谢彩、谢月、谢享、谢奇万、谢顺、谢排、谢荣、谢林、谢茸、谢相、谢喟、谢科、谢预、谢苢、谢总、谢天、谢佑等，并究出余党到案，先行重责四十板，录供通详等因，蒙此乾隆十四年二月廿二日，蒙县主汪亲勘审看：柯姓所居长屿社三面环海，自西南转东，周围海泊，俱属长民课业，前明万历年间勒碑确据。原纳米八斗，至康熙年间又增纳米八斗四升。谢姓住居东坑社，其海泊系伊社前，与柯姓海泊中隔象鸣屿一山不相连接，缘谢姓于雍正壬年买柯姓东埭岸内之田，遂于埭外围埕采捕。贡生柯熏呈人请示禁，业据谢享等投具遵依退还。上年五月廿三日谢姓以海泊蚶□系其下种，前往洗蚶，柯姓出阻。辄称有港东、港西之分，并乘柯姓抄缴碑文内有"东至东埭岸为界"字样，指其改换碑摹抵制。今讯，据柯薰供称："实因碑刻年远，字迹模糊，以致错填，并非有心改换。"查验碑文界址，原开"西至乌斯港为界，东则吾长民有也"，则东埭岸尽属柯业甚明。况埭内之田，现系柯姓出卖，是谢姓只有东埭岸内之课田，并无东了（碑阴）埭岸外之课田，不得以柯姓错填碑摹，□指其为影射也。至谢创等党众毁苗碎屋之处，讯据谢姓各犯照不承认。查柯姓当日挑有地瓜藤缴验，县丞到地查勘，有碎屋□迹。□□□□□柯姓瓦屋，现有新瓦收整处所，则柯姓所控岂属无因？除将谢创、谢排、谢荣、谢喝、谢天、不行阻止之练保邱志诚已经分别责惩外，谢创仍□□□□，再加□□一个月；□□□□之谢兴重责四十板；同行之谢颇裕、谢突、谢享、谢万、谢顺各责三十板，足蔽阙辜。其海泊仍照原断归柯姓执掌，谢姓只管岸内之田，不得□□□占"等由，案祥□□"。

　　□□府宪金加看核□枭县谦称："应请俯如卑府所拟，将谢创乃革去保长，再行枷号两个月；谢排、谢荣、谢喝洗蚶起衅，再得出名具□之谢兴即将世兴，并同往洗蚶之谢颇裕、谢突原具遵依，又行抗断之谢享、谢万及仝往较争，临审不到之谢顺，应请一并各枷号一个月，满日各重责三十板，仍于□记名下酌追银四两，□□柯魁等收领，以偿残毁麦薯并碎屋瓦之资，其东埭岸外海泊，仍照原断归柯姓执掌，谢姓不得再行争占滋事"等由，转详"。

　　蒙宪县陶□□详□□抚宪谦□□□□府所请，□谢创再行枷号两个月，仍革去保长；义谢排、谢荣、谢喝洗蚶起衅，并出名具控之谢兴即谢世兴，仝往洗蚶人谢颇裕、谢突，原具遵依复行抗断之谢享、谢创等，仝往较争□谢顺，均应如府拟，各枷号一个月，满日各重责三十板，仍于各记名下酌追银四两，给柯魁等收领，以偿残毁麦薯、掷碎屋瓦之资；其东埭岸外海泊查谢姓所买得，属埭内之田，契内开载勘明，自难侵占。埭外之海泊亦应如府、县所议，断归柯姓掌管，谢姓不得混争滋事"等由，转详"。

本年七月初九日，奉□巡抚福建都察院潘批："谢创等如详分别枷责。姑念事在□赦前，约予援免，仍于名下酌追银四两给柯魁等收领，以偿残毁麦薯、掷碎屋瓦之资；其东埭岸外海泊查谢姓所买得，属埭内之田，契内开载勘明，自难侵占。埭外之海泊亦应如府、县所议，断归柯姓掌管，谢姓不得混争滋事，余照行，并候督部院批示徼□。

乾隆十四年八月十三日，贡生柯熏为恳恩勒石，以去全宪仁事，具呈府、宪全□而海澄县查议，详□蒙县主汪看详，该卑职查看："贡生柯熏世居长屿社，三面环海，田业鲜少，赖祖遗海泊一所以资生计，岁课米一石六斗四升，并开发□□而为豪姓侵占，控断勒碑。卑职到地亲勘，碑文内有"入罪民李先春奸擅薰等世掌中州泊，俾鳏孤无资给，而所输米不前矢。人民困弊，追呼逼迫"之句，及万历柯挺与族长相率控□，巡道宪陶批：海防分府沈断还，勒碑颂德，至今现存。缘石塘社谢姓籍雍正五年买柯姓东埭岸内之田，遂于岸外围埕采捕。乾隆十二年，柯熏等呈请署海防分府严批，查移县丞张勘讯，议详示禁。上年五月内，谢姓复往洗蚶，以致互相较争。奉宪饬究，将谢姓抗断起衅之人分别枷责追偿。东埭岸外海泊断归柯姓掌管，谢姓不得混争在案。该口特处，后来年远案烟，复滋讼累，欲立碑记载，以垂永久。事属可行。详情宪台赐示，饬付勒石，庶惶惶禁令历久常新，应与前代所立之丰碑并昭奕族矣"等由，详覆。蒙府宪金批，据详已悉，照案勒石。

乾隆十四年十一月十五日，族长柯荣进、秉贞、树盛、应嘉、应社、绵基、祖基、薰等谨抄勒。

大岩山云塔寺石刻

大岩山云塔寺，有一块如同天然巨碑状的大石块，上端横书"云门"二个行草大字，右边署名"里人林翰文题"，左边小字"住山正昂勒石"。下方是遒劲的魏碑字体刻成的正文："长江柯挺，充漳州府学生，以大明隆庆二年推东宫恩应贡读书于此。越万历元年，中顺天乡试第一，天第□四年赴会试复未第，遂留读书于此。"石刻说的是当年东屿村的柯挺在此读书，中解元后，会试未及第，又回来复读的故事。

高约三米的三角形巨石，上部从左至右刻着四个大字"师弟解元"，下部正文用楷书分四列刻着"柯挺万历癸酉顺天解元""登庚辰进士授业于此""周起元万历庚子福建解元 登辛丑进士授业于此"。

从石刻中可知，东屿村的柯挺和后井村的周起元少年时在云塔书院学习成长，功成名就后都曾经回到这里授课、教书育人。正是因为他们培育了海沧地区良好的学习风气，才有后世的人才辈出。题写"云门"的林翰文、温厝的温如璋、芦坑村的谢宗泽、石塘村的谢琏，据说年少时都曾在此书院刻苦读书。作为忠臣、清官及有远见的海洋文化先驱，他们都是海沧人文历史上闪耀的明星。

温厝村

云门石刻

兄弟解元碑刻

树德堂碑刻

　　温厝村树德堂东面墙上有一块木质文字碑，被石灰砌在墙壁里。碑长 28 厘米，宽 25 厘米，碑文是用金属文字镶嵌在木质底板上，由于木质底板已经霉变，部分字迹已经不可辨认。

　　碑文分为两部分，一是记录大清咸丰九年（1859 年）翻盖此庙改换瓦木之事；二是制定了祠堂使用规定五条，李氏祖先的良苦用心可见一斑。

署漳州府海澄县正堂示禁碑

　　钦加同知衔、署漳州府海澄县正堂、加五级、记录五次朱为严禁事。本年十一月初十日，蒙本道宪文札开：同治十年十一月初二日，准大荷兰国驻厦巴领事照会，内开：据敝国民人李康泽禀称，伊祖籍澄邑龙店社，族小丁稀，居多外出生活、乡中唯有妇女幼稚。凡诸婚姻、起葬、登科、祝寿等项俗事，每遭该处丐首借充夫头包管地界，名曰"埔头"，横勒向伊该管雇用夫轿，占界霸抬，择肥肆噬，不得越界别雇，任听诈索多资。即如婚娶花轿、吹手一切等费常时三五元之数，而丐首多则索银五六十员，少则三四十员。间有乡民贫苦莫应，恳诸女家步行护嫁，辄被该管埔头之丐首率同丐伙拦途阻挠，肆扰难堪，或侦女定聘，抢先勒借男家婚娶轿价，临期易脱、丐首居奇重索：或家养苗媳长成冠笄，亦当拆给轿费、丐礼，百般荼毒，恃其勾结棍蠹，相济为恶，诈称充当官夫，赔偿差费，欺骗乡愚，定遭扰索弊害，置各乡民不啻釜鱼笼鸟，情惨曷极。兹泽弟李康杰系由贵国回乡定聘、娶妇，佳期在即，被该丐首食髓知味，居奇多索轿价，定要数十元以遂欲壑，忿忤抄扰，抗不预备夫轿应用，莫奈他何，势必贻误匪轻，竟到在外乡族子侄，闻风裹足，视为畏途，不敢回家婚娶，乡族几废。于是乡老成谓积弊蔓延，相率佥赴地方官，呈请禁革在案。念泽与弟李康杰同系贵国生长，而今回籍娶妇，此系风俗人伦之大关节，岂容丐首假藉夫头，包雇夫轿，索取厚礼，又不能听便别雇，殊属同法至极。恳请照饬禁革等情。当查澄邑丐首如此横行，扰索彩礼，甚至借充夫头，霸管乡村地界民间婚娶，迫勒向伊包雇夫轿，多诈银钱，最为地方之害。伏查李康泽世居龙店社，系属孱弱小乡、屡受凌勒荼毒。此次伊弟李康杰回乡娶妇，乃人伦之正道，该丐首胆敢欺视外国初回、人地生疏，定欲乡索轿费，从其包雇。此等习风，殊深愤恨。以致通乡子侄有在敝国营生，闻风裹足，不敢回来婚娶，情实可悯。亟应照例禁革，未便任听扰害。合亟相应照请。为此照会，请烦查照，希即檄饬海澄县出示禁革：凡遇龙店社乡民婚娶情事，准予自行择便别雇夫轿，毋须丐首藉充夫头，霸占地界，恃强包雇，勒索扰害，俾便乡民，勒石永禁，以垂久远。仍将饬办缘由赐复，是所切祷望，切望速等因，准此。除照复巴领事知照外，合亟札饬。札到该县，立即遵照出示严禁。嗣后遇有乡民婚娶情事，毋许该丐首藉充夫头，霸占地界，恃强包雇勒索，以免扰害。仍将遵办缘由具文报查，毋稍延纵，火速。此札。等因，蒙此，除将呈控各案另行究办外，合行示禁。为此示仰合邑各丐首等知悉：

如遇民间婚娶一切事件，应否雇轿及雇用何处轿夫，悉听自便。毋许把持地界，勒索轿价、花红各目。如敢故纵群丐临门，吵索酒食，许被扰之家即行呈控，从重严办。凛之毋违，特示。

同治十年十一月□日给告示

树德堂碑刻

李氏家庙（山边社）

　　山边村史隶属泉州府同安县十七都积善里山边保，民国时改为东坂保。山边社李氏家庙，为祭祀山边李氏始祖仲礼而建。家庙坐北朝南，三开间二进制，原祖祠年代久远，历经多次修缮，李氏村民在原址依原规制修缮祖祠。

　　在山边社李氏家庙中，有一张特别的"圣旨"，和两个牌匾，虽均为后人仿制，但记载了宋朝李君怀，明代李良钦、李若琪等先贤故事，有较高的文史研究价值。

仙宗唐帝宋王侯
店裔明宦清公卿

缅祖德源发陇西
怀宗功派衍闽粤

仙派衍天弘绵帝胄
店品隆盛日耀儒宗

昌前裕后瓜瓞永绵
地灵人杰枝叶并茂

出函关居兜率老君是聃
发太原定长安高祖讳渊

祖功宗德流源远
派衍支分奕叶长

李氏家庙（山边社）

李氏家庙圣旨

圣旨

奉天承运，皇帝诏曰：

授濠州节度使职，行政为民，协同军民，力平海侮，整饬治安，竭力筹募，军需粮秣，以授前线，丕绩显著，功居满朝之冠，堪表。经韩、赵二卿之荐举，擢升五洲节度使。

李君怀，字贞孚，号忆园，籍福建同安南山之山边人，在执掌五洲之重任，就业尽其职守，长期奔波辛劳，积劳致疾，经请朕核，准其归原籍诊治，病中，心悬国家存亡，不惧己之生死，带病驰书三千言文疏二礼，剖析朝中之癥结，派系之争内幕，使朕过目了然。

贞孚奇才，栋梁之器，朕失贞孚，如失半壁，今尔既亡，为慰尔在天之灵，特敕令史弥远为宣抚使，专程赴闽，诰封南靖王，拜着钦天监左安良，按君王义，钦赐御葬；抚慰家属，其元、继、续三姚，均诰封为一品夫人，其象宜杨，着温恭之楷范，龙章载贵，宏敷雍容，禄服萦思，永诏令善。

钦此。

大宋孝恭皇帝，署于宋孝恭嘉定戊辰二月十二日

御署列诰字捌号

龙海角美后坑裔孙 李松柏 奉敬

昭勇将军

若琪公 清 钦命福建水师提督（牌匾）

李氏家庙牌匾

　　李若琪，大约生于明末清初，清康熙年间任福建水师提督参将、昭勇将军。李若琪年幼时受过良好的文化教育，三叔李奇芳任国子监，满腹经纶，能写一手好文章，是出名的学者。

　　李若琪得三叔真心教诲，也不负三叔期望，认真学习，成绩优良，后改习武。由于文化基础良好，加上超强的身体素质，所以其武艺一教就会，一点就通。他刻苦勤练，掌握武功精随，特别水上轻功与水上格斗，远近驰名，从军后很快被任命为福建水师提督参将、昭勇将军，立下了赫赫战功。

义勇将军

良钦公 清 钦命平东瀛抗倭英雄

李良钦，明代同安县积善里山边人（今东孚街道山边社区）。名三，讳天赐。相貌魁梧，文韬武略，习得齐眉棍法，后改良为丈二棍法，成为丈二棍法一代宗师。

明嘉靖年间，闽、浙沿海倭寇猖獗，李良钦组织武会（忠义堂）并钦率地方百姓及族中弟子，设教四方传习棍法，官拜义勇将军，并在东孚诗山社寨后村建造抗倭山寨——龙安寨（今鑫龙谷）。

由于李良钦 ❶ 在抗倭斗争中功劳巨大，"（俞）大猷上其功于朝，辞不就，归卧林下，寿九十余，卒"。天启二年（1622年），朝廷加封"名世干城"。

南山大宗祠

五山里氏大宗祠始建于宋淳熙甲辰年（1184年），系由李君怀向其兄弟君安、君博、君通、君迭建议，在居住地山边社建造祖祠，得到其兄弟得赞成，因祖祠位于南山社而称之"南山大宗"。

五山李氏大宗建成后，至明朝万历年间，改建成二进式规制宗祠，此后虽历经修缮，终因年代久远而逐渐湮没，最后在原址仅留存一对石狮。1993年，由李权粒、李昭荣，李厚发等发起，闽南五山李氏裔孙，每人捐赠一元复建祖祠，

---

❶ 李良钦事迹详见本书上册。

并得到闽南、金门、台湾和东南亚，五山李氏裔孙的共同资助。

2010年，因厦深铁路建设需要，宗祠在原址西迁两百米重建，面积扩充至两千多平方米。

李君怀

李君怀生于南宋绍兴十一年（1141年），曾任翰林院承旨、濠州节度使、五洲节度使。李君怀勤政爱民，善于财经、军事屡建奇功，宋宁宗赞曰："贞孚奇才，心迹赤诚，栋梁之器。"卒于宋开禧三年（1207年），宋正宗痛惜叹曰："联失贞孚，如失半壁。"诰封南靖王。

南山大宗碑

南山李氏系自我祖孝梓公携家君抵，卜需瞻此地山灵毓秀、地脉钟灵，既适李居之吉地。居此番衍日昌、枝壮根旺、枝繁叶茂，记得祖泽思恩报本枝。心常怀不忘祖德据此数百里之遥，欲行前往祭祀殊艰，承怀之倡昆仲同响，遂于启动延请地监以择祠址。于宗孝宗照统道冠德昭功哲文神武明圣成孝皇帝号淳熙甲辰阳月乙酉日破土，遂即兴土木于翌年乙巳菊月辛酉。竣工耗资肆

南山大宗新加坡李氏宗亲捐建

南山大宗碑

佰捌拾两，于阳月中旬中隆举袝奠安盛典。祠既成，今后春祀秋尝，祈我族派下勇怀弗忘，既祀绵延不断年年如是，是裔孙隆昌之由以志。

三世孙迭叩首熏沫以志 宋淳熙丙午立

大唐世家

闽南五山李氏大宗祠重建落成庆典 李炷烽敬献

李氏大宗

金门县县长李炷烽 敬题

陇西流芳

闽南五山李氏大宗祠重建落成志庆　中华大唐闽越江王李元祥文化研究会理事长李荣芳 暨全体理监事敬献

进士

李文简，字志可，号质所，明代山边人。嘉靖三十七年（1557 年）举人，隆庆二年（1568 年）进士，授知府，后升肇庆府同知，再升南京户部山西司郎中，卒于任上。

进士

李其蔚，明末清初山边村人，字寄庵，又字启文，号熏沐。崇祯十五年（1642 年）举人，顺治九年（1652 年）进士，任汾州府推官。工诗文，著有《秋怀磊园纪》《既至见录》《重修仙店李氏族谱》等书。

复疆

纪念抗日英雄 爱国将领李友邦

李友邦，原名李肇基，民国期间我国著名抗日台湾籍将军。1906年出生于我国台湾台北芦洲望族，祖籍为福建同安山边村，宗源为大五山李君怀后裔，李兑山后代第十七世之后。

　　少年时代，李友邦加入蒋渭水"台湾文化协会"抗日先驱同盟。1924年，袭击日本警察派出所，遭通缉，逃往祖国大陆，到广州加入黄埔军校二期就读。1937年"七七事变"后，打出"欲救台湾，必先救祖国"的口号，投身抗日运动。1939年，在浙闽省政府支持下，组织"台湾义勇军""台湾少年团"。1952年，在台湾白色恐怖中遇害身亡，享年46岁。

　　李友邦将军带领热血青少年浴血奋战，捍卫神圣国疆，其誓言"复疆"制作成金匾立于五山李氏大宗，供人们瞻仰纪念。

由周而来神仙祖
自唐以后帝王孙

李氏家庙牌匾

端五子肇基分支五山族世泽渊长
本山边东坂派衍闽粤台源流深远

五世分岐由周仙祖派
山灵毓秀自唐帝王家

同气连枝枝发两岸
喜续族缘缘系五山

南朝文圃芝兰馨海国
山依天竺桃李遍神州

福地育才官宦闽冠首

胜景蓓蕾叔侄将军衔

闽南大宗仙祖宗支蕃海甸衍庆蠡斯

陇西望族帝裔族系焕然华夏繁荣播

李氏家庙（东坂社）

东坂李氏家庙位于东坂社正中央，"壬丙"向，建筑面积 345 平方米。原东坂李氏家庙于历史变革中不复存在，如今东坂李氏家庙是原东坂社七房祠堂旧址重建，但该祠堂毁于 1986 年的一次火灾。2009 年，祠堂裔孙集资在原址重建，并将祠堂晋级称家庙。

东坂李氏家庙

据村中老人介绍，原东坂七房祠堂门前建有一个旗杆座，系"李若琪任福建水师提督参将"特有建筑；门前还建有"倒照墙"，是敬奉七房祖李锡玉的祖祠。

李锡玉，字昆山，生于明代，其父李惠斋（风水建于狮头山，俗称"师头公"）生三男，长男锡玉、次男正范、三男奇芳，三房共二十四孙，长房锡玉生七子，立宗祠称"七房祠堂"，其中两个房头迁移我国台湾。

李惠斋的家是典型的耕读书香之家，教育子孙极其严格，要求子孙认真耕作之余，尚须文、武选一，或习文、或习武。所以众儿孙多人出仕，既有文官也有武将，李奇芳、李若琪、李懋良更是其中的佼佼者。

家有贤良英才辈出
祠居吉地金榜常利

花发四时应天时蕊萼繁荣
莲生七瓣得地利昭穆昌盛

东迎朝晖日日昌枝荣叶茂
坂映彤霞山山出源远流长

崎头社（崎头祠堂）

岩盘岐山福祉蟾宫桂
泉涌源远流长自西东

子姓萃一堂序昭序穆
祖灵追百世若见若闻

春露秋霜枝衍百世
繁藻洁俎豆祝千秋

曦山山青照祖德
仰头西岐显狮形

长江分万脉总是同源
乔木发千枝岂非一本

祖功宗德流芳远
子孝孙贤世泽长

祖泽百年唯礼乐
新风十世有箕裘

诒谷堂

　　诒谷堂为新江邱氏裔孙共有的祖祠，俗称"大祖"，位于新江覆鼎金东侧。光绪十四年（1888年），邱正忠回乡主持重修祖祠。后因墙屋损坏，先后于1941年和1957年两次翻修，所需款额均由槟城龙山堂邱公司汇款支付。

　　1995年，新江华侨诒谷堂董事会把祖祠残损部分摄照并函告槟城龙山堂邱公司，在获得翻修计划及其耗费大力赞助后，于1998年年初重建兴修，当年夏季告成。

诒谷堂内景

诒谷堂坐西向东，占地面积 1600 平方米，分前殿、天井、后殿。外埕南侧有空地一块，曾于 1965 年兴建侨办中学教室两间。主厅内有祖宗神主牌位，既可祭祀，又可接待客人和议事。前殿为假叠顶双燕尾脊悬山顶，大门两侧墙体全用花岗岩条石与石板砌筑。

仁言活万命瓜瓞绵绵宜念所生无忝
义胆捐全躯冠裳济济当知不朽有三

支分鹭岛俎豆馨香咸颂处安先祖德
脉本龙山文章品望共追宣靖旧家声

诒谷堂碑记

诒谷堂外景

诒谷堂匾额

诒孙曰谋大孝传经衍心源于洙泗
谷子以义尊贤报政踵世望乎营邱

五百年创业垂统有祖有宗肇业圭海
廿余世传子及孙肯堂肯构聚族新江

田苗茂一丘当时别姓今无易
家学昭三省厥后寻源此事宗

枕文山还忆龙山远脉
对溪水转思沂水源流

道接心传思祖德唯忠与恕
仁文已任愿子孙由士希贤

诒厥子孙身修家齐忠恕而已矣孝弟而已矣
谷我士女礼明乐备玉帛云乎哉钟鼓云乎哉

诒谋本于先人祥开鲁国
谷禄垂天奕祀派衍新江

统前后而观源流分九派
得山川之秀屏阵列三魁

解厄扶危念当年祖德奠庇一方是所谓仁心义闻
过都启宇即此日孙支簪缨百世何尽夸魁岭文山

营邑启鸿图春露秋霜无忘祖德
孝继承燕翼水源木本永念宗功

彭冲

彭冲与"振兴新垵"

彭冲，原名许铁如，1915 年 3 月出生于福建漳州香坂。从少年时代起，彭冲就对中国半殖民地半封建社会的状况深为不满。在龙溪高等师范学校读书期间，他开始学习和接受马克思主义。

彭冲题字

1936 年，他受党组织委派，到了海沧新垵村的新江小学任教导主任。从那时起，他一边教书育人，一边着力开辟地下活动据点，传播革命思想，用文艺形式开展反帝反封建宣传活动。在如今的海沧中心小学校园内的奎星楼，彭冲和郑燧等共产党员，成立"虹桥剧社"（后更名为"芎潮剧社""海啸剧社"），用戏剧表演作为斗争的武器，高举爱国主义旗帜。在全面抗

战爆发后，他们更积极宣传党的抗日救亡方针，在闽南大地上掀起了阵阵革命狂潮。

1992 年，时任全国人大常委会副委员长的彭冲又来到海沧新垵故地重游，特意去看了他担任过教导主任的新江小学旧址，并留下了"振兴新垵"的墨宝。

新垵五祖拳

五祖拳是武术南少林拳的一种。清末泉州人蔡玉鸣以太祖拳为基本功底，创立五祖拳，又称"五祖鹤阳拳"，很快成为闽南最杰出的拳种之一，兼具南拳北踢之艺，被赞为"拳打八法矫似神龙戏水，脚踢四门捷如猛虎翻山"。

清末民初，土匪出没，乡民多拜师习武，强身保家。蔡玉鸣的弟子沈扬德到新垵收徒。新垵邱氏宗族中，先后设立了六个武馆。后来，沈扬德合并六馆创立新江国术馆，立堂号为"鹤阳堂"，从此五祖拳在厦门及新垵开始流传下来。20世纪30年代，新垵武术队连续两届包揽全省武术比赛的集体冠军和个人前三名，名声大噪，成为闻名的武术之乡。抗日战争期间，日军占领了厦门，沈扬德被迫出洋，其弟子也星散在闽南一带设馆传徒。

　　1947年，沈扬德的弟子邱思炭重新开办新江国术馆，新垵尚武的风气一直沿袭下来。1964年10月1日，新垵村成立玉明武术新垵村研究社。时至今日，新垵不但把武术精髓继承下来，而且进一步发扬光大。

　　进入21世纪，新垵村的人们热爱武术运动的热情丝毫未减。他们参加各种民间组织的武术训练，村里的孩子早的两岁多就开始练武，十来岁的少年个个舞枪弄棒。作为五祖拳的发源地，2007年6月重振新江武术馆，建立少林五祖拳门户网站，配合海沧中学研究开发了一套完整的武术教材——《五祖拳》。2007年8月，新垵五祖拳被福建省政府列为第二批省级非物质文化遗产名录。

　　五祖拳拳术套路内容十分丰富，各套路拳法既能徒手单练又能徒手对练，既有攻防技击意义的操练方式，又有按拳种的风格使弄各种古兵器，如川耙、钗、月牙枪铲、方天画戟、齐眉棍、丈二棍、朴刀、宫刀、开山大斧、柳叶刀、剑、双锏、双铁鞭、三节棍、柳公拐等长短兵器，还有民间常有的器具，如锄头、雨伞、板凳、扁担等。

南侨诗宗邱菽园

　　邱菽园，清末民初新江惠佐二十世岑房人，为学者、诗人、楹联家，有"星洲大才子"之称。其父早年在新加坡经商致富，1895年，邱菽园赴京会试不第，返回新加坡，继承其父遗产成巨富。

　　身处清末民初大变动时代，邱菽园起初满腔热血追求维新救国，曾捐巨资支持维新党人唐才常举义。当看到"保皇派"的堕落时，毅然与康有为等断绝关系。历经时事变迁后，无意仕途和经商，以诗会友，创设"丽泽""会吟"文社，成为东南亚华侨文坛领袖，并与林文庆、陈合成合办新加坡第一所华侨女学。1906年后，潜心著作写诗，被尊为"南侨诗宗"。

　　1907年，邱菽园由于投资土地业亏损甚巨，致一贫如洗，以卖文为生。1918年，被选为英属华侨教育总会议员。1923年，受聘为福建劝业会议员。1926年，任新加坡中华总商会秘书，晚年皈依佛教。1941年，日本侵略者占领新加坡时，郁愤交加，逝世于加东因容街。著有《新小说百品》《客云庐小说话》《菽园诗集》《菽园赘谈》《啸虹生诗集》等。

庆寿堂

庆衍宗功百代源流远大
寿长世泽千秋俎豆重光

庆唯积善幸世承祖德宗功其祥长发
寿在为仁愿人尽父慈子孝厥后克昌

垂德堂

垂露贲鸾封马革擎飞高屿上
德星临燕集锦衣驷马大门前

垂名荣后世诒谷分支孝子慈孙怀祖父
德泽耀前辈墩敬承载仁心义勇继先人

垂统堂

光前裕后本支百世不易

尊祖敬宗蒸当万股维新

垂福无穷仰光绪富贵绵远

统才有继裕后昆利泽流长

坐镇堂中招福德

安居屿上显神灵

敦敬堂

敦孝弟以笃亲远溯孙支分五派

敬祖宗而绳武长垂庙貌奠千秋

敦孝友以绍先型勉勉循循百世箕裘不坠

敬祖宗而修祭典跄跄济济一堂俎豆常新

敦本存诚念先世艰难创业

敬宗睦族启后人孝义传芳

敦位尊仁木本水源之思世居新江墩后

敬宗守孝知邱亦知友曾裔孙支衍五角

敦道德以贻谋木本水源五世开基绵奕叶

敬祖宗而至孝秋尝春礿一堂继统荐馨香

念德堂

佳气平分魁岭上
祥光长发大门前

念忉先人十三世创业艰难奚啻荆披棘刈
德垂后裔千百年贻谋远大庶几椒衍瓜绵

念尔祖敬尔宗门前启宇早水门闾赫奕
德可久业可大魁岭朝堂允征魁甲辉光

丕振堂

俎豆衣冠陈
馨香礼乐荐

万叶荐于庆
本支千龄光

仁义礼智信
德行忠孝节

土能生万物
千祥地可发

余地有亨泰
吉祥庆盛多

裕德堂

裕后诗书光前竹帛
德门容驷仁里翔麟

裕孙谋四桃祥和人文万代
德祖阴三阳开泰礼义千秋

裕书山有路自强不习
德源水无量廉洁长存

思文堂

脉本文山遥接龙山诒谷
派分滨海仍宗圭海新安

仰文堂

仰止拜龙头特派新江发起
文明昭海角本支诒谷分来

金山堂

沂水溯渊源家风宛在
新江县俎豆世泽长存

由曾门以启邱家蠡斯衍庆
绍鼎甲而游翰苑麟趾呈祥

仰文堂内刻字
与刻画

金山堂石刻

金山堂

裕文堂

天柱仙旗屏帐团圆罗庙后
塔峰圭海山川灵秀揖堂前

海滋甲第诗礼传家腾凤彩
二维仰文簪缨奕世展鹏图

裕后光前百世馨香垂久远
文谟武烈一家作述庆灵长

裕后毓贤欣此日龙飞碧海
文林聚秀看来年雁点青天

裕文堂碑刻

本式谷为创垂宗支分自诒谷

由仰文而衍派俎豆耀乎裕文

许氏祠堂（敦睦堂）

太岳家声春秋推为望族

高阳垂德唐宋代有名人

春祀秋尝万年古圣贤礼基

左昭右穆序一家世代源流

许氏祠堂外景

许氏祠堂内景

堂势高严昭奕代祖功宗德

孙支番衍承万年春祀秋尝

林氏家庙（敬愉堂）

天马文屏开庸光世德

仙旗高岭秀聿振书香

林氏家庙匾额

敬恭恪谨荐馨香勿念祖德
愉色婉容承俎豆如对先型

林壬成荫棠花棣萼馨香远
东桃焕彩春露秋霜祖泽长

溯光州衍闽台克继忠烈绵世泽
承首祉传两园足追太谕振家声

敬尔威仪百世馨香光祖德
愉其容色一堂拜献蔚人文

林氏家庙外景

林氏家庙内景

钟氏家庙（崇德堂）

钟氏家庙（崇德堂）

崇仰圣贤得广益
德才兼备育人龙

崇尊良师益友智
德育陪就子孙贤

崇品胤毓人文萃
德仁传芳福禄臻

何氏小宗

派自白石分东海源流通沧江
基由大程肇雕山燕翼奋何山

何氏小宗匾额

何氏小宗楹联

周氏家庙

天马美人相应照
瑶山芸水水环流

木有木水有源镇闽地近安仁里
左为昭右为穆作庙居移积善家

庙宇傍青山拥抱华堂
门堂依碧水环回宝址

衍派归汝南脉延泉厦八闽地
繁荣遍华夏恩沐瑶山万事堂

生于河南迁于福建开闽奠基业
武授总帅文授中枢辅国定江山

龟蛇献瑞瑶山涵海气
龙凤呈祥福地沐天光

青山毓秀霞光昭俊彦
绿水钟灵福泽沐英贤

宗功显赫千秋传世第
祖德光昭万代振家声

周氏家庙

周氏家庙内雕画

龙腾海沧朝旭日
虎踞青岗护玉堂

庙座山川接地气
门迎日月纳天光

衍派繁荣松竹茂
开基兴旺桂兰馨

周氏家庙内刻画

康氏宗祠

霞水长河流百世　　　　　　　霞溪水长流永源沺泽门族兴盛
文山大地衍千秋　　　　　　　文章城锦秀还期立志科举联登

霞水环流必源远流长香传万代　　映旗山枕文山山霞远照耀宗峰
文山拱卫允地灵人主派衍千秋　　兮龙溪衍霞溪溪水长流绵世泽

康氏宗祠匾额

康氏宗祠

邱氏宗祠匾额

颜氏宗祠

颜氏宗祠匾额和雕画

邱氏宗祠

敬祖仰宗承光世艰难创业
崇颂宜德启后人存义传苦

孝悌本木水源忆光祖龙山远脉
忠义之邱亦知曾裔孙支衍后头

面对碧水转思新江垂统流
背挽文山还念龙山先祖德

颜氏宗祠

教儿孙奋志立业
进光圣行善修身

千秋原脉鲁国传芳
一线书香青礁衍脉

春露秋霜展孝思
水源木本承先泽

杨氏家庙

瑶山赐卫岚齐固
文圃飞来□脉□

植荔亭前永垂余荫
栖贤楼上威仰光型

虹影桥头姓名俱古
龙池寺里俎豆长□

在海沧青礁慈济东宫正殿，有一个南宋嘉定进士杨志撰文的"慈济宫碑"，是保生大帝生平的最早记录。而在古楼上瑶，有个濒临坍塌的杨氏家庙。据传，一场几百年前的大瘟疫，使世代居于上瑶的300多户杨氏家族早已散去。

2019年11月，海沧台胞社区主任助理陈慧中，在村中耆老协助下，在杂草丛生的家庙里，在一个养蜂箱的后边，发现了一块撰于清道光年间的"上瑶杨氏重兴祠堂记"的碑刻，上面翔实地记载了"三世志公"的名字及事迹。这确定了保生大帝大化保留"第一人"杨志就是古楼上瑶这个杨氏家族的祖先。

与此同时被发现的，还有一块撰于清咸丰年间的"重兴瑶山祠堂记"，也是同样珍贵的历史记录。

上瑶杨氏重兴祠堂记（道光六年，1826年）

海澄杨氏自濩封从事郎祚公居上瑶为肇基祖，二世柟公登宋淳熙进士第，三世志公登嘉定进士第，宰长溪县倅广州分府皆有善政。其在桑梓也，于文圃山首建栖贤楼祀三贤人，后人重其功并以祀公焉。兴龙池寺为檀樾主，造杨公桥、设养济院恩泽及人不可殚述。要皆好义乐善以诒厥□谋也,越今数百年矣,聚族而居,人知好学进雍,入泮相继起衣冠文物,远绍前□殆郁积久,将大发其光于诸生尔厚望焉。至十二世厚斋公修祖坟叙敦宗族,念祖祠年湮就圯至切更新,而其义未举遂山颓致。慨文远、文谟敬承父志倡议重兴,纠集温厚、尚德并族人等,乐输金钱力出工共成其事。道光丙戌(山宗戊)正月兴工,去旧址而新焉经年告竣,计费番银五千八百,长房派下文达公有存产业生息所积鸠出五元,建祠之费即奉其父子世代入祠,配享族人有愿,奉祖父附祠配享者计主输银二百元,曾祖以上计主输银一百元,并涓题以成其数是役也。文远、文谟自始基至藏事,独董其任不辞劳、不惜费,族人不忘其功,议奉厚斋公。神主入中匰❶配享以劝后人。落成之后,无大功德者,不得入主。谨诹十月廿二日奉先祖神主入祠堂上,作三匰中祀先代祖考,右祀有功者之祖考,左祀先世有官职者,后人自选贡登科甲能显荣祖宗者,均得附祠配享,亦鼓舞贤才之至意也。祠卯有兼甲庚坐房二度、向昴七度,申子辰年月郊山不利,不可修造。附记,以示来兹云尔。

上瑶杨氏重兴祠堂记

---

❶ 匰:古体字,古代宗庙里安放神主的器具。

例授文林郎宗侄丹桂题

厚斋题银三千七百元

尚德题银九百元

朝选题银二百元

温厚题银二百元

毅斋题银二百元

肇九献房地二间估银一百二十元

议入主一副

志芳朴直各献房地壹间各题银六十元

议各入主一副

道光六年阳月谷旦
董事家长公立

重兴瑶山祠堂记（咸丰十年，1860年）

礼曰：君子将营宫室宗庙为先，诚以木本水源，为人子孙借此以妥，先灵者所宜致意也。我瑶山祖祠颜曰懋敬堂，自有宋始祖祚公肇基于此，二世柟公、三世志公相继登进士，嗣后书香沿历，数朝未之成替。揆厥由来，实斯堂得地脉钟灵之气，故人才辈出，寖域寖昌之若此耳。国朝道光初年，栋宇倾颓，不蔽风雨。族人厚斋公□击心伤，爰出重赀，为族人倡，□一二，有力者亦向义乐捐。即于道光六年重为兴筑，勋垩一新。不幸赈于拙工之手，前后进失于寸白，较前又低三尺，虽欲壮夫观瞻，而反失于早下。迄今三十五载，祠宇尚新，布财贵人丁大非昔比。登斯堂也，能无今昔悬殊之感哉。兹□有裔孙□霖等观庙貌之，犹为感人事之代谢，议欲继长增高从所旧，贯庶得高年之制，而登富靡之风，遂各踊跃捐赀，计共银二千二百二十元，乃举族中之公平和众者，日光寓清水，董其事。即于咸丰十年六月兴工，十月落成。

除族中每丁捐五工外，共縻白金二千二百二十元，而斯堂遂美轮美奂矣。是后也，族人之鸠赀以□盛举者，其力固多，即如□□清水之董理，必躬必亲，始终不辞劳瘁者，厥功亦伟矣哉。自今以往庶载乎，先灵永奠隆世泽于瑶山，后嗣迪光振家声于圭海。□继□绳，□□不尊祖敬宗于勿替耶。爰作此，以略纪其巅末云。

　　诰绥□政大夫、候选府同知、道光申辰科举人□□、十九世孙春谨识。

　　捐赀名次开列于左

　　作美捐银一千元

　　□□□捐银九百元

　　□□□捐银二百元

　　□□□捐银壹一百二十元

咸丰十年阳月　家长公立

重兴瑶山祠堂记

张氏家庙

裕后光前绵世泽
宁宗敬祖振家声

天伦欢乐弘扬孝道春无际
养育深恩彰显仁家德有声

坐文圃仰美山占一方景色
溯清河怀光祖绿百世儒林

衍绪清河葛庇瓜绵增繁茂
秀钟超麓蛟腾凤起蔚峥嵘

灿烂花枝先从崎巷园中绽
绵延瓜瓞皆自古楼故里来

张氏家庙外景

张氏家庙内景

叶氏宗祠

承佛岭堂郡马府千年盛况

启文圃山孚中央百代鸿基

推尊祖以敬宗无忘诚恪

由万砾而一本德属懿亲

南阳建伟勋本姬赐沈封叶子孙遍四海

佛岭开鸿基秉公崇仁尚义德泽垂千龄

文圃山前根深蒂固

马銮湾畔枝繁叶茂

叶氏宗祠

锦里村

林氏宗祠（懋德堂）

懋功播南闽堪称镇国砥柱
德政昭长阳不愧名宦家风

被誉为"清代台湾唯一的艺术家"的林朝英

　　林朝英，字伯彦，小名夜华。他的祖籍在福建省漳州府海澄县坂尾社，就是今天海沧区的锦里村。

林氏宗祠懋德堂

他的祖父林登榜，已经是锦里社林氏四房十三世了。清康熙三十二年（1693 年），林登榜携家眷渡台，经营与民生息息相关的布匹和砂糖。据传，林朝英十四岁就通经史，书画琴棋，无不精通，尤擅篆刻。因为经常随商船往来于我国台湾与大陆之间，林朝英有更多的条件，接受大陆艺术家的熏陶。有人觉得，他的画落笔泼辣豪放且墨韵十足，似乎受到"扬州八怪"中黄慎画风的影响；也有人说，其纵逸之处又像极了狂生徐文长（徐渭）的风格。

这种风格在他创作的台湾画史上第一张《自画像》中，表现得最为淋漓尽致。这幅《自由像》的大小在四尺之上，用笔飘逸但不失苍遒，画面意境高古荒寒，却丝毫没有泥古之态。人物的造型写实而有趣味，在形体的描绘上，与中国传统人物画法有着极大不同。

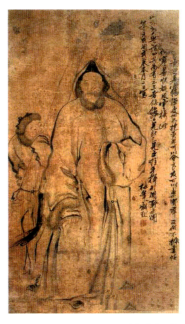

林朝英自画像

不过，林朝英的绘画在水墨花卉上的成就更为突出。他的墨荷、墨竹、芭蕉及鸟禽等，笔法同样挺拔有力，意境疏朗、韵致独特。例如，作于嘉庆八年（1803 年）的《墨荷》，便以摇曳的荷叶构成交叉的形状，使构图十分特别。画中的笔法率意而爽利，墨色晕染法度有致；创作于嘉庆十五年（1810 年）的《蕉石白鹭》，画法则更为洗练和老辣，以写意性的笔法，让在芭蕉和石头旁的白鹭，显示出独特的动感。

绘画之外，林朝英的书法作品。也同样自成一家。嘉庆十八年（1813 年）奉献阿里港双慈宫的"光被四海"木匾，被认为运笔有银钩铁戟的雄伟之气；而其书法名作《鹅群书法帖》，更是狂狷有力、豪气干云，其中的"双鹅入群展啼鸣"，让人似乎能从书法中看到鹅群共鸣的动感和声音，最为经典。

除了"鹅群体"，林朝英的以画法入书法的独特创造，还有"竹叶体"。他书写的竹叶体对联极有特色。每一笔画都像

林朝英书法作品中最具知名度的《双鹅入群展啼鸣》

林朝英画作《蕉石白鹭》

林朝英画作《墨竹图》

竹叶，尖刻凌厉、锋芒毕露，集中地展现了中原正统书风与"闽习"融合后的健拔劲锐、粗犷豪放的美学意味。

不仅如此，他又把自己在绘画、书法的感悟，融入雕刻艺术中，一竹或一木，只要经过他的手，就有可能脱胎换骨，成为传世杰作。在他晚年，曾经用一块朽木雕出"一峰亭"三个字，以大经尺悬于门前。只是这个杰作在某一个晚上被人盗走了，有传闻说是驻台的淮军所盗，后来再无音信，殊为可惜。而他所书写的匾、联乃至市招，幅幅都是佳作。

因此，台湾当时的汉学家尾崎秀真给出了这样的评价："清代二百五十年间，在台湾勉强可举出之艺术家者，仅林朝英，即一峰亭一人而已。"而如果就整个美术创作而言，尾崎氏更称，林朝英书法与林觉水墨绘画、叶王交趾陶，并称为"台湾三大奇艺"。

长安楼

长安楼位于今凤山社区凤山东路 62 号，始建于明朝嘉靖四十年（1561年）。从留下来的墙体看，当时建造时称得上坚固异常。楼内依石墙建有木结构房屋 18 间，前后排各 6 间，左右两侧各 3 间，中间为天井。

长安楼用闽南花岗岩条石为主要建筑材料构筑，它是一栋城堡状的方形楼，坐西南朝东北。大门门额上有一块石匾，刻着"长安楼"三个大字。边有落款"嘉靖四十年孟秋吉日，寨长陈朝申为防倭立"。明代中晚期，倭寇疯狂地骚扰我国东南沿海地区，在东孚沿海一带村庄烧杀抢掠，无恶不作。倭寇肆虐长达百余年，东孚沿海民众，自发奋起抗倭，凤山长安楼正是当年东孚民众为抗倭而建的城堡状建筑。

凤尾山并外乡碑石刻

凤尾山并外乡碑位于深青古驿站茂林庵前方，刻于清朝光绪十九年（1893年）农历八月，凤尾山即现在的凤山。古代有一条从漳州到泉州的古驿道，

长安楼石刻

驿道前身可以追溯到盛唐时期，明末清初，有个官方驿站就设在离凤山不远的深青村，正是目前的深青古驿站。

　　凤山与深青当时由古驿道相连，两地民众因驿馆和集市及在人文上又都属苏式宗亲，所以来往密切。此碑刻记载当时古驿道凤山与深青修桥、铺路及建庙海外华侨捐助义举。由于当时是海外华侨捐助缘故，因此碑刻上以"盾"作为计价单位。

凤尾山并外乡石碑

过坂社区

宝树堂

宝树堂

宝树传芳枝荣本固
光州衍派源远流长

木本水源怀祖德
支分派衍育英才

凤鸣吉兆乌衣第
龙舞呈祥宝树家

春序秋赏遵万古圣贤礼乐
左昭右穆溯一家世代源流

宝树传芳郭坂风光承先绪
东山衍派南疆胜地育后贤

宝树分支郭坂春中酣雨露
东山衍派南疆地北起风云

宝树传芳百年堂构恢先绪
祖先美德一代文章启后贤

宝树家风美德承祖训
坂山门第诗书育后昆

陈氏宗祠

大山远望衍生处
溪水长流永向前

陈氏宗祠

石塘村

谢氏世德堂

祖系炎黄传申伯

声驰淝水望东山

东山称重望启后生疗表意志养祠堂勿替宗功

玉树衍宗支念先人亲搏忠心对佑卷勿忘祖德

一鼓平秦赫赫鸿功标晋史

寸心辅宋昭昭大义炳元书

丕承唯祖烈

致格在宗枋

世德堂

百代源流远
芝兰次第生

东山称重望
江佐旧家声

世泽千年渺
崇阶一品荣

派出乌衣庭阶长生玉树
基肇圭海燕翼勿替宗功

世德堂匾额

重修世德堂碑记

建立祀日碑记

祖自江左分来此地绵绵芝兰玉树

龙从屏端特结斯堂世世俎豆衣冠

谢氏孝德堂

东山自昔宏开支流　　　　　　孝道常存长绵世泽

宝树于今远播家声　　　　　　德馨远播永着家声

乌衣衍派长荣宝树

孝德祖荫百子千孙

谢氏孝德堂

谢氏树德堂

一鼓平秦赫赫鸿功标晋史
寸心辅宋昭昭大义炳元书

瞻依漳澄仰沐祖荫
世德中外流芳宗功

龙烟练渺祀先祠
凤烛辉煌树德堂

百年植得参天树
世代育就为人德

树德堂匾额

树德堂内景

福临东坑村恰逢拆迁

善至兴东鑫幸获重建

派出石塘祖德当思克绍

基开圭海箕裘特赖永昌

龙烟缥缈乌衣室

凤筑辉煌宝树堂

树德堂外景

李氏祖祠

李氏祖祠内景

李族阳地迎旭光明
家门隆境纳福高升

千丝万气绕华堂
万缕祥光临碧宇

陇地英才耀宗显祖
西山灵气衍子恒孙

水通大道咸通圣祖
头拥人才丕振家声

李氏祖祠外景

黄氏宗祠

排诀启宗枋躬承创造

江潼留绪业世绍箕裘

林家公厅

基肇吾贯源流远

兴业楼山吾泽长

状元楼

海楼高涌三山外
尘世深藏一粒中

　　该联为夏同龢所撰。夏同龢，字用清，祖籍麻哈州高枧人，生于1868年，1925年卒。清光绪十九年（1893年）戊戌科状元，著名书法家。

　　夏同龢一生波澜壮阔，曾担任多个重要官职，是中国历史上第一位取得状元和留学生双重身份者。晚年曾定居霞阳，开办私塾，在开办私塾期间，夏同龢有教无类，惠泽乡里，忠孝立本，耕读传家。

　　"状元楼"外观简约雅致，装饰简单大气，门前曾刻有四副精美石刻，为"梅兰竹菊"四君子，雕刻生动形象，是非常珍贵的文物，但是早年间被盗。房屋遗址正面上有其亲笔题写的对联，下联左下角署名"夏同龢"，字体流美疏朗、苍劲有力，尽显大家风范。

杨氏宗祠

德澜身富澜屋堂开霞阳系轮新

植基本培基根派衍碧溪枝叶茂

民国第一位"大总统"杨衢云

杨衢云

杨衢云，原名合吉，字肇春，祖籍海澄县三都（今海沧区霞阳村），1861年出生于广东虎门。其祖父杨福康曾任广东肇庆府新兴县知县，因不能忍受彼时的清廷的腐败，愤而辞官"下海"，带着家人下南洋到槟榔屿（今马来西亚槟城）。

杨衢云的父亲杨清水在槟榔屿出生长大，16岁左右回到霞阳寻根，居住于霞阳的翁厝。后来家道中落，只得再次离开霞阳外出谋生。杨衢云在年幼时，就随着其父到香港，在香港圣保罗书院接受教育，14岁又进入海军船坞学习机械，后改习英文。毕业后任教员，之后转任招商局船务书记长、英商新沙宣洋行副经理等。后发起成立"辅仁文社"，并结识孙中山，成为好友。

1894年中日甲午战争后，杨衢云把辅仁文社并入兴中会，并被推选为兴中会香港总会首任会长。1895年10月，兴中总会召集广州起义筹备过程中的一次重要会议，议题是关于起义后成立临时政府、选举总统等。会议最后达成决议，"合众政府"首任总统的人选是杨衢云。但由于消息泄露，广州起义遭到惨败，孙中山经香港流亡日本，杨衢云也被迫经西贡逃往南非。

这次失败并没有挫掉杨衢云革命的锐气，他以令人难以想象的速度，在人生地不熟的南非，通过联络华侨，宣传革命，秘密发展同志，竟然在遥远

位于香港跑马地
坟场的杨衢云无
字碑

的约翰内斯堡、彼得马里茨堡等地建立了兴中会分会，还在返回香港途中，在新加坡和当地的反清秘密团体建立了联系。

1900年1月，杨衢云经日本返回香港，继续进行革命活动。惠州起义再次失败后，杨衢云在结志街52号自己的住所，为清廷刺客所刺杀，因伤重离世，他留给这个世界的最后一句话："除了革命之外，别无他仇！"

1898年，杨衢云（前排左二）与孙中山（第二排左三）等革命志士的合照

树德堂

世传孝友家
御赐忠勤第

北朝天柱先人择聚居
南拥文圃繁衍我中孚

志欲光前愿耀祖荣宗
心存裕后望世代传芳

一舟舫航树立人有术
众心团结促和谐共济

东埔社区

树德堂

渐美村

谢氏家庙

祖自济阳传衍派
裔局鹭山展宏图

一鼓平泰鸿功标晋史
寸心辅宋大义炳元书

系出炎黄传申伯
声驰淝水匡晋兴

谢氏家庙内景

缮供祀奉孝廉尚宗□
世为德政忠义继祖训

谢氏家庙外景

许氏宗祠

祖自高阳传福地
裔局渐美兴家园

是乃祖谆谆教导成就
有后裔勤勤学业立功

高祖佐开唐平闽有功
列宗为建国兴邦凯模

孝廉由义继祖训
思怀知礼尚宗风

谢氏家庙碑刻

许氏宗祠

许氏小宗

兰纸有书皆晋帖

锦囊无句不唐人

许氏小宗内石刻

许氏小宗

敦厚堂

分晋水之三派
开鼎山第一枝

　　柯仲常、柯仲德、柯仲吉、柯仲廷皆为宋末嘉祐四年（1059年）四兄弟进士及第。柯庆文是前科进士，称为"父子登科"；柯仲常官稗淳州、福州知府；柯仲吉官拜龙图阁大学士巡抚大人，开拓鼎山。

敦厚堂

敦厚堂匾额

一经堂（柯氏家庙）

雨化生徒高士轩中手教泽
云祥富贵一经堂上觉精风

一经堂

据朱熹《一经堂记》："绍兴二十三年秋七月，余来同安，乃得柯君而兴之游，相乐也。时君以避地邑居，教受常百余人，嘱睬治学事，因得引君以自助，君行峻不以苟合，由是众始有所严悍。又明年，君将反其先人之屋，因旧屋坏以居，而取杨子所谓古之学者耕且养，三年通一经者，号其寝居曰：一经之堂。"

理学名儒柯翰与朱熹

朱熹

后柯村的"一经堂"，坐北朝南，依山而建，常有世界各地的柯姓人一起回来祭祖，祭拜这位叫作"国材公"的先人。堂前悬挂的"一经堂"匾额，这三个飘逸而书卷气十足的字，仿佛蕴含着一股说不出的气场。看看落款——"新安朱熹书"。

是的，这正是南宋理学大家朱熹亲自撰写的匾额。事实上，在宋朝这个士人们风起云涌的时代，这位叫柯国材的先贤，在朱熹的儒学、理学理论成型时期，正是扮演了一个重要的"知音"角色。

柯翰

柯翰，字国材，生于北宋政和六年（1116年），同安县后柯（今海沧区后柯村）人。朱熹的父亲朱松曾任石井镇（安海）镇监，并在学院讲课，系统地教导儒学、仁德、治理国家和修身养性之道，许多学员慕名而来，柯翰就是其中之一。

也正是这个原因，柯翰与朱熹早有交情。说起来，柯翰比朱熹还大了十几岁。两人早年间初识之后便引为知己，结下"肺腑以倾匪同而和"的亲密关系，时常坐而论道，"往复辩论达二十余条"。

柯翰无意仕途，选择避居同安，设坛讲学。在简陋的校舍里，他教授着有上进心的学子，告诉他们那些古圣先贤的教诲。时任同安县主簿的朱熹，以"德行道艺之实"和"诲人不倦、以教为重"的思想品质为标准，延请包括柯翰在内的三名儒师共为讲学，组成了同安县学教师的骨干。

在朱熹的《晦庵集·举柯翰状》中，记载了他自己举荐柯翰任师之辞："窃见进士柯翰，守道恬退，不随流俗，专以讲究经旨为务。行年五十，亹亹不倦。置之学校，必能率励生徒，兴于义理之学，少变奔竞薄恶之风。"

柯翰出任同安县县学直学后，果然不负朱熹所托，在管理学校和教学中显示出非凡的才能。一年有余，同安县学"弦诵洋洋，德义振声"，学风果然为之大振。

1156年，柯翰乔迁，把住家安置在庄江（今海沧后柯村），新居取名"一经堂"。"一经"二字取"古之学者耕且养，三年通一经"之意。对于中国儒生出身的人来说，"一经"这两个字有着特殊的含义，后来被奉为楷模的文天祥，在其《过零丁洋》里的第一句，就是"辛苦遭逢起一经"。

朱熹亲撰《一经堂记》贺其乔迁之事，借此记述这三年间柯翰其人其事，以感激他为振兴县学的辛劳付出："柯君……为人孝谨诚悫，介然有以自守，

于经无不学。今将隐矣，而其志不自足如此，是盖将终身焉。则其造诣之所极，非予所敢量也。"

值得注意的是，就在朱熹在这篇《一经堂记》中，多次浓墨重彩地提到了"格物致知"的概念，在其后来蔚为大观的理学体系中，这四个字可谓是核心中的核心。

朱熹初仕同安之时，正是其理学思想的发轫期。这个时期，奠定了朱熹作为未来的一代宗师的基本思想基础。在这个关键的阶段，他与柯翰等大儒结为进道之友，而儒家经旨"格物"说，正是他们学术探讨的主要命题。朱熹离任后，两人的多次书信往来中，"格物"说也被一再酝酿。可以说，"格物致知"这个命题，正是从这个时候开始，由朱熹与柯国材诸人经过长期思想互动产生的，它是朱熹集注《大学》作"格物补传"的文化源头。在学界看来，综观朱子的理学思想发展脉络，其为柯翰所撰《一经堂记》中的"格物"说，在研究朱子思想中，甚至具有里程碑的意义

淳熙三年（1176年）十一月，噩耗传来，柯翰病逝于同安。此时已经是一代思想领袖的朱熹，听闻后潸然泪下，设坛遥祭，并写下了著名的《祭柯国材文》（收录在《朱熹集》），以文哭之曰："探讨之勤，白首不置。弗索于禄，弗媚于时。自信之笃，死生莫移。"又曰："唯君之德，刚毅近仁。望之可畏、即之可亲。居今行古，勇莫能夺。行行之名，不肖所怛。哀哉已矣，无复斯人。"对柯国材的儒学造诣、治学精神、教育才华、懿行操守、道德风范等，给予高度评价。

不仅如此，朱熹还为柯翰亲自择地修墓于同安西坡社口，题匾"理学名儒"。柯翰以"处士"入祀同安乡贤祠，后柯社以"一经堂"为柯氏宗祠，并悬挂朱熹手书匾额，朝廷也颁予"御赐金翎"圣牌。

绍珪堂（苏氏家庙）

绍珪堂虎口

祖德传百世
宗功誉千秋

绍馨翰苑诗书盛世
祖法历千秋
珪碧辉煌科甲联登
宗功传万代

绍珪堂的大门朝向比较特殊，因风水关系，大门开在了侧面，正面则有虎口、虎眼的设置，与一般的家庙意趣迥异。

绍珪堂（苏氏家庙）

郁文堂

贞山祖功宗德流芳远
岱海子孝孙贤世泽长

贞山派尔庐山魏国勋名宜远绍
岱海源分圭海世家甲第须长流

郁郁彬彬祖德宗功贻谋远
文文武武左昭右穆绍述长

郁气瑞云元亨利贞乾坤大
文光曲斗嵩岳泰岱日月高

郁气英声振百世
文光清誉垂千秋

郁文堂匾额

追远堂

贞下启元簪缨奕世
江朝于海支派同源

贞心久着牧羊节
江右曾传放鹤文

贞山有节祖德福荫思泽千秋万代
岱海创泉宗亲涓流功震三山五岳

翰花才高追仰于前人
文章华彩飘香在后嗣

追绍前休绳其祖武
远垂懿绩欲我后昆

追先报本孙谋不愧
远代推源祖德唯廙

追远堂楹联

追远堂匾额

黄氏宗祠（锦云堂）

徘徊鼎地旧山川
再作庄江新雨露

源流桐城锦云立宗祠
眉展敖塘世代出贤人

紫云缭绕千秋德
黄裔衍传万世昌

孝德贞操立家教
着文存武报国恩

黄氏宗祠匾额

黄氏宗祠外景

黄氏宗祠内景

敬所尊爱所亲一堂孝友家风远
忾有闻僾有见百代瞻依世泽长

世德渊源礼乐文章传奕祀
人文蔚超父兄子弟讲□伦

祖翔孙仍不愧诒谋始志伟矣江夏家声再振
父作子述奚忝燕翼初怀诚哉锦里派系重兴

美水神恩沐锦堂
烈山圣迹宗江夏

黄氏宗祠匾额

黄氏祠堂禁约

大参政

世著循良

尚书

黄氏宗祠匾额

贞寿牌楼

寿奠黄氏百有

御钦宾王心善

　　乾隆甲寅年茂月吉旦建岁坊

　　这座留存到现在的牌坊，是乾隆皇帝为表彰芸美当地一位年过期颐的黄氏贞女而下旨建造的。

贞寿牌楼

陈氏家庙（明德堂）

地脉南来双池毓秀　　　　　庙堂对鼎山慎终追远绵万代

天马北起塭行钟灵　　　　　族基源颖水叶茂枝繁连五洲

辅政与邦尚书隐退秉古李　　座闻西港骇浪鲸鱼吼

敦仁好义科甲连登励后昆　　前睹文圃祥云凤凰鸣

明德堂外景

尚书

明大学仕王锡爵

七世裔孙陈道基立

　　陈道基（1519—1593 年），字以忠，号我渡，福建泉州同安县人。嘉靖二十九年（1550 年）中式庚戌科三甲第二十七名进士。曾担任顺天巡抚、南京大理寺卿、南京户部右侍郎、南京刑部尚书等。

　　王锡爵（1534—1611 年），字符驭，号荆石，南直隶苏州府太仓州（今江苏太仓）人，明万历年间首辅。嘉靖四十一年（1562 年）廷试名列第二（榜眼），后来其子王衡在万历二十九年（1601 年）高中进士及第二名，被时人誉为"父子榜眼"。王锡爵的后代不乏科场得意者，其家族延续到清代成为名副其实的簪缨世家。

明德堂内景

钟山社区

蔡氏家庙

家奠圭海钟山
派分光州固始

钟声余韵起舞着鞭储素志
山势遗形蜿蜒伏脉毓英才

春祀秋尝无忘济阳世泽
父慈子孝不愧忠惠家声

光绪八年（1882年）重修《钟山蔡氏穀诒堂碑记》嵌砌宗祠内南墙之上，梁架、木石雕刻、墙体等皆为清代原物。

蔡氏家庙大门

蔡氏家庙外景

蔡氏家庙内匾额

穀诒堂碑记

　　盖闻物本乎天，人本乎祖。凡祖基关系，实灵爽所式凭，亟宜图巩固而奠丕基，此木本水源所不能忘也。溯我祖祠前有池塘，涵盖倒影，掩映流光，位合帝座，形肖半圭，亦觉地灵而人杰焉。及代远年湮，沙流涨满，变成原阜，迄今百余载矣。寝庙蠹虫迭起，职是之故。爰集族众佥议，中有克念厥祖者，集腋成裘，谋复旧制，此后或有鱼利出息照股均分，以昭奖励。经始于壬午蒲月，告竣于阳月，计费白镪五百大金。功成将诸向义勒之，贞珉以垂永远。公议始祖讳日，有得鱼利者，当纳地租壹员，以充祭费。至祠前田产地契，有配池水灌注。约自今始，不得援例借口，使池干水渴窒塞。祠前活泼之机，凡我族人，世世凛遵毋违。此议谨志颠末，用昭告诫。

　　始祖介山公应得半股

　　五世省庵公应得壹股

　　十七世则先公应得壹股

　　泗葵应得半股

　　石头应得半股

　　正忠应得半股

　　江白应得半股

　　玉喜应得半股

　　有豆应得半股

　　　　光绪八年孟冬重修

　　　　裔孙得喜、璞南、

　　　　作谋、静村仝立

钟山蔡氏穀诒堂碑记

追远堂　江氏宗祠（大房）

　　贞庵江氏"追远堂"历史悠久。据传，1276年当朝丞相江万里赴水而身亡后，其弟江万载携子侄逃难到厦门岛禾山汤坂里。三世祖江尧寿其妻林氏为汤坂里开基始祖，至其六世祖江世昌的四子江佛护迁居海沧贞庵社，为贞庵江氏开基始祖。留居汤坂的长房佛元其后裔子孙部分迁居我国台湾。

澄瀛聚族安居乐业十八峰
汤坂分基创业开科五百载

淮阳典范史笔流芳传时代
祖宗品行洪恩浩荡铸后裔

太武当前育子禄锦衣世书
大观在上赐社稷兴旺富强

追远堂匾额

江氏大房外景

崇德堂　江氏宗祠（二房）

山东基祖赐子孙富裕其昌
三都述贤出世代文武英杰

地位清高承前启后立宗公
祠庭开豁继往开来树祖德

龙江迤前银波浪涛四时春
庐山奠后月色泉声千古美

崇经堂匾额

江氏二房外景

杨氏宗祠（树德堂）

固始分支径数传大振宗风道脉遥承洛北
皇亭建族赖书德宏敷化雨口碑同颂关西

春绿杨厝修先业耕读传家望青云
福沾皇亭追蕉德为善最乐济乡里

碑颂芳乡攻着安边靖宇扫霾云嘉锡南天一柱荡皇恩
提升宿将司福建海坛总兵兼闽浙广三省总巡明圣德

树德堂匾额

黄氏宗祠

祖宗功德芳照丁财旺

黄氏重建子孙跃门庭

李氏家庙（追远堂）

祖自陇西派至光州固始县

渊裔入闽宗衍开拓嵩溪兴

宗功铭其德入庙为咸仰

祖德功衍派中原振家声

李氏家庙

庙挺观山映丽水

宇座庵峰山崖青

子孝孙贤世泽长

祖德宗功流芳远

林氏宗祠（雁塔堂）

派分钱屿千秋俎豆建祠堂

宗立鳌头万古衣冠开此地

叶氏宗祠（大房）

近贤门之居容光必照

遵海滨而处明德唯听

叶氏宗祠（二房）

崇源固始棣华竞秀台山

本植濠门瓜瓞延承丽水

昭穆虽有亲东自我祖视之均为一体

高曾不无规矩苟渚孙绳马奚忝四民

崇其功报其德入是庙为咸仰宗功祖德

本亦大源六长登斯堂也当思木本水源

叶氏二房石碑

猫碑

猫碑

2016 年夏天，在贞庵村岭上社，有村民在堆砌院墙时，发现一块从嵩屿码头"捡"来的写着英文的石碑。碑文显示的时间：1920 年 10 月 14 日。村干部和村民一起把石碑运到了村里，随后联系上了海沧区文化馆。经过考证，这是一块独特的"猫碑"，也就是为猫立的墓碑。

这只被立碑的猫，它的主人应该是油库的外籍工作人员。他们爱养猫、养狗，而且遵循西方人的习惯，在宠物离世之后，为其立碑以作纪念。

这块墓碑的正上方写着"MOO MOO"，与中国的"喵喵"发音类似。在墓碑的第二行，写则着"Some Pussy"，在英语惯用法表达中，也是对小猫的昵称。墓碑的落款是"PROPERTY OF H.J.MORSE"，这便是为猫立碑的主人了。

史料记载，1891年以来，亚细亚、美孚、德士古等西方火油公司先后进入我国，大力宣传点燃煤油照明的好处——明亮、无烟、价格低廉、火力强，点灯和烧饭都很适合，"点亚细亚火油""点美孚火油"的大字广告，遍及穷乡僻壤。随后，我国民间长期用来照明的植物油，逐步为煤油所代替，客观上也促进了中国人生活用油的升级换代。而这里面的许多油，正是在当年的嵩屿油库加工并运送出去的。

随着20世纪50年代亚细亚与美孚相继结束在我国的业务，当年的油库成为了如今的遗址。

亚细亚油库界碑

贞庵村亚细亚油库旧址附近，至今仍有一条约120米的铁桥。20世纪初，它曾经是作为这里油轮进出"物理中心"的栈桥。如今，铁桥的整体架构依然保存完整。在临码头处，还可以看得到各种精密的仪表盘，以及用来照明的灯具，可以想见当年通宵达旦运油的装船景象。

在亚细亚火油公司的遗址，存留有一个"界碑"。在它的一侧，刻着"清光绪三十一年"，而在界碑中间，还清晰地刻着"1905年"。

据当地村民回忆，这块界碑就是划定英商亚细亚石油公司与美国美孚公司地界的标识。在20世纪初，中国虽然有不少商港，但是大多是"协定商港"，经济利益多半落入洋人手中。因为嵩屿地理位置优越，又是天然良港，拥有得天独厚的海外交通优势，所

嵩屿油库的界碑

阳台上的十字架形镂空

这座铁桥，当年就是运
送油桶的主要通道

铁桥上的各种仪表装备
仍清晰可见

以美孚石油、英商亚细亚火油公司，都陆续抢占这块宝地，而两家油库，几乎只有"一墙之隔"。

据说，界碑原来一共有四个，正好从四个方位，划定了亚细亚公司嵩屿油库"地盘"。

当年，亚细亚公司的办公楼如今还在作为相关部门的办公楼使用。办公楼阳台外侧的栏柱，设计有镂空的"十字架"形，有典型的西方办公楼即视感。这些跨越时空的实物遗迹，诉说的是近代以来海沧在历史变迁中的宏大"叙事"。

《建国方略》与嵩屿开埠

嵩屿码头蓝色海湾广场的休憩区，有两本"大书"，总会有许多人驻足观看，这是两座石刻。其中一座是《古今形胜之图》，而另一座是《嵩屿开埠规划图》。

这一张近百年前的"规划图"，犹如一条时光隧道，串连起孙中山《建国方略》"东方大港"的愿景，由此追溯一段关于近代中国的重要变迁史。它们在嵩屿、贞庵所沉淀的"坐标"，具有极高的经济、社会研究价值。

1919 年 2 月，当时中国著名的政经媒体《远东评论》，有一个系列连载刊出了它的第一篇。专栏的名字较长——《中国的国际发展，帮助战后

嵩屿商埠计划商榷书

嵩屿码头蓝色海湾广场
的《嵩屿开埠规划图》
石刻

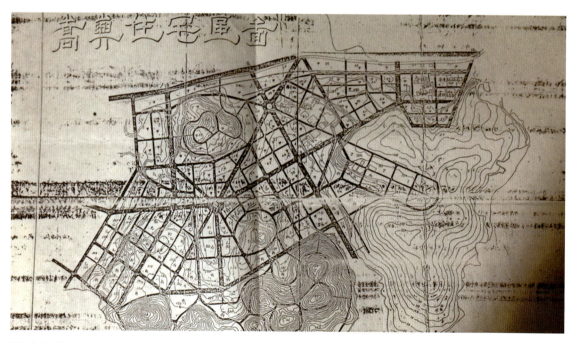

嵩屿住宅区规划图

工业再调整所设计的计划》。在连载结束之后，它被结集出版，并有了一个现在人们更熟悉的名字——《建国方略》的"物质建设"卷。它的作者便是孙中山。

这份为建设一个完整的资产阶级共和国而勾画的方略，为未来的中国描绘了一个宏伟的大纲。他提出了六大实业计划。其中，在沿海商埠和渔业港建设上，除了分别建设北方、东方、南方三个大港之外，还细致地规划了营口、海州、福州和钦州四个二等港，葫芦岛、黄河港、芝罘、宁波、温州、厦门、汕头、电白、海口九个三等港。

"厦门有深广且良好之港面，管有相当之腹地，跨福建、江西两省之南部，富于煤铁矿产。此港经营对马来群岛及南亚细亚半岛之频繁贸易，所有南洋诸岛，安南、缅甸、暹罗、马来各邦之华侨，大抵来自厦门附近，故厦门与

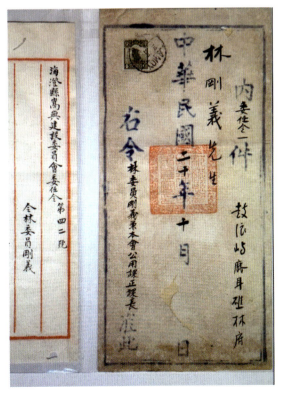

嵩屿建设委员会"委任状"　　　　　　　　　　　　　　　《建国方略》中关于建设厦门港的表述

南洋之间载客之业极盛。如使铁路已经发展，穿入腹地煤铁矿区，则厦门必开发而为比现在更大的海港。"

"吾意须于此港面之西方兴建西式商埠，以为江西、福建南部丰富矿区之一出口。此港应施以新式设备，使能联陆海两面运输于一气。"

而这些规划的枢纽点，无疑就是孙中山所述的在厦门港西方建设的新商埠。从坐标上看，它正落在如今的海沧嵩屿。

事实上，早在1915年，一位叫作林崧磐的海澄华侨提出一个议案，名为《福建开辟华侨新商埠议案》，建议将嵩屿建成一个华侨新商埠。孙中山逝世后，在当时的海沧，随着地方军政力量控制力的加强，将《建国方略》的港口与商埠联动建设的时机，似乎已经到来了。

1931年年初，由当时被称为"闽南王"的军阀、福建诏安人张贞倡议，成立嵩屿建设委员会，经当时的国民党中央批准，编制《嵩屿商埠计划商榷书》，将新商埠分为商业、工业、住宅、教育、行政、预备、农林七个区，同时有飞机场、公园、公墓、广场等交通与公共设施。

但因为时局原因，嵩屿开埠的蓝图未及实施。与此同时，厦门岛也鸣响了中国近代新城市建设的"发令枪"，厦门在时代的夹缝中却迎头赶上。如今的嵩屿，已经是"大厦门"的组成部分，而现代化的大厦门港的发展，即便是对照孙中山先生《建国方略》的规划，早已大大超出它的范围，嵩屿开埠虽成历史，但如今在海沧的这幅《嵩屿开埠规划图》，却铭刻下了那段值得回味的历史。

后　记

一副楹联，一方碑刻，一块牌匾，镌刻的是一系列时空线索，牵动的是满满的情怀心意。

《铭记海沧——海沧楹联碑刻精选汇编》（上下册）的编撰工作，是一项卷帙浩繁而充满情感的系统工作，它凝聚着海沧区乃至两岸文史工作者共同的心血和汗水。

自田野调查始，由海沧相关部门、文化馆，各村、社区台胞社区主任助理及文史工作者等组成的工作团队，以认真细致的态度，组织多次的勘察、踏访、收集和记录。在此基础上，本书编委会延请专业人士，进行多轮的甄别、考证和编撰修改，力求尽最大的可能，还原实物和历史记录的关联，更加全面地反映海沧作为自古以来的"海上丝绸之路"重镇的人文风华。

在本书田野调查及考证过程中，得到了著名文史专家何丙仲先生的倾力指导，陶新庆、陈国辉、叶宏江等多位热心人士提供了诸多宝贵资料；也要感谢各村、社区的乡贤耆老在调查过程中给予的帮助、支持和精彩讲述。

值得一提的是，本书调研及撰写过程中，有不少内容得益于已故厦门著名文史专家洪卜仁先生收集的相关资料。洪老先生已驾鹤西去，谨此再次致以深深的敬意！

在本书编撰过程中，囿于相关的客观原因（如相关宫庙、宗祠和民宅的搬迁），以及编者自身的水平所限，相信还有部分的遗珠未得，或难免有部分考证出入或谬故之处。在此，也希望各界方家诚挚指正，以便在将来做进一步修正。

　　岁月长河浩浩荡荡，文史传承工作一直在路上。愿《铭记海沧——海沧楹联碑刻精选汇编》（上下册）能够抛砖引玉，让这片热土的历史和时代记忆，能够被不断唤醒，更长久地留存在中华文化史的宝库中。